另一种真相

黄 冰/著　Another truth

贵州出版集团
贵州人民出版社

图书在版编目（CIP）数据

另一种真相 / 黄冰著. —— 贵阳：贵州人民出版社，2023.9
ISBN 978-7-221-17714-8

Ⅰ.①另… Ⅱ.①黄… Ⅲ.①散文集－中国－当代 Ⅳ.①I267

中国国家版本馆CIP数据核字(2023)第131037号

书　　名	另一种真相　LING YI ZHONG ZHENXIANG
著　　者	黄　冰
出 版 人	朱文迅
策划编辑	戴　俊
责任编辑	张　晥
责任装帧	陈　电
封面设计	张　晥
版式设计	王丹丽
封面作品	李玉端
内文插图	黄　冰
责任印制	黄红梅
出版发行	贵州出版集团　贵州人民出版社
社　　址	贵州省贵阳市观山湖区中天会展城会展东路SOHO办公区贵州出版集团大楼（邮编：550081）
印　　刷	深圳市新联美术印刷有限公司
开　　本	889 mm×1194 mm　1/32
字　　数	275千字
印　　张	11.75
版　　次	2023年9月第1版
印　　次	2023年9月第1次印刷
书　　号	ISBN 978-7-221-17714-8
定　　价	56.00元

版权所有　翻印必究

黄 冰

中国作家协会会员,鲁迅文学院第二十四届高研班学员,发表有小说、散文等作品。现供职于贵州人民出版社。

目录

第一部分　屐痕

以色列屐痕 / 002
希腊的颜色 / 080
初识洞头 / 109
去山西 / 117
一日西安：对一座城市的想象 / 123
青岩味 / 126
白云生处有侗家 / 148
在这些湖光水色面前，我无话可说 / 157
夏雨安龙 / 162
打岔村的夏色 / 165
回家记（一）/ 169
回家记（二）/ 177

第二部分　对视

与自己的陌生频频对视 / 182 /
一本书和两个人 / 184
盛开的日子 / 191
水果说 / 195
暗面 / 200
哭兰兰 / 206
像廖老伯那样生活 / 213

日记二则 / 215
痛并快乐的青春 / 221
逝者已矣,生者努力 / 224
八姑 / 229
观影九题 / 234

第三部分　风景

一位快乐的悲观主义者 / 258
李玉端印象记 / 268
人活着就是为了表达 / 275
《尘世的鸟群》和两个人的记忆 / 321
熟悉的陌生人 / 326
素描父亲 / 331
与人既相似又不同的动物们 / 337
被艺术编织的人生 / 342
写在后来的话 / 345
看到生活的另一种真相 / 348
亲爱的邓君 / 351
通往内心的风景图像 / 354
初识末未 / 359
讲述大幕背后的故事 / 361
为了寻找的出逃 / 363
《捕蛇师》编后语 / 365

后记

用一种业余的方式度过 / 368

屐痕

以色列屐痕

与中华人民共和国比,以色列年长一岁,是当今世界上陌生指数最低的国家之一,尤其那座位于它狭长版图心脏部位的古城耶路撒冷,据说是二战后,在联合国讲坛和全世界各种媒体上出现频率最高的城市。不久之前,我的一个为期两周的年假,就在这个像一柄插在亚非欧咽喉要道上的匕首一样的国家里消耗掉了。

多年来,通过角度不同的大量图文资料,我对这柄"匕首"已多有了解,关于它的大概形貌已固化于脑海,所以,当我为了对它的初次涉足做准备时,一时之间竟无从着手,只感觉对它太熟悉了,不像"去"倒有点像"回"。但很快,当一脚踏实地于它的怀抱中耳闻目睹和心驰神游,它那个被我用文字和图片堆砌起来的国家廓形,便变得如同它那始终未能固定下来的疆域一样,使得原本在我心中一览无余的这个所在,竟诡异地由清晰而模糊了。呵呵,难道,文字和图片构建的真实,真的只是真实世界里一个自行展开的虚幻部分?

安检

去以色列,首先遭遇的,是全球公认的最严格的航空安检。

之前在网上,我了解过许多对以航八卦九卦的介绍:以航飞机装有反导弹装置;以航飞行员都曾经是或仍然是会驾驶战斗机的军人;以航飞行员全部是以色列籍的犹太人,如果接到军令,会即刻之间开赴前线;以航的飞机上,有装成乘客的携带武器的便衣安保人员;结伴旅行的乘客换登机牌时,会被有意地分开安排座位,以确保以航航班上的每个乘客,都淹没在周围的陌生人中……

航班是晚上十点的,旅行社却通知我们,必须提前五小时赶到北京首都机场T3航站楼集合。为什么要提前这么多个小时?因为,以色列安保问话很费时间,见多识广的高姐告诉我们。

一行四十人都准时到达了,在旅行社小孟率领下,不无拘谨地来到了以色列航空的专属区域,接受以色列安保人员对每位旅客的随机盘问。

如实回答就行,高姐很大姐大地嘱咐我们这个"六人团"。心理准备倒一直有,可身临其境了,还是惶惑,又做了坏事一样莫名地兴奋。排着队,往前挪动着脚步,一点点地进入很"以色列"的氛围中去。有好几个以色列人分别主持问话。一名挺帅气的工作人员招手叫我,我正担心语言交流上会有问题,他一开腔,甩出的普通话竟比我还标准,和善的表情也能帮我松弛。他问我,为什么去以色列?什么时候回国?以色列有无朋友?与其他五个同行者什么关系?同行者中的某某某是什么职业?我的行李谁整理的?行李有没有离开过我?同行者中的一对夫妇张和董与我认识有多久了……我当然都如实回答。他们哪年结的婚?他突然问。这——我判断了一下他是否无聊。这也太变态了，对朋友一定得熟悉到如此程度？不过，我也能理解，这个四面受敌的国家得谨小慎微，它不希望任何普通的细节疏漏发展成为它落败的蚁穴。

　　问完话，在我的护照上，安保帅哥把标有红色记号的小纸条贴了上去。后来我才知道，如果行李或人有可疑之处，小纸条上的标记将为黄色，得二次安检。当然了，一次过关者托运的行李箱也不能上锁，以备安保人员随时抽查。除了要通过首都机场的安检设备外，在登机口下面，还要通过以色列自己的高科技设备将最后确定安全的行李筛进行李舱。之后，安保人员会把问话与行李检查情况综合起来，研判每位旅客有无威胁。在所有检查项目中，除了问话，对其他悄悄进行的一切我们都一无所知。我们像X光机锁定的目标，还毫无觉察呢就走光了——哦，这些暗中安检的各种名堂，也是网上资料告诉我的，事实上我们都经历了什么，我像个局外人那样并不知情。

　　好在，我们六人的问话都结束得比较顺利。

　　张问我，安保都问你什么了，你时间最长。我说，居然问你俩什么时候结的婚。张说，你知道不？幸好我记得，我说，还问董的职业了。张紧张地瞪着我，你怎么说的？我当然照实说了。啊？那我俩的工作证明上可不是这样写的呀。张的话让我懵了，我完全忘了他俩的工作证明是找一家公司帮忙开的，职业也是临时编的。我倒吸口凉气，这紧张情绪的正式出场，竟与安保帅哥无关，而是被张的"问话"给勾出来的……

　　高姐这时过来招呼我们：走，D口登机。

　　我们如蒙大赦。登上飞机，就等于到达以色列了。

　　登机后，我们六人确实被分散在了不同的位置，但并没有想象的那么不近人情。张董夫妇是在一起的,袁姐和严姐也紧挨着,只有我和高姐前后遥望,但起飞前,高姐和我旁边的一位中国老奶奶换了位置,我和高姐就也成双了。

从北京飞特拉维夫耗时十一小时。我曾经在网上查过从中国到以色列的直线距离,理论上是五个小时左右的航线,但事实是,飞机要画一个大弧线,绕开阿拉伯这些"敌对国",只飞经和以色列有空中安全协议的国家。

当地时间凌晨五点多也即北京时间上午九点多,航班落地特拉维夫的本－古里安机场。经过海关,工作人员没在我们的护照上盖以色列印章,而是在护照里夹了一张小卡片作为出关证明,并一再交代我们,这卡片千万不能弄丢,否则回国时会有麻烦。显然,我们经历的这一插曲能够印证一个传闻,即:一个第三方公民,如果护照上盖有以色列海关的章,就不能再去苏丹、黎巴嫩等阿拉伯国家——当然,反过来的情况是,到过任何阿拉伯国家的游客再去以色列,只要其身份不敏感,以色列基本不会拒绝入境。这两种完全不同的心态旁人无法揣度,但不在护照上盖章而是换成小卡片的以色列做法,其用意无疑更为体贴。

雅法的早晨

我们的第一站,落脚于具有四千年历史的小城雅法。

早上六点多钟的雅法,安静如画,晨曦中的椰枣树和奥斯曼时代的建筑剪影都有点凝重,似乎为了隐喻遥远的从前,仍固执地守持和遵循着另一世界的时间秩序。眼前的街路陈旧而清冷,一辆色

早上六点多钟的街
法，安静如鱼。晨曦
中的椰枣树和奥斯
曼时代的建筑写得
都有点淡定。

朦胧中,有摩拉维天说代化的高楼,若隐若现。

调醒目的清洁车正例行公事地与我们身边一座老旧的钟楼渐行渐远。钟楼背后开阔的远处，朦胧中，有特拉维夫现代化的高楼，若隐若现，一抹薄纱般的粉色正顽强地从隐现的楼宇间辐射开来，朝着雅法这边青灰色的天空漫漶浸延。

是热面包诱人的香味让我们走出画幅，重新建立起与当下的关联。面包店里的三个服务生小伙子有表演欲望，勾肩搭背地供我们摆拍。他们款式相同的红T恤上，印着"Jews & Arabs, Refuse to be Enemies"（犹太人和阿拉伯人，拒绝成为敌人）这两行文字，字的上面，是握手的图案，手与手之间有十字架、新月图和大卫王星图形。望着手机取景框里无忧无虑的他们，我并不敢往深处想，那无处不在的历史伤口，最终将以怎样的方式愈合。

赎罪日战争后，1977年，埃及总统萨达特在以色列国会做演讲时，曾说过一句让犹太人落泪的话："既然你们愿意和我们共同生活在世界的这个地区，那么，我们欢迎你们和我们一起生活。"如今四十年已过去了，以色列人与阿拉伯人，的确还在这块土地上共同生活，但是，他们和他们，是否已真正交融不再敌视？而萨达特那句诗意的企盼，是否也不再只是动听的口号？如果那样的一天真能来到，面前这几个小伙子的T恤衫上，又会新印上怎样的文字与图案呢？

我知道，犹太教也好，基督教也好，伊斯兰教也好，都呼唤人类兄弟姐妹般彼此关爱，可是，这样的能力人类有吗？

面包店里的三个服务生小伙子
有表演欲望,勾肩搭背地
供我们摆拍。

海

以色列西邻地中海。

海和天都蓝得缥缈,仿佛通往世界的尽头,但这两种蓝,又泾渭分明各寓其意。和海的蓝相比,天的蓝诚恳、透彻、明朗,是人的情感能理解的一种变化无常。海却有属于自己的特质,像满腹经纶的老人,把世界上所有的蓝都吸进了胃里,反刍一番再呈现出来,就有了一种区别于一切的深邃与神秘。似乎,没有什么蓝比海的蓝更能让人感到与世隔绝。也许是长期生活于山城的缘故,对于我,海始终不是一个真实的存在,它所承载的想象,一概清高超拔与俗世无关,我甚至着迷于它无比单调乏味的重复吟唱:哗——啦……哗——啦……想必是因为怀揣了太多秘密在欲盖弥彰。如果说天是现实的,海就是虚幻的。

置身于"以色列""地中海"这两个既现实又虚幻的地理名词中,我觉得我就是现实与虚幻接壤的那个节点。我曾经想,如果真有前世今生,如果确有生命轮回,那么鱼,便是我最想成为的另一个我,而作为鱼生活在水里,则是我最乐于体验的另一种生存法则。海对我的诱惑与死亡有关——蛇足一句,当死亡乘坐着哲学的舟楫。

在海边看潮起潮落,我的内心有点撕裂:眼前像洪荒之初,身后则红尘滚滚。

在海边看潮起潮落,我的内心有点撕裂。眼前像洪荒之初,身后则红尘滚滚。

迷路

从天使报喜堂出来,我和袁姐在枝蔓的小巷间走错了方向。来到大街上,人车都没影了。我向来依赖心强,只要有同伴,车子停在哪里,来去的路如何走,就一概与我没有了关系。电话虽然开通了国际漫游,但始终无法打通。街边有个摆小摊的男人,情急之下,我用手机上下载的"翻译官"告诉他,我们要找停车场。男人看了叽叽呱呱一通,拿过我的手机转身往身后一处门店走去。我和袁姐紧跟着他,听他对另一个男人叽叽呱呱。我脑海里闪出了被骗被拐的种种可能。我不再指望这个男人,赶紧拿过手机说"Sorry""Thanks"。从店里出逃的情状似乎在表明,我们的当务之急,不是回归集体,而是远离挟持。

街上看不到一张东亚人面孔。男人随后也"回归"了,他是货真价实地"回归"了他的小摊。我不敢和他再说什么,只计划着,实在不行就打车回酒店。可问题是,街上根本没出租车。

我们仍然留在原地。这是一段被封闭的时间,它让我们的身份变模糊了,我们的名字、家庭、住址、职业,在这陌生的空间里全部失效。它唯一的意义,就是将恐惧乃至绝望一点点地在我们心头堆积起来,虽然,我们很清楚,我们最终的结局并不至于骇人和惊悚。男人又过来搭话,袁姐用非常慢的、担心说快了男人就听不明白的普通话做着解释。男人还是一串"鸟语"。我说,袁姐,你一字一字地蹦他也听不懂呀。

时间在成倍地放慢速度,我们的恐惧与绝望反比例增长。最终,是导游打通了我的电话,一场走失事件才有惊无险地宣告结束。

回到车上,袁姐和我仍惊魂难定。我一言不发,默默清扫心头郁郁的情绪,不想描述刚才的感受。袁姐则大声复述她和那个男人的"对话",哈,他啰嗦了一堆,目的就是——袁姐比了个数钱的手势。我目光完整地放到她脸上。从头到尾,在我眼里,那男人都没做出过这个动作。但我不想破坏这个事件最富戏剧性的高潮部分。我低下了头。

回国以后,大家已经把这次简单的迷路演绎成了另外的样子,最经典的场面是,我站在街边放声大哭,仿佛,街对面陌生的石墙是耶路撒冷著名的哭墙。

耶路撒冷石与《希望》

黄昏,酒店窗外的耶路撒冷新城爬满山丘。依山而建的新城,是老城的渗透和扩张,像庇护老城的外衣,是老城那只"老章鱼"的八爪,它们拥有着同一个心跳。

统一的白色石头建筑群使耶路撒冷的色彩显得单调。但这样的建筑却给人庄严感,让人恍惚中逆时间之流而上,似乎能抵达上帝之手刚刚建造它们的太古时期。建造圣城的材料,都是富含矿物质的石灰岩,但当地人只称它们为耶路撒冷石。

在希伯来语中,"耶路撒冷"意为"和平之城",可想想这座城市的过往生平,再嗅嗅眼前满街携枪士兵所踩踏出来的铁血烟尘,我觉得那美好的寄托很像反讽——是一个并不好笑也无涉机趣的辛酸的反讽。这里是无神论与有神论交锋对峙的前沿堑壕,是世上唯一能兼容天国和尘世两种存在维度的特殊场所。被无数次洗劫无数次摧毁又无数次重建无数次再生的不朽圣城,仿佛她有足够的耐受力，在这块上帝的应许之地上天荒地老。在这里，我这个没有信仰的人，几乎有生以来头一次地，爱上了信仰。

我爱上了信仰，可能还与那个黄昏时分，我于无意间听到了这个国家的国歌有关。国歌是一个国家的精神投影，大多是激昂的鼓舞的乃至强横的口号的。但《希望》抒发的，却是一种久远悲怆中的固执期待，那种对迥异命运怀有深切认同的凄美旋律，让人感到一个民族几千年来终不失散的结实的宗教情感，被浓缩沉湎在这首歌里：

只要心灵深处／尚存犹太人的渴望／眺望东方的眼睛／注视着锡安山冈／我们还没有失去／两千年的希望／做一个自由的民族／屹立在锡安山和耶路撒冷之上……

新城里的安息日

刚到耶路撒冷，就赶上了犹太人安息日，我们不甘忍受待在屋里"安息"，吃了晚饭，就往街上去。街上人车稀少，偶尔能看到三两个头戴黑色大圆帽身穿黑色长衣衫的犹太教徒埋头走过。

说耶路撒冷色彩单调，评价肯定是客观的：白色的石房、绿色的植物和碧蓝的天宇。但一旦融入那整体的单调，我更愿意像评价修女的容妆那样说：耶路撒冷色彩单纯。但单调也好，单纯也好，无论如何，作为一个素颜朝天的城市，它难免不让我们感到冷清和寂寞。

耶路撒冷的地形和贵州有相像之处，但显然，这里的人没有贵州人那么喜欢愚公移山。起伏在山腰上的房屋，如同重叠在一层层废墟之上，而那废墟，则成为某种神圣性的永恒表征。马路像编织于山间的透迤大网，在不宽的路面上，有点过剩的人行横道能把网纲揪得很紧。这里的人对红绿灯的遵守几近刻板，我们多次看到，即便前后左右没有一辆车的影子而只有安全，路边那些等候信号变换的行人，也不肯迎着红灯开步上路。

山坡上的房屋起伏错落，除了垒砌它们的白石头抹杀个性，它们的窗户也基本上都小得只如一张人脸。我们一路猜测，这样小的窗户，大约为了冬暖夏凉吧。可我们错了。后来听介绍说，为防范敌方狙击手的百步穿杨，只能忍受这日常的憋屈。这样的人生经验，我们不仅完全陌生，还冷酷得让我们想一下都脊背发凉。

来到路口，仍然是相同的景象。我们不得不接受这个事实，这是一个我们无法聚焦的城市。幸好，正准备回酒店时，不远处，我们看见了一家阿拉伯人开的小超市敞着寂寥的门，这一下，我们这些见惯了热闹的人才算勉强感到了一丝欣慰。

橄榄山

橄榄山在耶路撒冷老城以东，从山顶能将整个老城尽收眼底。如果这堆相貌平平的小山丘没有宗教、历史、文化的附加值，很难进入世人的法眼，毕竟，比它出众的高峰矮峦不计其数。但它却显赫得不可攀比不可替代。据记载，这里是耶稣布道的地方，耶稣死前一周，正是从这里进入了耶路撒冷。这里有与耶稣同时代的橄榄树,它们记忆着耶稣站在橄榄山上为耶路撒冷所发出的悲叹……

依据古犹太传说,弥赛亚时代将从此山开始。在犹太人心中,橄榄山是离天堂最近的地方,若将墓地安放于此,就等于踏上了通往天堂的捷径。这里的每块墓地都不很大,平放的墓碑上有许多用于吊唁的小石子,使整片墓地弥散着一种干燥的静寂。我想起了电影《辛德勒名单》中,人们在辛德勒的墓碑上放满石子的舒缓镜头。我不想弄明白他们为什么要放石子,只想在这个任想象自由横行的地方,以所有携带着秘密的显形之物,去佐证犹太人与上帝订立的契约。

圣墓教堂

为期一周的朝圣之旅,结束在旅行册上一张落日黄昏的照片里。即将回国的旅行团其他成员与我们六人挥手道别。跳下旅游大巴,陌生的热浪又一次扑向脱团的我们,从此刻起,未来的一周时间,我们将以我们自己的方式"再次"来到以色列,来到耶路撒冷。沉重的行李箱在石头路面上摩擦出的声响,似乎在回应此时我们无法归纳的心情。

我们六人再次住进了耶路撒冷老城。大卫城塔,希律王宫,圣殿山,罗马、十字军和拜占庭等不同时期的建筑遗迹……这映入眼帘的一切,帮我们进入了轮回之外的永恒之地。裸露在烈日下的废墟,印证和复活着文字的传说,每一处残垣断壁都有一个活生生的历史,仿佛千真万确。在这里,只要向下挖掘,就肯定会"掉进"某个世纪的某个王朝。那些我想用"炫目"和"浩荡"形容的古踪旧迹，风烛残年般的苍老并未消退它们的尊严，恰好相反，似乎它们所承载的重量，足以拥有一种值得永久捍卫的踏实和牢固。

走进老城的巷子，仿佛置身于三大宗教杂沓的腹腔：苦路、西墙、大马士革门、圣殿山、圆顶清真寺、圣墓教堂……《圣经》里的传说，在这里到处都有物证。烈日下的景观让人眩晕，我们匆匆的脚步，难免不暴露出一丝轻描淡写。我们也知道，这块被各种宗教迭加的圣地，每一块石头都见识过掠夺与屠杀，每一堵墙堞都吞饮过枪弹与火药，即便无从理解揣摩，也注定了意涵隽永。当然，此时，对我们来说，曝晒的感受才最切肤。

晚上，我们在巷子里闲逛，少有路人的巷子，把我们六人反衬得既突兀又壮观。两侧的石墙使视线变得狭窄而笔直，阻碍视线的同时又启发着想象，似乎一些秘密会在某条巷子的拐角暴露出来……走到一处巷子的尽头，一座肃穆的建筑让我们眼前一亮，这不就是那个人多得挤不进去的圣墓教堂吗？

跟团时我们来过一次这里，那天，人多得像决堤的洪水，仿佛在赶一场天国的集市，让我们根本靠不上前，只得等着旅行团里的信徒们头顶烈日朝教堂匆匆朝拜一下，便从人海里落荒而逃……

此时的圣墓教堂，人不比白天少，但这一回我们走了进去。教堂里的灯火十分耀眼，一边生动地彰显着教堂在夜色里的别一种辉煌，一边呈现出由虔诚所建立的秩序和由秩序所组合的无声的热闹。

这座公元4世纪初由罗马皇帝康斯坦丁的母亲海伦娜下令修建的教堂，是基督教不可替代的永久圣地，是整个耶路撒冷城最华丽的地方。墓穴入口上方，高悬的耶稣画像四周被华彩的吊灯照射得瑰丽绚烂，如同仙境，完全符合我们对天堂的想象。旁边的教堂

此时的圣墓教堂，人比白天少，但这一回我们走了进去。教堂里的灯火十分耀眼，也生动地彰显着教堂在夜色里的别一种辉煌。

孤墨乏的巷子中，两名修女依墙低语，这浓郁的中世纪的画面我在电影里无数次地未过。

在黑夜里闪烁着
孤独的光,那光跳
跃出的烦恼形状,很
像是打开天堂之门
的一把钥匙……

里，巨幅宗教壁画幻化成天堂的倒影，美轮美奂，那诡异之美仿佛还藏匿着极为邈远的、让人难以窥破的秘密。上帝、天堂、耶稣……使我这个已然遗忘了市井相的凡夫俗子，对它们的存在深信不疑。

我用深呼吸找寻失散的自己，像鸟儿展开了翅膀，却又迟疑着不肯离开枝头。我不无迷茫地注视着身边流动的人群，他们目光笃定地走向那块浸透了耶稣血的石头。由于常年被人匍匐在上面祈祷和亲吻，那块石头光洁如玉，柔滑似水，明晰若镜，仿佛是通往天堂的第一级台阶。我试图接近那块石头，想触摸它让人怀疑的质感，但是在这里，似乎一切行为都应该成为某种仪式，短暂的好奇心不得不禁止在抵达它的路上。我放弃这个任性的念头，转身往外走，把我的深信不疑留在教堂之中，而让旅行者的身份不合时宜地暴露出来。来到一处巷子，石墙石地掩隐在昏黄的光晕里。孤零零的巷子中，两名修女依墙低语，这个浓郁的中世纪的画面我在电影里无数次地来过。

站在被罗马式教堂围困的青色夜空下，环顾四周我能看到，踽踽行者手里的烛火，在黑夜里闪烁着孤独的光，那光跳跃出的颀长形状，很像能打开天堂之门的一把钥匙……

天堂，是由石头建造、烛火照耀的吗？

苦路的路

苦路是耶稣被判、被辱、被钉上十字架后，走到刑场的这一段路。这条路上的十四处标记点，每一处都记录着事件中一个具体的

在老城的几天里，不论白天还是夜晚，我们无数次地踏上过台阶。

环节：第一处，耶稣被判了死刑；第二处，耶稣背负起十字架；第三处，耶稣第一次跌倒在地；第四处，耶稣遇到了母亲……最后一处，即是圣墓教堂。在老城的几天里，不论白天还是夜晚，我们无数次地踏上过苦路。苦路的一些路段早已成为繁杂的商业区，是我们这些爱热闹的人喜欢的去处，而以耶稣的苦路作为时间遥远、空间切近的大幅背景，在商铺里与店主讨价还价，让我们看到了"人间"微弱的烛火。

店主都是男人，还都是中老年男人。以色列生活成本高，即便退休了，男人多半也继续工作。出租车司机也是老年人居多。在圣墓教堂出来不远，有一家店给我印象最深，店主是两位相貌身高都极为相似的老人，如同黄昏里彼此的镜子。他们高壮的身躯微驼，慈眉善目里暗含了距离，对顾客，他们不怠慢也不亲热，和店里并不急于售出的商品一样，透着一种让人抓不住把柄的有教养的淡然。我嗅到了那种老古玩店才有的特殊气味。这里的商品杂乱且多，蒙着一层看不见的时间的灰，营造出一种安静与热闹和平共处的气氛，戒指、手链、项链、烛台……所有的器物仿佛都残留着前朝的余温，就好像，这里兜售的不是商品，而是一些不为人知的个人历史。这样，每件器物便都能蛊惑起我的想象，甚至是与当下毫不搭界的想象，逃难、流散甚至屠杀，又开始在我脑海中演绎。

以色列人的加工手艺世界闻名，即使一件很小的饰品，也散发着一种完美的精致。我们的物欲，被每一件饰品挑起，又被店主敲在计算器上的价格摔得粉碎。我们讨价还价的本事在这里完全失效，店主对着我们敲在计算器上还价的数字摇头的表情，好像在说，独一无二的商品，价格当然也说一不二。

苦路的巷子大都不宽，可仅容得下一辆车身的窄巷里又经常车

来车往。尤其傍晚时,清理垃圾的红色拖拉机要突突地开过,每次贴着我们扬长而去后,我们都要在狼狈地躲闪之余大赞其车技。有一次,在苦路的第一站,一辆车倒车时撞到了身后的车,可撞完它竟绝尘而去,而那被撞车的车主竟也含笑无语。戏剧性的是,片刻之后,那被撞车保险杠上压出的凹槽似乎缓了下劲,就毫发无损地,在包括车主在内的我们的眼里自动复原了。

在耶路撒冷,几乎看不到趾高气扬的呼啸豪车。所有的轿车都很家常,在家常之外就是干净,而干净的同时,则是车身上时见剐碰后的轻伤,那些点缀般的轻伤如同在强调,车的功能不过是代步,它非娇嫩的珍玩,更与富贵无关。

西墙亦称哭墙

仅有一平方公里的老城,是整个耶路撒冷城的心脏,几大宗教的重要圣地都在其中,圣墓教堂、圣殿山、岩石清真寺、西墙……走在老城,我们经常会迷失在渔网似的巷子里,这些比迷宫还迷宫的巷子,事实上却像毛细血管一样地伸向四个泾渭分明的区域:阿拉伯区、基督区、犹太区和亚美尼亚区。刚刚还在这条巷子遇见戴着头巾的阿拉伯妇女神情疲惫地走过,转向另一处巷子,就能碰上几名东正教徒黑压压地朝我们迎面走来,措手不及的我们压迫着呼吸,目光却会情不自禁地紧跟着他们,直到那几块高大的黑色背影淹没在人群里,而继续沿着小商铺拐入另一个方向,又能见到,一些黑帽黑衫的犹太教徒在巷子里匆匆疾行……

刚到耶路撒冷时,每见到这些头戴黑色大檐帽、身穿黑色长外

走在老城,我们经常会迷失在渔网似的巷子里。

黑帽黑衫的犹太教徒在巷子里匆匆疾行……

套的犹太教徒，我们的目光都会毫无教养地死黏住人家，借助道听途说的可怜的知识，假装内行地把他们称作"拉比"。后来才知道，凡超正统派犹太教徒，不"拉比"也会这样穿着，而不"拉比"的他们，目标是成为拉比——有知识的人。在这个民族主体为犹太人的国家，犹太人约占人口总数的百分之七十五，其余为德鲁兹人、切尔克斯人和持有以色列护照并有以色列投票权的阿拉伯人等。在犹太人中又分为超正统派犹太人、现代正统派犹太人、世俗犹太人。但这样的划分似乎也并不界限分明，虽然，超正统派犹太人和现代正统派犹太人最大的特点都是容易辨识。超正统派犹太人穿戴与世隔绝般的黑衣黑帽，留浓胡子和属于上帝的长鬓角，保持着各种古老的宗教习惯，始终如一地信奉唯一神。而现代正统派犹太人的特点是戴小圆帽，配护身符，这种护身符很有意思，它从腰部位置垂下来，是被我们误以为某种装饰物的穗的形状。但是，在这些穿戴护身符的现代正统派犹太人里，交叉着许多犹太复国主义者。在犹太复国主义者居多的世俗犹太人里，同样有一部分现代正统派犹太人，他们依然信教并遵守宗教习俗；而大多数世俗犹太人，即是那些有着犹太血统的犹太复国主义者，他们是在流亡异乡中向往"应许之地"、抵制"同化主义"、在排犹反犹狂潮下以及大屠杀后寻求出路的犹太人，纯世俗的他们，追求的只是文化上的身份认同，而不在意宗教上的事务。

不知道我这样的匆匆看客在道听途说中，是不是把这三类犹太人区分得太草率了，但我想，不论他们以何种形式属于以色列，属于犹太人，既然"一母同胞"，他们就逃脱不掉你中有我我中有你式的相互交叉的命运轨迹。这样的盘根错节或许正是表明，他们的根系和源头清晰如昨，不论他们是宗教的还是世俗的，拥有上帝选民刚到耶路撒冷时，每见到头戴黑色大檐帽，身穿黑色长外套的人，我们都会假装内行地把他们称作拉比。

的这一特殊的同一身份，想必，同样会被上帝全部认领。而那面既是宗教的、也是历史的西墙，就是凝结这一民族共同命运的物证。

西墙亦称哭墙，也叫"叹息之壁"。公元初年，欧洲人认为耶路撒冷才是欧洲的尽头，而西墙则是欧亚分界线。这面长约五十米、高约十八米的大墙，由十八层巨石堆垒而成：最上面七层，是18世纪奥斯曼帝国时代重修阿克萨清真寺时的遗迹；中间四层，是罗马—拜占庭时代的产物；最下面七层，则是公元前1世纪留下的犹太第二圣殿废址，垒砌这一部分的，皆是每块一米厚、三米长的长方形巨石。犹太教视这堵墙为第一圣地，认为它是犹太人神圣的精神家园，是不可僭越的信仰的寄寓之所。来此祈祷的犹太教徒，一般都会依例哀哭，以表示对古神庙的哀悼并期待其恢复。

此时的西墙那里人潮涌动，而面对人潮的西墙则沉着凝重，像贴在黑色夜空上的巨型墓碑，在无数聚光灯的照耀下泛着丰富的石色。那些趋近西墙的教徒们，欲通过它与神沟通。我听不到神的回复，也看不出墙的特异，看着墙隙间与四季一同起伏的杂草在微风中摇曳，我的心思依然游离着，找不到一处安适的去处，坐在面对西墙的台阶上，我只能用一双简单的眼睛窥寻它模糊的源头……但是我知道，西墙永远是一个与外界绝缘的世界，是属于对着西墙低头与神耳语的犹太人的不可道与外人的世界。

西墙后面是黄色灯光映照的萨赫莱清真寺。建在犹太人圣殿山遗迹上的清真寺，对于西墙下以哭为本分的人类有种无动于衷的淡漠。两处圣地让人狭隘地猜想，是不是，这样的残局恰恰出自上帝的亲手摆布？

西墙永远是一个与外界绝缘的世界，是属于对着西墙俯头与神耳语的犹太人的不可道与外人的世界。

萨赫莱清真寺

在耶路撒冷这个三大宗教的圣地,表面看去,不同信仰的人只是各自敬拜心中的神,彼此之间互不相干,但私底下,防范纷争又随处都在。在老城,仿佛一砖一瓦都贴着各自归属的标签,圣墓教堂更是几大宗教寸土寸瓦的必争之地。而圣殿山呢,用阿拉伯学者陶尔·伊本·耶齐德的话说就是:"耶路撒冷的圣所是圣殿山,圣殿山的圣所是祈祷之地,祈祷之地的圣所是岩石圆顶清真寺(萨赫莱清真寺)。"基于此,在这里,荷枪实弹的警察比别处密集。

被犹太人奉为圣地的圣殿山,是上帝在俗世的住宅,是埋葬着亚当头骨的地方。亚伯拉罕在圣殿山上向上帝祭献以撒,雅各在此与陌生人即上帝摔跤并被赐名以色列。这里还是大卫临死前命令儿子所罗门建造神圣之所第一圣殿的地方,而第一圣殿,亦是收藏装有刻着摩西律法石板的约柜的地方……可是,这之后,第一圣殿被巴比伦国摧毁于公元前586年,半个世纪后始得重建第二圣殿,但公元70年,罗马帝国又焚毁了第二圣殿。如今,建筑这些传说的物理支架,除了圣殿残壁——西墙,都已在岁月中无迹可寻。

是的,传说,置身于耶路撒冷这个"迷信像流行病一样折磨着整个城市"(西蒙·蒙蒂菲奥里语)的地方,我热衷于收罗传说,愿意以信的方式消化一切,我完全同意英国学者西蒙·蒙蒂菲奥里在《耶路撒冷三千年》里的那个说法:"在耶路撒冷,真相通常远不如神话重要,若拿走虚构的故事,耶路撒冷就一无所有。"

但不论身处耶路撒冷的哪个角度,萨赫莱清真寺那辉煌灿烂的金色圆顶都是人们的视线永远无法逃离的焦点这一事实,在传说之外又能证明,屹立在传说之中的耶路撒冷,同样屹立在事实之中。

此时，也在事实中行进的我们，来到苦路上萨赫莱清真寺的一处入口，但持枪的警察拦下了我们，漫长地解释着何以不许我们在此通行。好半天，我们也没弄明白他们的理由，但总算知道了我们可以走西墙入口。通过西墙安检，我们从西墙旁边一个很长的木架甬道进入了清真寺区域，并迅速接受了二次安检。袁姐的裙子没有过膝，张的衣服有些透光，她们都在安保的监视下穿上了外套。在以色列，安检是日常的生活内容，而非特殊"待遇"，估计除了回自己家不用安检，进剧院、逛商场、参观博物馆……都得接受"怀疑精神"的具体洗礼。

圣殿山上犹太先祖亚伯拉罕祭拜上帝的那块岩石，同样被穆斯林视为圣物，因为，按照《古兰经》的记载，伊斯兰教的先知穆罕默德是踩着它登天并接受真主启示的。因此，公元628年，阿拉伯帝国夺取了耶路撒冷之后，在犹太教圣殿的遗址上，亦是被伊斯兰教信徒称为高贵圣地的地方，建起了萨赫莱清真寺，萨赫莱在阿拉伯语中即岩石之意，所以也叫岩石清真寺。刚到耶路撒冷时，我们曾在橄榄山上远眺过它在烈日下夺目的金色圆顶，当时的它，就像一粒黄色珍珠嵌在耶路撒冷老城这只白色的贝壳里。

而眼下，萨赫莱清真寺就矗立在我们面前，它覆盖了二十多公斤纯金箔的绚烂圆顶的那种华光璀璨极为震撼。可不知为什么，在我眼里，它的尊贵是内敛的，仪态是高冷的，仿佛连时间都不敢轻易地以刻痕烙迹的方式与它玩笑。按规矩，我们不能进入它的腹地，没能亲见那块穆罕默德夜行登霄的岩石，因为即使穆斯林进入，也要用阿拉伯语背一段古兰经以验明正身。我们围着这个冷艳得让周围一切都黯然的建筑屏息慢行，倾听着远处什么人的齐声呼喊，大约是：巴勒斯坦，巴勒斯坦……

萨赫莱在阿拉伯语中即岩石之意，所以也叫岩石清真寺。刚到耶路撒冷时，我们曾在橄榄山上远眺过它在夕阳下夺目的金色圆顶。当时的它，就像一粒黄色珍珠嵌在耶路撒冷老城这只白色的贝壳里。

按规矩,我
们不能进入之
处腹地,没能
亲见那块穆罕
默德夜行登
霄的岩石。

萨赫莱清真寺一带的气氛,和西墙那边完全不同,空气中,似乎时刻都有让人不安的情绪在起伏流转。周围朝拜者看我们的眼神,也是排斥的拒绝的,似乎我们是侵入者,与此地无关。但真无关吗?远处整齐的喊声仍在持续,在喊声中,门洞那里,忽然有一群人聚集了起来,又有警察冲上前去。我不知道发生了什么,又不敢上前围观,只能事后看胆大的朋友拍的视频。

由于两个宗教圣地紧挨着,在圣殿山,擦枪走火的事情时有发生,许多情形在当地人眼里已见怪不怪。此时的小骚动大约是,几名犹太人靠近了清真寺,受到一群穆斯林以喊叫声驱赶,可在黑压压地堵满人群的门洞那里,一个头戴白色小圆帽的犹太人突然伏身跪下去亲吻土地,这引发了人群的一阵推搡。警察赶过来驱散人群,并护送几名犹太教徒离开这是非之地,而有受到驱赶的"是非之人",在慌不择路间,猛地向朋友的手机镜头这边跑了过来。因为一切都发生得非常迅速,朋友返身逃回我们中间时,最后一个镜头那种惊慌的晃动,像极了一名战地记者危险的跟拍。

其实,三大宗教同根同源,亚伯拉罕是其先祖,从犹太教脱胎的基督教自不待言,伊斯兰教也不过是将亚伯拉罕称为易卜拉欣……可这真就是自家人的内部矛盾吗?我想不好,上帝何以要为人类策划一场如此的游戏,我更想不明白的是,究竟是神创造了人,还是人因为需要敬畏、需要感受一种比自身强大的力量而创造了神?

也许,这个上帝与人相会之处所呈示的一切,都是面对死亡这个终极问题,千古智慧的必然回响。就像捷克作家伊凡·克里玛那困惑的叩问:"我们怎样和我们自身的必死性达成协议?我们如何超越这种必死的命运?"

从以色列回国以后，我对这个国家的兴趣持续发酵，上网搜索"以色列"关键词，一则旧闻跳了出来，大意是，2016年4月耶路撒冷岩石清真寺发生了巴以冲突，告诫游人这段非常时期尽量不要前往。旧闻提及的时间是4月24日，而不是我们去的26日，显然，我所目睹的场景只是那场冲突的小小余波。我心中仍然有些后怕。如果我们事前知道这一告诫，还会去萨赫莱清真寺那里踩红线走钢丝吗？同时又庆幸我们去了。若真的没去，那我们的以色列之行，会不会太有名无实？

以色列很乱？

朋友们得知我要去以色列，发出的几乎是一样的腔调，强调着反问：去以色列？然后打住不说，似乎怕不吉利的提醒让我不安。但接着，忍不住还是发警报道：以色列很乱，不安全。

"以色列很乱，不安全"，是我来以色列前听得最多的评价断语，包括我自己，也给自己这样说过。可事实是，身临其境了这个国家的"冲突""恐怖"，那所谓的"乱"，对我反倒抽象得失去了形状。难道是缘于我对这个国度仍然缺乏应有的常识？反正，我常常暗自心跳着盼望的是，能经历一次电视新闻里那种隔岸观火的战地冒险。

在这里东游西逛了整整两周，我体验到的，却只有秩序。那种将终极的道德律令浸润在日常生活里的温润的秩序，迫使我不得不简化地将其理解为，这是一种渗进血液的、为神与人共同恪守的神圣契约。或许，正因为有了这一契约，在以色列这个没有宪法的国

在以色列到街头，到处
有挎枪的男兵女兵，但
他们脸上毫无肃杀之气。

这个准军事化的国家，被满街满巷的戎装与兵器激荡起了一层看不见的硝烟，但神奇的是，同时又有一层祥和的云霓也飘摇得惬意。

家，它的国民才敢于骄傲地宣称："我们无需宪法，《圣经》就是我们的宪法。"

在以色列街头，到处有携枪的男兵女兵，但他们脸上毫无肃杀之气。更多的时候，他们只像采购归来的家庭主夫或主妇那样，随意地把累赘的长枪挎在肩上，甚至抱在胸前，让枪的威慑力降至零点。满心好奇的游人如要请他们拍照，他们也会好脾气地配合，和我们多年里建立的军人概念全不搭界。在国内，就是单位楼下银行运钞车旁的保安人员，也威严得让人有种透不过气的压迫之感，可在这里，如果路上没见到军人，我们倒会有点紧张：兵呢？枪呢？我们东张西望地调侃说。这个准军事化的国家，被满街满巷的戎装与兵器激荡起了一层看不见的硝烟，但神奇的是，同时，又有一层祥和的云霓也飘摇得惬意。当地人见到我们面有难色时，总会主动地说"Can I help you？"那种眼神和表情能告诉我们，这个民族并不设防，且似乎人人都具有通往天堂的力量。倒是我们，由于长期接受"不与陌生人说话"的谆谆教育，防范"碰瓷"如同防范地沟油与三聚氰胺，结果，时时表现出来的那种过分的警惕与多余的戒备，便可笑得如同来自蛮荒。

秉性与血统

耶路撒冷老城多猫，在一条条幽深的巷子里，它们毫无禁忌地活跃在屋角墙头。我无法判断它们有无人界的家宅，可它们皮毛光滑身形敏捷，都有了点养尊处优的意思，完全没有我所习见的流浪猫那种怯懦的警觉与懒散的六神无主。显然，是人的礼遇保障了它

我试图理解着，
这个民族是不是在
以这种似乎没有终
点的繁殖，来不断
扩大和传承他们的信仰。

们的生存质量。在中国，有猫能通灵的民间传说，我不知道这类传说在以色列是否通行。我个人对猫总高看的理由，则在于它们外表再温顺妩媚，也掩饰不住高傲的秉性：特立独行，冷眼旁观。猫的悄然出没，放大着这座城市在我眼里的神秘性，好像我已被这里的宗教与历史给掩埋了，所以才让所见的一切，都窒息般地与现实出现了分离。

耶路撒冷还有一景：孩子多。傍晚，我们坐在路边数孩子，见惯了独子现状的我们，看见许多父母带出来的孩子呈阶梯状地次第走过，我们就像见到破坏计划生育的违法者一样，惊惊乍乍地说，天，那家有一二三四……八个孩子！这些孩子中的男孩子们和他们的父亲一样，都穿戴着统一的黑衣黑帽，把一个在我们看来普通平常的夜晚，营造出一种过于隆重的气氛，他们不紧不慢的脚步，就像去赴一场严肃的音乐会。

我望着街边那些滑稽的"阶梯"，逐渐由笑到笑不出来，在替这些身边有妈妈的孩子庆幸之余，我笑的神经自行窒息。我试图理解着，这个民族是不是在以这种似乎没有终点的繁殖，来不断壮大和传承他们的血脉和信仰。在人口这件事上，以色列相信自给自足。他们轻易不接受移民，除非你有纯正的犹太血统——所谓纯正，是指母亲必须有犹太血统。

但是，不难想象，在漫长的流散史中，具备着"神的血统"的犹太人，没法不经历无数次的被迫同化与意外同化，久而久之，他们身上生物性的遗传信息必然愈益散失，唯有宗教信仰这一精神性的遗传信息，才是他们辨识自我的永恒的镜子。

对于他们中的许多人来说，是不是以色列公民肯定非常重要，但更重要的，是他们的犹太教信仰。

车过边境

如果没有耶路撒冷，复活的便只是一个没有灵魂的以色列。这是耶路撒冷对于以色列人的终极含义。因此，建国之初，虽然联合国指定了特拉维夫为以色列首都，可以色列人却把总统府、国会、大部分政府机关、最高法院等，都放在了耶路撒冷。在以色列人心里，这里才是真正的首都。

五次中东战争，以色列以少敌多屡次战胜阿拉伯国家，终于留在了上帝的应许之地。难道这只是缘于上帝的眷顾？就是拼人数，落败的也应该是以色列啊。我相信，这里边有诸多文化的机制的人性的科技的复杂原因，但以色列人与阿拉伯人的处境和心态迥然有别，这肯定是一个最便于解析和理解的因素。围绕以色列的巴勒斯坦、埃及、约旦、叙利亚、黎巴嫩这阿拉伯五国，只是在驱逐一个异族，就好像，一个人站在家门口与路人争锋，若输了，总还可以退回家中疗伤止痛；可那流离失所的路人却输不起，不论靠求生本能还是信念支撑，他们都必须在这块名为巴勒斯坦的土地上创造奇迹。如今，巴勒斯坦这片浸透血泪的土地，被分为ABC三个区域，其管理模式各不相同：A区是巴勒斯坦自治区，主要是巴勒斯坦人和阿拉伯人，著名的加沙就在这个管理区内；B区为巴以共管区，这里的犹太人和阿拉伯人混合居住；C区在死海附近，也混居着巴勒斯坦人和犹太人，但由以色列政府代为管理。

我们的车自北向南，去往迦密山、拿撒勒、加利利区、伯珊古城、死海、伯利恒……其间，不论经过以巴边境，还是以叙或者以约边境，总是还没等导游做完介绍，那边境就已被甩出了好远。其实，边境只是个模糊的概念，在车速面前，不论这个国家还是那个

我们的车自北向南,去经加萨山、拿撒勒、加利利区、伯利恒古城……

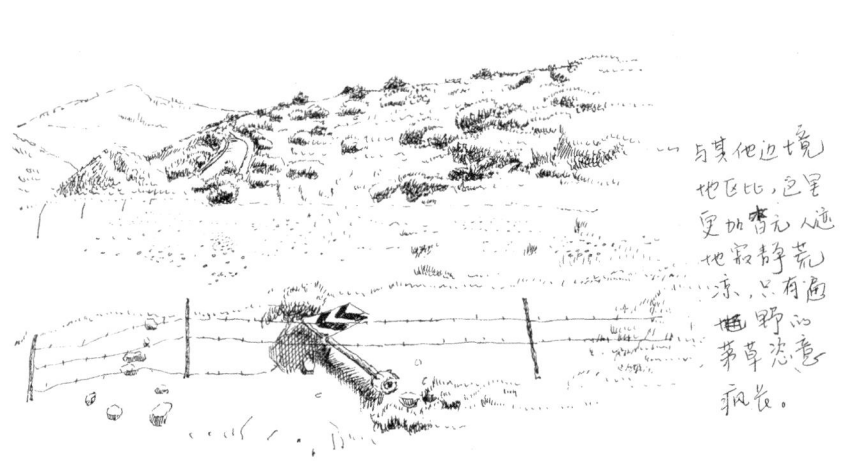

与其他边境地区比,这里更加荒凉人迹罕至,寂静荒凉,只有漫山遍野的茅草恣意疯长。

地区，都逃不脱被荒寂山丘所模糊混淆的命运。有一座最多一辆车身宽的木桥是以叙国界，可那里，除了空中的热风与地面的荒芜，连只飞鸟都看不到，更别说以国或叙国的兵与民了。

车子经过著名的戈兰高地时，大约是因为受到低矮云层的阴郁的覆盖，我们才有点自己吓唬自己地警觉到，这里便是最典型的，和平与战争的交汇之处，生命与死亡的聚合之点。与其他边境地区比，这里更加杳无人迹地寂静荒凉，只有遍野的茅草恣意疯长。据说，在这里的茅草之间，有一种花能识别地雷，它以一种神奇的灵性，给千疮百孔的戈兰高地打着战争的补丁。当它在有地雷的地方盛开之时，绚烂的花朵呈红颜色，可在没地雷的地方怒放的时候，它却会——对不起，会以怎样的颜色面世我给忘了，反正，不再血一般淋漓着殷红。

死海

通往死海的公路两旁，绵延着好几公里绿叶肥硕的椰枣树，那种阅兵式般的整齐与严谨，能让人强烈地感受到以色列人对生机的热望。其实，越靠近死海，与它配套的那种远古的酷烈气息便越是逼人。除了大片风化的石灰岩的黄色，大自然拒绝出产绿意，假设有幸在人的视线里交错出了黄中之绿，那只能证明，人类是唯一能创造奇迹的生物。

死海被称为地球的肚脐，位于两个平行的地质断层崖之间，像一块一经开裂便不再愈合的巨大伤口，并随着高温少雨而快速蒸发，在不久的未来，它必将因"结痂"而销声匿迹——死海的水平面，

通往死海的公路两旁,绵延着好几公里绿叶肥硕的椰枣树。

越靠近死海，与它酝酿的远古那种酷烈的气息越是逼人。

正以每年一米的速度急骤下降。对于死海终有一天只能待在文字里的事实，我过于提前地感到了遗憾，于是，在已经开始的倒计时模式中，我手忙脚乱地换上泳衣，怀着好奇与恐惧，趔趔趄趄地踩进水里，体验起了尚存活于现实中的死海奇观。

水底黑泥像无数条"喉咙"，大口大口地把我的双脚吸了进去，而在这些光滑的"喉咙"里，又埋伏了许多尖利的石头，让我的行走如同杂技表演。但这阻挠不了我迫切地扑向失重的时刻。终于，死海的咸度把我托离水底，那片只是漂浮在我早年中学课本里的反常之水，接受了我的亲身验证。但是，那种想象中的潇洒并未潇洒起来，我全身的肌肉都很紧张，只能努力保持着平衡，而不敢有半点放肆的嬉戏，至于照片上自欺欺人的惬意表情，不过出自某几个瞬间的成功伪装。

死海的湖面海拔负四百米，作为地球的最低点，是地球上最大的天然矿物质资源库。在死海边上，以色列拥有世间仅存的死海泥加工厂，名为AHAVA。AHAVA在希伯来语里是爱的意思，我们曾经在以色列国家博物馆的艺术花园里，看到过以AHAVA命名的巨大雕塑，它在寓意着什么我并不知道，我只了解，AHAVA所出产的护肤品，能把死海里富含的钾、钠、镁、钙、锌等矿物质，从头到脚地转变成拯救女人的美容仙丹。在这些诱惑人的神品面前，死海不是让人不沉，而是让人想把它带回家去。身为女人，不用说，我们从头到脚地被它们俘获了。

哦，AHAVA，爱，两千多年前，就在死海西北岸边这寸草不生的荒凉旷野，在名为昆兰社团的遗迹里，为后世留下了著名的《死海古卷》的隐士派犹太人，又是为怎样的使命所驱策呢？

来到昆兰旷野，眼前的荒凉峡谷，像世界蒸发后的残余之地，死海的咸度把我托离水底,那片只是漂浮在我早年中学课本里的浮游水,接受了我的亲身验证。

来到尾兰盯野，眼前的荒凉、峡谷，像世界蒸发后的残余之地，呈现着末日之相。

在这只不死的"眼睛"里，
曾藏着最重要的一部分《死海古卷》

呈现着末日之相。在黄色荒丘的十一个洞穴里，曾经藏着犹太人最古老的圣经。

跳进我眼里的一处不肯埋葬于山体的突出部分，我不知道是不是因为太阳的强光把它暴露了，那形态分明就是一头不肯倒下的死去的大象，我无法不注目它风干的表情，以及那表情里沉默着的最后尊严。它身上的古洞像极了一只不死的"眼睛"，在这只不死的"眼睛"里，曾经藏着最重要的一部分《死海古卷》。

隔离墙上的涂鸦

我们的旅行团是一个朝圣团，除了我和我的五位朋友，其他人都是虔诚的信徒。我们在团里是围观者。对任何一处圣地，我们都既可以与己无关地陌生着，也可以莫名其妙地亲近着；在别人麻麻烦烦地祈祷时，我们撇清自己也既允许不大自在，更允许理所当然。我们可以不知道彼得是谁，但却愿意知道肉质鲜嫩的彼得鱼实在好吃，吃光整整的一大条还不觉解馋。导游所选的朝圣线路，是沿耶稣的圣迹自北而南，凯撒利亚、迦密山、拿撒勒、伯利恒、洗礼之所约旦河、凯撒利亚腓立比、八福山、迦百农、加利利湖……这些圣迹有的在巴勒斯坦境内，有的在以色列境内，行进在这两个你中有我我中有你的不同领土上，我们常常不知不觉地就踏上了不同国家的疆域。

午间在一家阿拉伯饭馆就餐。周边民居稀落，沙地片片，还来不及疑惑我们身处何处，便已看到，满街的绿色车牌远远地多于黄色车牌。导游说，巴勒斯坦是绿色车牌，以色列的车牌为黄色。

静寂之下,似有一种不安的暗流在悄悄涌动,我们好像突然断掉了锚链的船只,漂泊在无边的浪涛之中,随时都有被卷走掀翻的不确定感。这里似乎不宜久留。一吃完饭我们立即上车,继续在车速里扫描大片野草丛生的阴郁景致。

我们是在汽车的颠簸中看见的隔离墙。对于这种特殊的壁垒,我不知该怎样评价,也说不好,它的实效性与象征性哪个更大。它捍卫了一个国家的安全,同时也把一个族群的尊严关进了笼子。让我在心情沉重之余惊讶的是,那数百米长的隔离墙上,布满了涂鸦,是最大的一处"行为艺术"场域,是一间面积超大的特色展厅:一只长腿鸟,几株椰枣树,戴头巾的女人,小孩子举手指向远方的背影……所有的线条都简洁明确,似乎让人看得见画者内心的干净单纯。同时,涂鸦在这样的墙上,又有一种政治被艺术化的戏谑之感,迫使人猜想,墙那端的主角是不是在以这样的方式,缓解被剥夺、被控制的愤怒与无奈?而这种虚弱的愤怒与无奈,是否有谁倾听并愿意理会?

隔离墙令人猜测。我的想象贴着车窗,翻越高墙,似乎看见了那里弥漫着的苦难……但想象的单薄苍白,像一部黑白片,图像音效都失真地抖动。在车速飞快的移动中,我突然有种从梦里被唤醒的虚弱之感。

到达耶路撒冷时已近黄昏,此时的耶路撒冷,空气清凉。远处,又传来穆斯林的唤拜声。在逾越节的日子里,每天的无酵饼已经慢慢被我们无可选择地接受。薄而脆的无酵饼,很像我们熟悉的大饼干。

我的想象贴着车窗，翻越高墙，似乎看见了那里弥漫着的苦涩……

游魂栖息地

以色列国家博物馆外形是个巨大的白瓷盖子,这一设计灵感,来自那只昆兰山洞穴中保存《死海古卷》的瓮,而以希伯来文抄写在羊皮上的《死海古卷》以及在马萨达发现的史前文物,都是这里宝贝的馆藏。也可称之为圣经博物馆,因为馆内展示的珍品文物,多为各个时代样式各异的《圣经》,包括先知以赛亚书最古老最完整的版本。除了那些宝贵的经文,这座号称世界十大博物馆之一的博物馆内,还有从史前文明到现代的整个近东、中东以及全世界的各种文明的藏品。

馆内展出的,有大量古典主义时期、表现主义时期和现当代画家的作品,有古拙的雕像造型倔强地散发着远古的文明气息。可惜参观时间短,藏品多,加上文字障碍,我只认得出熟悉的几位画家的作品,其他只能走马观花。在以色列当代艺术家的画和装置里,那位叫——对不起,他的名字我又忘了,是他的油画让我印象最深,我喜欢那并置在同一空间里的几个主题的互不相干。比如,一张以雪为背景的画幅里,左下角一个男人正在对跪伏他脚下的男人施暴,旁边是红通通的火焰和三个戏火的孩子,另外还有一对滑雪的父子,画面远处是一个赤裸着下体的男人和被他压在雪地上的女人,同时还有一个女人被五六块木条挤迫着,一个无助地呼喊着什么的红衣女孩,在一处支架交错的在建房屋处,几个工人正往脚手架上运送木条,而一个头戴黑棉帽、留着浓密大胡子的中年男子,正把他的生殖器展示给两个幼童……整个画面将暴力、色情、死亡裸露于日常生活的游戏或劳作中。从画面上看不到一点技法,几乎是一种平涂的色块和单一的线条,像一种文字的表述在图像里发酵。另一张以色列国家博物馆外形是个巨大的白瓷盖子，这一设计灵感，来自那只昆兰山洞穴中保存《死海古卷》的瓮。

画上，有洗衣妇、大街、黑洞般的垃圾箱、拖着火与烟飞向地面的炸弹、张望什么的老翁以及十几只颜色不同姿态不同大小不同的猫；再一张画上……艺术是除开宗教之外，人类爬行在尘世间的另一条自我救赎之路——这位被我忘记了名字的以色列画家，以他风格简约但内容丰盈的绘画，再次对我做出了强调。

以色列国家博物馆旁边是犹太人大屠杀纪念馆，馆内有关大屠杀的照片、影像、遗物、完整保存着的遇难者档案，充塞得让人透不过气。那些死难者，不是一些冰冷的统计数字，而是有自己的名字、有自己的面孔以及有自己尊严的人。据说，自1953年建馆始，以色列便在全世界范围内，搜集在大屠杀中每一位死难者的个人资料，如出生地、职业、国籍、父母及配偶的名字、战前的居住地、遇难地点等等。至今已收集了六千二百万份和大屠杀相关的文件、档案，近二十七万张照片……如今，以色列仍在继续寻找搜集大屠杀遇难者的资料。也许，那个贴着密密麻麻遇难者照片的大圆锥体上方的空白地带，就是未来回到以色列的犹太游魂最后的栖息之地。幸好，一次人类用非人类的杀无赦的行为成就的屠杀狂欢节已成过去。只是，死难并不存在"幸好"，它像天亮后仍被人记住的夜那样深不可测。而此时，我不知该如何诚恳地去描绘心里的暗影，因为我们也曾经历过大屠杀……

纪念馆旁有一个专为二战时期遇难儿童修的小型纪念馆。进入馆内，一片漆黑，只有非常微弱的烛光，像舞动的萤火虫。我们摸着黑慢慢移动，仿佛穿行于既真实又魔幻的历史隧道。

由历史隧道中溢出的历史烟尘，从未在以色列人的记忆中淡去散开，也许，正是这永难消弭的历史烟尘，强化着这个国家对国土略带偏执的守护。

钻石

晚饭后，钻石厂一位在中国吉林大学读过研的犹太小伙子，开了辆极其普通的轿车接我们去看不普通的钻石。

世界上最大的钻石产地在南非、澳大利亚和俄罗斯的西伯利亚，以色列没有自己的矿产，但以色列的钻石加工水平举世闻名。以色列钻石工业始于20世纪30年代，是移民自比利时的犹太人将这个行业带了过来。世界上有百分之七十的钻石最终都是在这里变为成品的。这个数字是不是可以印证，无数次逃散、驱逐，迫使犹太人必须要带上小而能保值的东西，比如钻石。

在钻石厂的大厅里，陈列有形色各异的十二块宝石，会说汉语的犹太小伙子告诉我们，这些宝石代表了以色列的十二个支派。当然了，犹太小伙子不是要给我们上教派课，而是要普及钻石常识。至于为何做钻石普及，呵呵，地球人肯定都明白的。他说，五十吨泥土才能淘出一克拉钻石的原材料，而半克拉以上的钻石才有保值价值；他说，钻石昂贵的标准在于切面，切面越多并且越白，质量才越好……他拿出一颗五十八个切面的圆形钻石，钻面上，光的舞者在旋转跳跃，诱惑着人想入非非。

炫目的大厅里，有无数光的舞者在婀娜翩跹，邀请着我们将它们移植到自己的无名指上，似乎只有移植成功，一个人——尤其是女人——的爱情才能获得一种无法取代的隆重的分量。据说，戴钻戒的女人，每天会不少于百次地下意识看手。一颗直径不到一公分的拥有无数切面的钻石，究竟凭借了怎样的分量，居然能那么神秘、魅惑、昂贵和尊荣？这真是一道无解的谜题。也许，在以色列，钻石也寄寓了别的意思，但对我来说，它只是地球深处高压高温下炫目的大厅里，有无数的舞者在婀娜翩翩起。

这些宝石代表了以色列的十二个支派。

形成的碳元素的单质晶体，若剥掉它身上的附加元素，它只能带给我虚无之感：它在时间面前的无动于衷，能冷酷地将我生命的长度和硬度扼杀取消。

跳蚤市场

耶路撒冷是一座蒙上月亮之色的、让人迷失的城，浓到化不开的宗教氛围好像凝固在某个停滞的时间里。可到了特拉维夫－雅法，分秒不差地，我们心里的时钟就突然响起了嘀嗒之声，就像早上醒来看见了第一缕阳光，那种懒洋洋的舒适感又潜回了体内。

我们再次来到了雅法。到以色列的第一站是雅法，现在我们沿着时间划定的一个圆，再次回到这里。

雅法与特拉维夫新城相连又分离。从行政区划意义上说，雅法与特拉维夫同属一城，人们普遍的说法与写法都是特拉维夫－雅法，其实两者的气质和氛围完全不同。特拉维夫是现代都市，雅法则是古雅小城，不喧闹，不繁华，保持着时间给它留下的松弛"皱纹"。

要体会雅法的松弛安逸，最好的办法，莫过于闲逛这里的跳蚤市场。本来，我们只是无目的地漫步，可情不自禁地，就被跳蚤市场这一探宝的秘密场所给吸引了。沉溺到那些贩卖时间证物的小店之中，跻身在落满灰尘的货架之间，我们不由感慨，面前的花瓶、盘子、杯子、铜灯……是什么样的时空让它们流落到此？也许它们曾经历过许多不同的主人，曲折的源头已匿名无考，但现在它们却不甘湮没，又精神抖擞地，集结在了店铺里等待再度的辨识与认领，这种抛却历史返身现实以重写历史的勇气与气魄，

特拉维夫是现代都市，雅法则是古雅小城，不喧闹，不繁华，保持着时间给它留下的松弛"皱纹"。

所具有的力量撼人亦撩人。我接受了这力量的蛊惑引诱，试图出手占有它们。

其实，我并不喜欢收藏旧物，老迈的物件哪怕曾堂皇无比，因殉葬过时间见证过生死而成为一种特殊的存在，也会让我心生敬畏然后是忌讳：我害怕残留其上的太多生命的温度与时光的掌纹，把我对未知的想象，拖入固定的情节与俗套的故事。可置身古老的雅法小城，我却又觉得，与一个不知来路的器物缔结姻缘，去延续和改写它含混的身份，又未必不是义举与吉事。

希伯来语

特拉维夫－雅法的居民基本都是犹太人，这样，在特拉维夫－雅法的街头，除了政府的公共标识得同时使用阿拉伯语与希伯来语这两种官方语言，其他非官方标识，一般便光用希伯来语。由于一次次的流散迁徙和一辈辈的杂处同化，犹太人的希伯来语，只在圣经里还一息尚存，而在日常生活里，它早已消失，或只以混血儿的面目流布于世：在中欧、东欧，它与德语混合成了意第绪语；在拉美，它与西班牙语混合成了拉迪诺语……可现在，经百年救治，它竟奇迹般地又复活了。复——复国，在犹太人看来，就是要复一个健全的国度，而起死回生希伯来语，则是"健全"那完美仪式不容缺失的重要一环。

在我从耶路撒冷的酒店带回的便笺上，印刷体的希伯来文和偶然结识的中国留学生小鲍手写的希伯来文完全不同，印刷体的有点像五线谱，像音阶，手写的则像某种舞动的旋律。满大街的希伯来文曾让我有过瞬间的冲动,想请小鲍当我的希伯来语先生,尽管,他反复强调,这种语言非常难学。在我固执的恳求下,他在那张便笺纸上,把一小串汉语和希伯来语两相对照着写了出来:"你好""谢谢""对不起""再见"……我也立刻就叽里呱啦地苦练起来。

对以色列人来说,复活希伯来语也许还有更深的灼痛难以道与外人。阿摩司·奥兹曾说:"我父亲可以读十六种语言,我母亲讲四到五种语言,但他们只教我希伯来语。他们不让我懂任何欧洲语言。也许他们害怕,即使我只懂一门欧洲语言,一旦长大成人,欧洲致命的吸引力也会诱惑到我,使我如中花衣魔笛手的魔法般前往欧洲,在那里遭欧洲人杀害。"

博物馆与拉宾广场

在特拉维夫-雅法过安息日,能让我想起一位诗人笔下的诗句:"除了海,我没有别的地方可去。"是的,除了城市周边永远在推波助澜的海以粗重的呼唤邀请着我们,城里的店铺都大锁把门,让我们有点不知何去何从。

不,能知所从,我们可以去博物馆。在以色列这个面积只有两万多平方公里的国家,大小博物馆有八十多个,多半都长年免费开放,越是节假日公众休息时,还越会把怀抱敞得更开。博物馆里孩子很多,乍一进来,我们差点误以为是进入幼儿园了。针对孩子,中国有句时髦的话,叫"不能输在起跑线上",而对于以色列的孩子,出入博物馆便是他们的起跑线。我们踏入博物馆的大门口时，看到一个自动取款机下面有只黑盒子，黑盒子里躺着个熟睡的婴儿，旁边的守候者是位长须老人。那婴儿的睡态十分安详，似乎在表明，虽然他刚出生不久，还不具备跑的能力，但却能幸运地早早站在起跑线上。我们在博物馆转一圈出来，那个长须老人已经离开，婴儿的四周再没人看护。我心中没来由地略生不满，下意识地朝黑盒子走了过去——哈，原来，它竟是件逼真的装置艺术品，那肌肤那造型那姿容那神态，与真人相比只差一口气。

离开博物馆，我们再一次漫无目的地沿街闲逛。因为安息日，和耶路撒冷一样，人车都很少，但没有那么浓厚的宗教氛围，有点像我们熟悉的周末。街边是一排排关着门的小商店，能印证小鲍的话：在安息日，以色列人禁止一切和"开"有关的行为。他还说了一个有趣的例子，和他同屋的以色列同学，安息日连灯也不自己开，得小鲍这个无信仰者代劳。

特拉维夫这个既现代又朴素的城市，不论大街上还是小巷里，都感觉不到与发达伴生的奢靡的繁华，比肩而立的包豪斯建筑反倒极简了城市的风格。没有名牌，没有豪车，没有奢侈品，没有购物热，生活在这里只有一种减法式的单纯，没有什么会土豪化甚至强盗化地挑拨人的物质欲望。

前面不远处是拉宾广场，1995年以前，即获得过诺贝尔和平奖的以色列总理拉宾遇刺前，这里名叫和平广场。广场的中间有个巨大的钢架建筑，呈倒三角形，从空中俯瞰是大卫王星。拉宾遇刺的地方，在不远处的政府楼下面。拉宾的纪念碑就建在著名的刺杀现场，它普通简单，不事雕琢，与以色列人的朴素气质完全吻合。周边被铁链圈围成正方形的纪念碑，由几块灰黑色的大石头堆垒起来，其中的一块上，用希伯来文写着刺杀事件发生的时间和拉宾的

它竟是件逼真的装置艺术品，那肌肤那造型那姿容那衣裳，与真人相比只差一口气。

拉宾广场的中间有个巨大的钢架建筑，是倒三角形，从空中俯瞰是大卫王星。

名字。地上有几个铜质圆盘,分别标识出当时拉宾、刺客和保镖所处的位置,刺客与拉宾的距离不足一米。我打量着这隔绝阴阳的一米的距离,虽然此时阳光暴烈,却有一种寂寞的寒意在扩散,好像血腥的味道挥之不去地在空气里凝固了。至今,仍然有犹太人认为刺客是英雄。听陪我来拉宾广场的小鲍说,甚至极端犹太教徒对于以色列这个国家都持否定立场,在他们眼里,他们的宗教是超越国家的。

埃及总统萨达特在发表了"我们欢迎你们和我们一起生活"的讲话四年之后,也即1981年,在阅兵式上遇刺身亡。拉宾与巴勒斯坦签下的"土地换和平"协议,与阿拉法特握手言和的经典瞬间,更多的时候,都只能作为历史记忆定格为化石。也许,人类确实无法解决上帝的问题。

同性恋天堂

从拉宾广场去往雅法,是一条直路,这条几公里长的直路,车道在两侧,人行道在中央,人行道有四五米宽。路边种了许多植物,植物下有供人休憩的长椅,我们在阳光里兴冲冲地走和懒洋洋地坐,一点点接近了直路一侧的海边。

海边的热闹,与任何一处休闲场所的热闹都没区别,一眼望去,冲浪游泳的人在海面上点彩似的涌动。岸上停满了私家车,车隙间满是狗和遛狗的人。特拉维夫的狗让我想起了耶路撒冷的猫,这一阴一阳的两种动物,似乎在证实着某种隐喻。

特拉维夫以包容开放著称,是有名的同性恋天堂。据资料介绍,在这个四十万人口的城市里,有百分之二十的人自称喜欢同性。在海边漫步时,有一对同性恋伴侣让我印象很深。在夕阳西下的背景之中,他们一人手里拿着奶瓶,另一人推着一辆小巧的婴儿车,以一种非常自然家常的神态和亲昵依恋的表情,迎着我们擦肩而过。我没法判断他俩谁是婴儿的"妈妈",也想不好,婴儿车里他们的宝贝儿,能否承载他们那浓度明显太高的温情。男人和女人在一起时,男人的阳刚往往外露又直接,或许他要以这样的表现,来证实女人确是他身上的肋骨。但两个男人在一起时,特写了他们的倒是阴柔,而非阳刚的双倍曝光。

以色列真是个奇妙的国家,一方面顽固地恪守宗教传统,一方面又充分地尊重人性、崇尚自由、容忍乃至鼓励离经叛道。作为"不死的民族",犹太人之所以成了上帝的选民,也许,还真就不是上帝的偶然之念,而是他们预先就具备了上帝选民的独特品质。假设,隐身的上帝能提早现身于犹太民族晦暗朦胧的历史源头,那他们的命运,其走向轨迹能否不同呢?

告别

回国前一天,听小鲍说,雅法老城火车站附近的地中海边,有家叫"老人与海"的餐馆挺受欢迎。我们决定"奢侈"一次。一是坐到海边吃鱼更"名正言顺",二是那些过于排斥我们味蕾的当地食物我们早吃够了,唯有鱼的味道,能让世界各地的人集体认同。

其实,"老人与海"只是一处大排档,并不"高大上",唯有收费,与国内上好的餐厅比毫不逊色:七百多谢克尔,相当于人民币

一千二三。连日来,我的算术水平长进飞快,在脑子里,轻易就能让美元、谢克尔、人民币互相换算。

海风潮凉,我们坐在海边一边品尝鱼鲜,一边打包各自的心情。短短的十多天,我们脑子里已装满了各种各样的"以色列",可现在,一如秋天的果实没法留到匆忙而来的寒冬,我们得让属于各自的天堂、地狱、上帝、真主,惊异的喜悦与深切的感伤,在即将回国的情绪里隐遁退潮。但回到公寓收拾行装时,我们还是下意识地、不顾困乏地、比赛般地,再次把自己的以色列收藏——放到桌面上展览,想借助作为物证的耳环、项链、戒指、花瓶、咖啡壶或者石块、贝壳、干泥巴……来固化我们纷纭的记忆,来凝结我们参差的念想。

次日,坐在去往机场的出租车上,有种难言的怅惘与失落,越来越剧烈地在我体内波动荡漾。望着车窗外移步换景中的以色列国,许多关键词,像钻石的一个个切割面所折射出来的千差万别的炫目光泽那样,争相跳进了我的脑海:朴素的、坚韧的、矜持的、傲慢的、谦恭的、虔敬的、锱铢必较的、兼容并包的、针锋相对的、苦难悲壮的……这究竟是个怎样的国家呢?对它,我未知时的熟悉和熟悉后的陌生,同样地强烈同样地真实。

希腊的颜色

去希腊的决定,我几乎是在一瞬间做出的。

这个决定突兀得我来不及找到被它蛊惑的源头,去往希腊的念头便像一粒意外的种子破土而出了。这粒并非我精心埋下的种子,在时间的迫近中,已经在心里展开了它迅速生长的姿态,仿佛我能隔空地看见,我用文字抚摸过的希腊,已经立体成了空间里让我触手可及的形状,去往希腊的心情竟也迫切起来,就像一段梦境与现实被时间快速发酵。而此前,我并没有把文字里那个神话的、科学的、哲学的和艺术的古希腊与现实中地处欧洲东南角、位于巴尔干半岛南端的希腊版图联系起来看待。似乎,关于它的文字已经足够给我建立起一个完整的希腊。作为版图的希腊,反倒陌生得让我对它的地理属性失去概念。在我的想象和理解中,如今的希腊不过是那个文字希腊脱胎于此的外壳,是它"身体"永久的标本。

古希腊的书可谓卷帙浩繁,众多文学、哲学、艺术的书籍里都渗透着它识别度极高的血液。这个西方文明的老祖宗,像火山喷发后的熔浆,流淌成文学、戏剧、哲学、科学的巨大"岩石",几千年来,固定成西方文明的基石……甚至可以说,没有古希腊就没有现在的西方文明;或者说,没有古希腊,如今的西方文明会呈现出什么样的别种形态,这是难以被想象和被假设的。英国诗人雪莱就曾说过,"我们都是希腊人"。是的,它的哲学思想、它的政体、它的历史、它的文学艺术……哪一样不是毛细血管一样地伸向世界的角落,抵达人的神经末梢。不用说,正是这些文字在为我孕育着一粒去往希腊的种子。

我在文字的酝酿中热身助跑,用一本正经又孤陋寡闻的方式,回到过去,遥想着最具古希腊符号之一的,它那原始的民主政体,是不是人类为挑战自身画下的一枚大饼?看资料上说,如今英语中的"民主"一词即是从古希腊文"德摩克拉提亚"演化而来,原意是人民掌握政权。古希腊公民所拥有的平等权利,货真价实。我看到一部资料片中介绍了古希腊人对民主和自由的崇尚和捍卫,如果出现暴政,古希腊人是要卷铺盖走人的。有意思的是,这种"卷铺盖走人"的举动,最终结果是执政者妥协。

这种人对于自身的定义,就像他们自带的基因一样不可改写,"平等和自由"是古希腊人对人与人之间关系最基本的命名。公元前6世纪的雅典,采取全体公民投票的民主制,甚至铁匠都可以去参与国家大事。我以游戏的方式去假设,如果历史不继续往前,世界的秩序会不会驻足于此,以这样的方式护佑着人人都所拥有的权利?但是,用千年后已经老于世故的我们的眼光来看,古希腊的民主政体就像一群孩子的游戏。在这样的游戏法则里,成王败寇均以遵守游戏面前人人平等的规则为要义。在这块孕育民主的土壤里,似乎无法将肥沃提供给独裁者,而独裁只能发育不良地自行荒芜。

再往前，在我想象中展现的，是希腊南部玛尼半岛的阿勒珀特里帕山洞。在这个神话过剩的国度，仿佛一切都被戴上了神的桂冠。据说，这个神秘山洞通往古希腊神话中的冥界——哈迪斯。但是，在这位与死亡画等号的冥界神灵哈迪斯"到达"之前，已经有人类先于神抵达了阿勒珀特里帕山洞，并在此繁衍生息。这些尚处于新石器时代的人们绝没有想到，这片自然资源匮乏的山地，也是一片肥沃的奇土，竟然能生长发育出一株人类的文明之树来。

我想起依迪丝·汉密尔顿《希腊精神：西方文明的源泉》里的一句话："希腊的标志——理性，是在一个以精神为主导的世界中诞生的一股崭新的力量。"当我再次取出《希腊精神》来，一口气读完它时，我想：我一定得去踩踩这块诞生奇迹的土地。

于是，揣着对这片奇土的想象，我踏上了希腊这个半岛国。

清晨到达雅典，在时差的倒错与恍惚里，我们直接从机场坐上大巴，去往旅游的第一站：帕特农神庙。

一路上，街边小山坡上爬满了希腊国树——橄榄树。在车速中移动的它们，像一个个轻微起伏的漫长音符，绵延不绝地在我的视线里单调而重复地展开；大面积疯长的它们因为低矮和相貌平平的姿态而显得过分家常，随意的生长，看不出一点被人精心栽培与呵护的尊贵。但事实上，这种在我们眼里极为普通的树，在希腊人眼里却不平凡。因为在古希腊传说里，象征和平的橄榄树是他们的智慧女神雅典娜种植的，故橄榄树意为和平与智慧。如今的希腊国徽便是绿色橄榄枝环绕的十字盾徽。由蓝白两色构成的盾徽，既简洁又强烈，让人一下子就记住了它。

其实，一踏上希腊国土，就能看到两种颜色在主导着这片土地——白色和蓝色。天与海的蓝，大理石的白。人为的、自然的，都在强调着这片国土的主旋律。仿佛在这里，只有蓝白两色才是正道。没有一丝云的天际，只有洁净而失真的蓝，像一块盛大而沉厚的幕帘，真实地占领着我所有的视域。不知为什么，这样的蓝仿佛具备一种太古之初不可撼动的力量，让我有点大惊小怪地感慨，这是一种多么奢侈的颜色，黏稠得我的眼睛无法彻底去消化和吸收。这种强烈而浓郁的自然之色，呼应着当地盛产的石灰岩巨石，失重般地使别的颜色沦为配角。似乎别的颜色不过是枝蔓，是需要人为去实现的，而这两种出产于混沌之初的颜色，让此时的我，仿佛站在了人类的起点，退回到文明起跑线上。

站在这样的起跑线上，蓝色似乎在向人喻示，它与古希腊人智性和朴素的底色之间有着某种让人猜测的、纯度极高的血亲关系，而非仅仅作为一种物理性的自然之色而存在。我第一次强烈地感到，难道颜色也有其属性？或许，颜色恰好是一种最能传达一个民族内在精神的载体。比如，想起我生长的国度，我的大脑里血红一片，换一个颜色就会令人不安。

希腊的国旗是由四道白条与五道蓝条相间加上十字图案构成的规则图形，有些僵硬的毫无设计感的条纹，代表着古希腊人最源头的精神格言：不自由，毋宁死。让人感到，这种自由至上的古希腊人理念，如今依旧灵魂不死。此时，浸泡在蓝色里的我，体内所有的细胞似乎也张开"大嘴"，蠢蠢欲动地等待着一场精神的饕餮盛筵。

从车窗看出去，普通的街市，像极了20世纪80年代里我们熟悉的那些素颜朝天的小县城。拥挤逼仄的街道、陈旧低矮的楼房，一遍遍刷新和纠正着我对雅典的主观想象，让我心里有着轻微的失

从车窗看出去,普通的街市,像极了八十年代里我们熟悉的那些素面朝天的小县城。

拥挤逼仄的街道，陈旧低矮的楼房，一扇扇刷新和剥蚀着我对雅典的主观想象，让我心里有着轻微的失重感。

重感。不过很快，我便踩着它"凡夫俗子"的肩头，跃上了它的历史高墙，主观甚至冲动地，无加辨别地接受了它。我知道，被它并不光鲜的外壳所覆盖的，是民主的先驱和文明的基石。曾经在这块土地上生长出的民主之树，直到现在仍然庇护着现代人最基本的人权，虽然，它早已不再是当初枝繁叶茂的样子。我想起米兰·昆德拉那本著名的小说《生活在别处》里的一句话：真正的生活永远在别处。

也许，"古希腊"一词所蕴含的极处之意便是生活的彼岸。

休假旅游对我来说，就是按下生活的暂停键，在想象中隐身于另一种短暂而陌生的时光，或者成为"生活在别处"的旁观者。但是，既然是旅游的方式，我就不可能真正抚摸到它内在的纹理和质感，除了拿书里的文字当向导，我就只能假意地猜测，附加上自己完全主观的足迹。这是没有办法的事，不过好在，我可以有一次从文字到实地、从一种想象到另一种想象的联姻。

在古希腊的文明起源里，和其他民族一样，都有着相似的关于天地、生命的神话传说。似乎这是我们无法知晓生命真相，却只能在自己编织的传说里获得的一种皈依。我们的盘古是不是可以对应他们的欧律诺墨；痛不欲生的赫拉克勒斯用火葬完成他的自我救赎，最终复活的赫拉克勒斯，加入了奥林匹斯山众神之列，这是不是也与耶稣基督有着相似的从受难到复活的命运轨迹……

希腊的神无处不在。大大小小的神庙，是各路大小神的居所。宙斯、阿波罗、雅典娜、阿佛洛狄忒、波塞冬……然而，古希腊人祭拜的神有着人的模样和德行，不抽象也不神秘。在他们看来，唯有美，才能呈现神之神性。因为在古希腊人的理念里，神之为神，不是他们比人更有道德感，也不比人更智慧，而是比人长得更匀称，更彪悍，更结实，更丰满……总之，他们更像人，一种理想的人。

古希腊神身上的烟火气混淆了神和人的界限，他们这样那样的毛病破坏着神在我心里的完整性，他们不高尚、不完美，我甚至觉得他们不过是戴着神的桂冠、拥有着神的命名的另一类族群，在争风吃醋与妒忌的挑唆下发动着一场场天翻地覆的圣战。

美杜莎的命运，或许便是美与贞洁这对一母同胞在她的遭遇里的一次对峙与背叛。美与贞洁原本就是一种需要互相印证和鼓励的关系，以此来完成它们被赋予的美德。美与贞洁捆绑出的十字架，让这对一母同胞荣辱与共。失去贞洁的美是堕落的，万劫不复的。仿佛在这一点上，神也拥有着人类的视角，因为，在神的眼里，美也是贞洁的化身，不贞洁的美也不能被豁免不能被宽宥。如今，在伊斯坦布尔的地下水宫里，两根支撑水宫的巨大石柱的基座便是美杜莎美丽的石头头颅，定海神针似的石柱终于把她镇服于地底。其中一个侧放的头颅，就像她枕着地面，依旧美丽的脸庞上，是在流动水域里凝固的表情，她安然地领受着失去节操的惩罚，那双让人畏惧的眼睛再也无法正视旁人，也从此失去了她最后的魔法。美貌的美杜莎，其名之意却是"极度丑怪的女子"，这是神人达成共识的对美处以的极刑。也许创造美就是为了毁灭美，这是不是美的悖论。而捍卫贞洁的雅典娜对美杜莎施与诅咒时，她的心里是不是燃烧着属于人类的妒忌火焰，我只能用人的阴暗视角去揣度。

虽然，希腊诸神都有着与血肉之躯的人一样的、被我们所熟悉的八卦故事，他们身上没有背负耶稣的沉重十字架，他们既神力无边又欲壑难填,然而,他们完美的外貌足以成为古希腊人追逐的理想。我不知道在这个神人同性的地方,是神的德性被人性化,还是人性被神盗取。我迷恋这些神的样子,他们作为人的样子美得让人自惭形秽,同时,他们像人又似神的样子,让凡胎俗子的我,仿佛也具备了足够的能力去猜测他们。

曾经作为雅典人文化、政治中心的卫城,希腊语为"阿克罗波利斯",意思是"高丘上的城邦"。它孤绝地伫立在雅典城的山丘上,是不是还在继续昭示它往昔的尊严?

燠热的正午,顺着台阶向上趋近卫城,呼啸的狂风和黄沙不在我想象的卫城里。被风卷起的大面积黄沙像层层薄雾,疯狂地扑向旅游者的姿态,像在阻挠人们随意把它当成拍摄的景观。

在那张完整地还原着卫城结构的彩色旅游地图上,我只能爬行于时间的隧道,让山门、帕特农神庙、伊瑞克提翁神庙、狄俄尼索斯酒神剧场、长廊……在想象中复活。但是,我无法在这张过于完整的地图上对应它昔日的潮涌潮退。静止于地图的卫城,像孤悬于时间之外的假想之城,呈现出一段超越生死的距离。

站在帕特农神庙多利安风格的石柱下,我的心里只有炙热的阳光、呼啸的狂风和飞舞的黄沙。雅典卫城的残垣断壁仍然在为文字提供诠释,为追忆提供佐证,但在风的扬尘里,历史的绝响似乎已经远去。被风灌满双耳的我,面对卫城,旅游景点的功能被成倍放大的同时,它留给作为游人的我,又不过是匆忙而苍白的一瞥。

帕特农神庙四周静卧着横七竖八的巨石废墟,那是一次次劫难后的玉石俱焚,像携带着秘密的陨石,更像是上帝遗落在世间的残片。无法再还原真身的它们,以七零八落的面目成为永世者,继续提供给后人以猜想它们充满神迹的荣光,仿佛在向人低语,当年的曾经作为雅典人文化、政治中心的卫城，希腊语为"阿克罗波利斯"，意思是"高丘上的城邦"。它孤绝地伫立在雅典城的山丘上，是不是还在继续昭示它往昔的尊严。

燠热的下午，顺着台阶向上起造卫城，呼啸的狂风和黄沙打乱我想象的卫城里，被风卷起的大面积黄沙像层层薄雾，疯狂地扑向旅游者的姿态，像在阻挠人们随意地客当成拍摄的景观。

帕特农神庙四周静卧着横七
竖八的巨石废墟，那是一次之劫难过
后的玉石俱焚，像c携带着秘密的
陨石，更像是上帝遗落在世间的残片。

它们曾经多么杰出。我不得不再次启动文字机器，去还原失去形状的它们，让它们在辞藻的修复里起死回生：精雕细琢的雕塑、流光溢彩的釉色——以另一种想象的方式。

被后人分析、拆解甚至试图还原的帕特农神庙，它那曾经作为雅典城邦的心脏是否还能继续跳动？也许，被时间洗劫后的残貌，才是它命运所抵达的终点，就像神也要在一次次的改朝换代中，翻新它神圣的面孔。帕特农神庙四周围满钢条铁架，它们像包扎伤口的巨幅绷带。被长年累月修复的神庙，似乎是一个永远也不会竣工的工程，修复它估计不会比建造它更容易。要还原其旧貌，就好比让它重返人类之初一样困难，就像要现代人回到古希腊的公民大会现场一样不可思议。但是这样的修复仍然让人心怀敬意，仿佛在暗喻着一个无法抵达的理想，人类却为它消耗着无数的生命与岁月，虔敬地爬行在通往它的路上。虽然，早已冷却的伤口裸露在阳光下，泛着幽寂的石色。

相邻的伊瑞克提翁神庙是为雅典娜和波塞冬而建，以其女侍者形象的廊柱而闻名。作为支撑神庙的廊柱，幸存的六座美貌侍女像成为废墟石场中孤寂的永生者与守候者。被时间啃噬的她们，倒影出一角与今生永不相交、不再重叠的盛世繁华。虽然眼前的六根长裙束胸、轻盈飘忽、头顶千斤、亭亭玉立的少女像柱是后世者做的仿品，却并不妨碍我对她们的注视，仿佛她们是来自神界里的最后一瞥。如今五位少女"真身"屹立在卫城博物馆，而另一个少女早已流落至大英博物馆。

少女像柱勾起我小时候画素描的记忆，素描画里的石膏像们，不正是她们吗？那个被古罗马人称为维纳斯的阿佛洛狄忒的石膏头像，是我怎么也无法把她的美装进画里而感到沮丧的记忆。也许，美的狡黠就是增减一分都会反作用地让人失去把握它的能力，我甚至怀疑，阿佛洛狄忒式的美是人为了僭越自身的创造，而美是不是另一种让人执迷的神明；还有那个本可以让特洛伊城的命运发生逆转的祭司拉奥孔，他拥有健美得让人叹息的线条，以及被命运裹挟着的悲壮之美，但拉奥孔群像我从来没有完整地画完过；盲诗人荷马的石膏胸像在日复一日沉积的灰尘里泛黄，仿佛它要用一种时间之色来让荷马浓密卷曲的头发与胡子成为一个离我越来越远的迷宫……作为石柱的少女像们，被太阳强光分割的明暗、黄金比例的轮廓，让我内心的时间出现了混淆与逆行，恍惚觉得，素描不也正是从这里起源的吗？而文艺复兴时期的到来，不过是它坠入人间的一枚意外之果。

卫城周边有众多白色民居，如今的希腊公民，心中是否仍然怀有与古希腊臣民一样对卫城的虔敬心？我无从倾听。流进我视线的，是卫城脚下的古代集市广场阿果拉遗址，这里曾是当年雅典人的社交中心，是相貌丑陋、不修边幅的苏格拉底经常闲逛的一处集市。据说，那时候这里不仅贩卖物品，也是贩卖思想的场所。在时过境迁中，被文字导游出的实景变得虚弱而缥缈，同时，被文字镶嵌的现场仿佛置身于时间之外，在想象中完成的这个有趣场景，使我在混沌模糊中，触摸到一丝历史的微温尚存，在神游中接近着这个近在咫尺却了无痕迹的场所，抵达着这个苏格拉底用一生中大部分时间向众人宣讲美德的现场。

站在太阳下的废墟里拍照留影，远处密集的白色民居成为此时完整而单调的背景，我竟来不及知道，我身后咫尺的下方是狄俄尼索斯酒神剧场，直到听见有人说出它的名字。这个世界闻名的古代剧场，公元前5世纪，古希腊悲剧之父埃斯库罗斯的作品就在这里

卫城周边有众多白色民居，如今的希腊公民，心中是否仍然怀有与古希腊时代一样对卫城的虔敬心？我无从倾听。

上演。文字里的狄俄尼索斯酒神剧场突然在我大脑里喧嚣起来，一出出悲喜剧仿佛正在我眼前同时上演，让我有点目不暇接，《俄瑞斯忒亚三部曲》《俄狄浦斯王》《美狄亚》《被缚的普罗米修斯》和彻底革新戏剧叙述方式的《特洛伊女人》，以及在神祇狂欢中的"羊人剧"。我看见古希腊人被调动起来的感官，在戏剧里起伏的情绪。被命运裹挟的弑父娶母的俄狄浦斯王，尽管结果可以从神谕中推断，但俄狄浦斯的选择依然让人不安。不说教的古希腊悲剧呈现神秘的命运，是自由意志和命运之间的冲突，我惊讶于这种只说故事而没有主观教化的开启民智的悲剧方式，竟来自公元前6世纪起源于宗教庆典的古希腊戏剧。亚里士多德在《诗学》里对古希腊悲剧如是说，悲剧调动出两种情绪——怜悯和敬畏。这种隐而不彰的神秘命运成为希腊哲学的逻各斯。我还仿佛看到，亦庄亦谐的古希腊人在插科打诨的喜剧里发出的尖叫与嬉闹，充满市井的淫邪之气的狂欢。因此，有人说，剧院的故事，就是古希腊的文化中心雅典的故事。要了解古希腊，绝佳的地方就是剧院。

　　发明民主制与戏剧的雅典，是神谕的雅典。站在这个孕育了两个非凡发明的发源地，我的内心有点撕裂，假如上帝仍在俯望着人类，他是否心怀悔意，他让雅典发明了民主与戏剧，让人类的文明曾如此地抵达过上帝的乌托邦。

　　与卫城紧挨的一处空旷场地上建有宙斯神庙，巨大的雍容华美的科林斯石柱也抵不过被风化的命运。它简洁的线条启发我在心里以主观的方式去还原它昔日的庄严。神庙废墟在蓝色苍穹下折射出的伟岸幻影，仿佛尚存着一丝风烛残年的神力，又凝结着无数个世纪的荒凉。我不知道，被掠至古罗马广场的那些神庙石柱，如今，是否还有宙斯神的余温。用手机拍下它时，我无法描

与卫城紧挨的一处空旷场地上建有宙斯神庙。巨大的雍容华美的科林斯石柱也抵不过被风化的命运。它简洁的线条启发我在心里以宏观的方式去还原它昔日的庄严。神庙废墟在蓝色苍穹下折射出的佛岸幻影，仿佛尚存着一丝风烛残年的神力，又凝结着无数个世纪的荒凉。

述镜头里捕捉到的明暗,是来自光影,还是它自身携带的"肉身"在起伏。

什么?新约圣经是用希腊语写成的?孤陋寡闻的我第一次听到这个说法。没错,新约是用希腊文写成的,除了马太福音可能是例外。对希腊文化历史了如指掌的导游填补着我知识的空白。

新约圣经中没有一本书以希伯来语被保存,只有希腊语的。其实这并不奇怪,写路加福音的路加,是受过高深教育的希腊人,他用希腊文为讲希腊语的外邦世界而写。讲一口流利希腊语的保罗是外邦人的使徒,一直在整个罗马世界用希腊文传福音。马可用希腊文写,是因为希腊语是当时的通用语言,是最适合传播的语言,是被最广泛遍及所有国家使用的。在耶路撒冷,希腊文也不陌生。也许上帝对希腊语、俄语、意大利语、德语、中文、西班牙语、法语或英语,都没偏见。在上帝的视角里,众生皆一样,是人在自我区分与被区分。

在这个崇尚理智的地方,站在这个民主起点的腹心,我恍恍惚惚地感受到,是地理环境决定了它的政体模式?就算是,它也因此修得了超越外因的正果,并因此深入几千年来世世代代的人心。如今的大雅典城有许多自治区,每个公民仍然继续享有着他们所拥有的权利。这不是什么新鲜话题,但我仍然愿意把古希腊公民大会的阴魂与当下做一次想象的联结和还原。我仿佛还能看到这个城邦国家的血脉,并不因为一次蛮族的入侵而混血成一张张陌生的面孔;我愿意以这种狭隘的方式,再次地倾听遥远的古希腊回声。

站在蓝色苍穹下,我无法描述此时的心情。宪法广场烈日当空的下午,我试图在周围等待着庄严换班仪式的熙攘人群里,在我不知道，被掠至古罗马广场的那些神庙石柱，如今，是否还有宙斯天火的余温。用手机拍下它时，我无法描述镜头里捕捉到的明暗是来自光影，还是它自身携带的"肉身"花瓶优。

这些脸上寻找古希腊人的基因，固执地想把文字里的古希腊人与当下做一次主观的猜想。不论这样的猜想是否有用，我仍然受到宪法广场历史含义的鼓励，看到一种精神上的不死基因。好在，这不过是一次我一意孤行的梦游，一切与现实偏离的臆想仿佛都能被豁免。

据说，1843年，民众阻塞了广场，要求国王颁布锡塔玛，即宪法。国王在这里向发明民主概念的古希腊人后代承诺，实行民主制度。自此，这里被称作宪法广场，也叫锡塔玛广场。

此刻，在昔日的王宫如今的希腊国会所在地，守护王宫和无名士兵墓的艾瓦桑卫兵，正在进行整点换班仪式。身着红帽黑衣黑裙的卫兵，像踩着一团棉花前行的软绵步伐，无声无息，高高抬起轻轻落下，没有一点卷起尘土的硬朗而慑人的军威，倒像是一种无声的舞蹈。这在我的理解与认识里出现了不能被填补的空白。最有意思的是他们身上的百褶裙和脚上的绒球鞋，这是他们传统的形象标志。据说，百褶裙有四百个褶子，代表着希腊被土耳其帝国占领下屈辱的四百年。

离开宪法广场，途经雅典市中心的大学街。宽阔的路边有三座仿佛从历史时间中重返21世纪的白色建筑，它们显得既突兀又和谐，不论是古典主义造型还是大理石材质，都让人恍惚瞥见了远古的雅典。它们分别是希腊国家图书馆、雅典大学和样式极像帕特农神庙缩小版的雅典科学院。科学院屋檐上雕有和神庙相似的古希腊神话诸神像，与真人大小相近的苏格拉底雕像和柏拉图雕像高高伫立在大门两边，两位哲人身后分别是身穿盔甲的智慧女神雅典娜雕像和手持乐器的光明之神阿波罗雕像。

建在街边的这组古典主义建筑群，被蓝得发紫的天衬托的白色在昔日的王宫如今的希腊国会所在地,守护着宫殿的名士兵墓的艾瓦索卫兵,正在进行整点换班仪式。身着红帽黑衣黑裙的卫兵,像踩着一团棉花前行。轻踮步伐,无声无息,意在抬起轻轻落下,没有一点卷起尘土的硬朗和慢入的军威,倒像是一种无声的舞蹈。

 在亚街边的这组古典式建筑群，被蓝得发紫的天衬托的白色大理石"躯体"，让人仿佛窥见到了盛名的源头——阿卡德米学院，欧洲历史上第一座综合性的学院。

大理石"躯体",让人仿佛窥见到它盛名的源头——阿卡德米学院,欧洲历史上第一座综合性的学校。这里是不是柏拉图从教的那所学院?是不是柏拉图为实现他为雅典建立新秩序、选拔睿智优秀政治家的理想所创办的场所?当然,我的想象再次出现主观的错乱,如今,已成遗址的阿卡德米学院,远在雅典西北郊的克菲索河畔。而眼前这所始建于19世纪的雅典大学是当时全巴尔干半岛和地中海中部地区的第一所大学。但是,站在这座纪念碑似的建筑前,我凭借大脑里那位文艺复兴三杰之一的拉斐尔的巨幅油画《雅典学院》,神游了一次远古学院的盛世。《雅典学院》这幅画作里人才济济,我仿佛看见了说古希腊语的哲人们,复活在此时不知是何年的瞬息里。

在走马观花中,路边的巴拿殿尼安体育场让人想起古希腊最盛大的且带有宗教感的奥林匹克运动会。古希腊人通过运动、游戏的精神祭拜奥林匹斯山诸神,体现出的是崇尚生之快乐的生命观,是不是古希腊人过早地定义了生命的本义,与宗教的巨大力量形成对立?虽然我永远是一个无神论者,但人在现世中对于生命力的这种崇尚,通过对奥林匹斯山上诸神的祭拜,发展成为生之快乐而寻求的一条通往人性自然的门径,让我这个无神论者也获得了一种陌生的快慰。

具有宗教意味的奥运会里的竞赛项目马拉松比赛,却有着一个悲壮的历史背景——"雅典是永远保持自由还是戴上奴隶枷锁",它修筑起的是古希腊人内心的城池。据说,如今仍然有当地人会以希波战争的功臣斐迪庇第斯的路线,即马拉松至雅典的路程来进行马拉松长跑,有人还要自带上和当年斐迪庇第斯长跑途中一样的干粮。也许在这些人心里,斐迪庇第斯就是他们心中的神。

……

希腊的历史文化冗长绵延，但奇怪的是，在短暂的过往里，我没有感觉到它那条累赘的历史长尾横行在巴尔干半岛，和沉重的希伯来文化形成巨大反差。耶路撒冷弥漫着一种沉郁的生之重负与寄予来生的企盼，他们受命于上帝，经受着上帝赐予的苦难，却更看重上帝对他们的庇佑；而希腊文化却荡漾着今生即时的快乐，对众神的信奉并没有羁绊当地人享受生命的快乐本意，正像古希腊游吟诗人荷马所说："盛筵、舞蹈、更衣、淋浴、爱和酣睡，这些对我们来说永远弥足珍贵。"这种对生命力的追求，也许才是希腊这块奇土最原始的基因，甚至在几千年后的今天，这种快乐的基因似乎仍然在空气里弥漫。而此时作为过客的我，已经把一种被激活的陌生快乐，短暂地种植在了此时脚下这片陌生的土壤里。

爱琴海深邃的蓝也没有文字里沉厚历史的反光，除了荷马说的"葡萄紫的海水"蛊惑着人心。充满活力的希腊，是因为过剩的阳光把历史的城墙一次次刷新了吗？就像希腊大小岛屿上的白色房子，一年一刷。

既然希腊是一个半岛国，它的国度就注定要被万水分割。大大小小的岛屿，大大小小的城邦，爱琴海是他们的连接。其实他们本来就是一块思想与精神的完整大陆。

吞噬了无数秘密的爱琴海是收集远古的专辑，却保持着亘古不变的呼吸。此时在雅典到米克诺斯岛大游轮上的我，整颗心也被爱琴海伪装成了蓝色。在甲板上，我坐在金发碧眼的人堆里，仿佛身处被陌生篡改身份、大脑被海清空之后的深渊里，此时，仿佛我们都是漂泊在大海上的孤儿。海的粗重呼吸声是夜晚唯一的形状，比黑夜更黑的海咆哮出猛兽的狰狞，让我独自在甲板上猜测出了通往死亡的路径,像站在世界的另一个尽头。但我仍然喜爱无边无际深不可测的海,此时的我,也把出海当成一次探秘奇迹的远途。在这样的远途中,我猜测出大海才是雕塑古希腊人特性的唯一材质。特洛伊战争的功臣奥德修斯,如果没有归途中那漫长的十年,也许他的英雄名号便会显得单薄甚至太过于平凡。

米克诺斯岛在雅典东北方,距雅典一百多公里,和圣托里尼岛一样属于基克拉泽斯群岛。米克诺斯即巨大的石头之意。在神话的希腊,米克诺斯也有个惊天动地的故事,这里是宙斯和提坦族发生圣战之地。据说,战败的提坦巨人骸骨散落在爱琴海里,从而形成米克诺斯岛。被神话蛊惑,我也信其有地穿行在"提坦神的骸骨"里,让排山倒海的神话覆盖了我唯物世界里的苍白和单薄。这是古希腊人看待世界的方式,还是我一厢情愿把自己安置于一种谵妄中不能自拔?

米克诺斯岛居群岛之北,是有名的同性恋岛,是同性恋的天堂。据称,同性恋最早起源于古希腊。传说尚武的古斯巴达人,从十二三岁起即要加入童子军,接受严格的成为英雄的训练。对他们来说,成为英雄是男人一生唯一的价值追求。到了结婚年龄,新婚之夜的新娘要剃光头发,穿着很男性化的宽大袍子而非女人的装束,这样新郎才不至于感到陌生和紧张。因为在军营里,性爱是发生在男人之间的。在他们看来,性爱不分男女,只关系主动与被动。

爱琴海诸岛都是大岩石,米克诺斯岛也逃脱不掉寸草不生的厄运。在船上看,远处那些荒芜的灰黄色岛屿,像大海隆起的脂肪,而不见象征生命的绿色。岛屿顶端有一层绵延不绝的白色覆盖,就像那是一座终年积雪的无人山峦。

汽车盘山爬行,那些在船上远观到的山顶"积雪"开始在眼前显露出原形。一座座白色屋子顺着灰色山体绵延起伏,错落有致。人迹也越来越密集。终于,一座岛屿中的白色城市在阳光下露出它的真身,那些白色的山顶"积雪"便是密集的白屋。民居是白色的,教堂是白色的,在蓝天的反照下,白屋下的阴影也藏不住丝毫秘密。

绿色在这里合乎情理地变得十分昂贵,是一户人家是否殷实的标志。白屋前的绿色便是这户人家裸露在光天化日之下的财富,也就是说,判断富贵或贫穷的其中一项指标即是屋前的绿色植物。

我们入住的阿佛洛狄忒酒店,是在近得失去了神秘面纱的爱琴海边上。据当地人介绍说,希腊有著名的三S,即STONE、SEA、SUN(石头、海和太阳)。这就是当地的资源。站在爱琴海边,我梦寐般地想象,这海底沉下了多少未知的古迹?古希腊人如何漂洋过海,把古埃及文明带到著名的克里特荒寂的小岛上,开启他们的文明?他们又是如何发展出自己的迈锡尼文明?而对于旅游者来说,这些岛屿远离大陆,更像是一处处离群索居的场所。

被彻底旅游化的圣托里尼岛是到希腊的必留之地。过度的旅游化总是让人怀疑和厌倦,但是,在圣托里尼这座小岛上,仍然感觉得到属于它的气质,这样的气质反义着城市。它的非凡来自荒草丛中的一座座白身蓝顶的教堂,碎石小道上骑着驴的当地人,错落低矮的白色民居间的羊肠小道,还有路边开得过分热闹的三角梅……这里同样没有绿色眷顾,但有一种树却在这里被大面积种植。在车途中看到,大量葡萄树爬行在地。受当地气候限制,淡水资源稀缺,那种建葡萄架的种植方式在这里是行不通的,贴地种植才能很好地接收海水的蒸汽，是它获得水分的无奈之举，但它也拥有着得天独厚的肥沃的火山灰土质。据说，这里才是葡萄酒真正的发源地。

同样有许多白屋的圣托里尼岛上有十四个社区。在白屋之间有无数的蓝顶教堂突出地彰显出宗教信仰的繁盛，这里基本都以信奉东正教为主。不知道这岛屿上有多少本土信徒，除了蓝顶教堂这种标志性建筑在强调着人们的信仰，无数的酒吧、商店都在喧嚣着一张世俗的面孔。

在圣托里尼岛一处有名的观景台那里，人头密集，在我眼前晃动的金发碧眼们喧哗着我无法听懂的热闹。我随着人流往观景台的方向走，仿佛那里将有一个盛大的节日。同行的军华告诉我说，观景台那里是看日落的最佳位置。

海边的黄昏和清晨总是携带着一种仪式般的庄严和隆重，这是常年深居高原的我无法体验到的晨夕裸露的真身。每一次日出与日落的景象仿佛都带着远古的洪荒，被海的极处完整地归纳，仿佛海是它台前幕后的最后幕障。火球一样的夕阳移向海平面的时候，我们随着人流沿石阶往下走。此时的太阳像一个盛装的行者，完整地投射在海上，像一个世纪即将落幕。海面波光粼粼，此时的海失去了单纯的蓝，日落的倒影把海面划出一道道红色刀口，成为海的伤口裹挟着的血浆。太阳终于缓慢地隐身于海的幕后，我的耳边响起了掌声。

欧洲人真有意思，我想，对这个日常的自然现象，竟如此"小题大作"。同时，我又被身边的掌声感动，他们对自然的敬畏如此单纯虔诚。我与周边人的情绪来自两极，显得过于冷淡的我，坐在他们中间，好像这里的日落是与我不相干的，好像我与他们生活在两个完全不同的星球。

......

希腊建国不过两百年，和它的文化概念相比，国家的概念尚处幼年，以至于让我丧失了方向感。如今的希腊因为经济滑坡，一片萧条。年轻人的失业率已经超过百分之五十。叙利亚等中东国家大量的难民从海上登陆，通过希腊进入欧洲似乎是一条畅行无阻的大道。市民上街游行是常态。大量资产流入少数富人手中。各种无法处理的污染越来越严重。旅游旺季之后，希腊诸岛一片冷寂……如今，似乎堕入凡尘的希腊，携带着与别国无异的命运，就像神的帷幕已经落下，云层开始增厚，人的命运正式降临，是不是这一切都在暗示着古希腊神也有着摆脱不掉的沼泽？

当我在写下这些文字的同时，朋友正在希腊，我请朋友拍一张爱琴海给我，其实我想知道的是，这位朋友有没有被一种我称为古希腊的蓝所蛊惑。看见朋友发来的照片，我知道，此时进入萧瑟寒冬的希腊，已经轮回为市井人间。我看见照片上灰色的天，像极了一张人类自己的面孔。

作为旅游者，在短暂的停留中，我除了怀有仍然想流浪的心，在悄悄起伏着的情绪里瞥见了远古的希腊，我不可能看到这些隐藏在阳光背面的暗影。短短一周，我获得的只是一场梦寐中的内心狂欢，以及一次真实的离开——离开那种纷繁的日子，而希腊对于我仍然是一块陌生的土地。对于人类来说，柏拉图的理想国也许永远在生活的别处，当我试图去倾听古希腊远去的回声时，我那个被文字建立起来的、等同于奇迹的历史与文化的希腊身影既真实又让人惶惑。

如今的希腊版图像一个被它的文化概念高度浓缩后的结晶体。

我不知道，它的地理疆域是否还能让古希腊的魂魄结实在这片岛屿上。如今的它是否还拥有着古希腊坚硬的果核？

初识洞头

洞头在哪里

"洞头在哪里?"

刚在微信发出几张洞头照片,微友们就追着问我。

"温州",我统一回答。

距温州瓯江口外三十三海里、偏安一隅的洞头不在旅游景点的主流排行榜上。如果这样说仍然感觉抽象,那么,提到"60后""70后"们小时候看过的这些小人书,你一定会和我一样在熟悉中恍然和惊异。原来,《海岛女民兵》《海霞》《活捉黑风》《浪花渡》《浪里飞舟》里的革命故事就真实地发生在这里,还以为只是我们接受爱国主义教育的传说呢。如今,女子民兵连的火种仍然在这里生生不息。在先锋女子民兵连纪念馆前,我看见年轻的女民兵们拳打脚踢的劲头,仿佛她们在用这种形式加固着书里真实发生的故事,打牢这座历史的纪念碑。

去洞头之前,我在百度上看介绍,说洞头有三百多个大大小小的岛屿、岛礁。想起不久前去过的希腊，在我的想象中，在它们相似的地理属性里，洞头一定也有着类似希腊诸岛上浓烈得炫目的颜色来延续我心里还未完全消化掉的碧海蓝天。我似乎是带着希腊的余温去洞头的。但是来到洞头，这样的相似不仅没有出现，相反的是，没有阳光的11月，水的蓝被昏黄的天抹掉了，过于浓重的墨色岛屿贴在灰色的海面，海和天混沌成灰色。手机里拍下的半屏山海景像国画里的留白，充满古意，而非异域海那样带着油画的质感。难道这里的景色也被中国传统文化浸泡过？

站在半屏山上，迎面的海水似乎也含有中国传说的咸味：原本完整的半屏山被斗蛇精的龙王劈成两半，另一半飞向台湾，从此两座半屏山遥遥相望。猛兽般横卧海面的半屏山，临海一面直立千仞，也许它另一半在台湾的身躯也对称着这样的形状。神话里的龙王、蛇精是不是同样被对岸的人们口口相传？

我心里的希腊色被瞬间清零。

我偏爱无边无际的海，因为它和山是对称的反义和两极。山把世界挡在外面，我抱怨山把我的眼睛变小变窄，所以想象海具有的宽阔和通往无限可能的能力。但事实是，身处"两极"的我们却有相似的被山或海命名的命运。晚饭后，我站在临海的餐馆阳台上，听当地一位小伙子说，他叔叔每年出海一次要七八个月，在海上漂荡，和单调的海浪声为伴。我看着漆黑的海，似乎呼吸到捕鱼为生的海上日子，正在完整地停留在他们的父辈那里。和贵州大山里的年轻人一样，岛上的年轻人大多外出，这是一种必然趋势。我觉察到了洞头的寂寞，相似于贵州山野里留守人的清冷。

早在三千多年前就有人类活动的洞头，也许从前是人丁兴旺的，世世代代靠海吃海，又或者这里从来就人迹罕至？听当地人说，从前去温州要三四个小时,如今的跨海大桥把洞头织入了内陆,从此,洞头与温州"藕断丝连"。

现在从洞头到温州的车程不过四十分钟。

花岗渔村的植物

花岗渔村的民居外墙由结实的花岗石建造,色似虎皮,加之石缝间有无数白色线条,酷似虎斑,故名"虎皮房"。屋顶压有许多小石块,让人误以为那是屋顶的补丁,在不经意的一瞥里串缀成一种仪式。有太阳的日子,虎皮房会不会更加雄性,像庇护一方的神物?而此时氤氲缭绕,它们却休眠似的混淆于岛的颜色。

淡水稀缺的地方总是对应地少有植物。我想起希腊岛屿上,植物是一户人家是否殷实的重要标志。和希腊相比,洞头岛上的绿意要丰富得多,只不过这样的绿也不浩荡,而像一件披在岛屿身上的单衣。那些适宜海边生长的掌类植物,才是另一种货真价实的富足。在花岗村一户私人植物馆里,"五彩苏""麒麟掌""绿玉树""武伦柱""唐印""秋丽""霸王鞭"……这些肉质肥厚的植物像吸饱海水一样健壮,让人怀疑它们圆润的皮质下流溢着脂肪,像不明海底生物,爬行于海岸寻求另一种生存之道。

喜温惧涝的三角梅也是海边的常见花种,一路上零零星星的三角梅,生长远不如希腊诸岛上家族似的三角梅那样成群结队、招摇过市。这里的三角梅只是点缀似的散落在某个墙角,形单影只地让我们小小地惊艳一下。再继续往前走,终于看到一面花岗石墙上垂下一缕缕叫不出名的花儿,它们像一群异族,显得过分出类拔萃;

过于娇艳的姿态,让人怀疑它们来自异乡。走近辨认,不难看出它们的马脚——假花假花。同行的朋友识破了它们。一路上,不少这样的假花复制粘贴于不同的墙体,扮演着没有生命体征的角色,插足于岛上。但我能理解这里的人对于美的趋同,假花也能提供美的颜色,受到当地人的褒扬。

在真花与假花交错的小路上走了好久,也难得看到村民,看不出民居是否有人居住。好不容易在一口井边遇上一位当地妇人,她说着标准的普通话,告诉正在往井口探头的我们说,已经不靠这口井吃水,现在岛上的饮用水都是从外面引进来。我又看一眼那口被她的话摇身为旧时代遗物的井,遥想当年靠井生活的人们,那些和井有关的故事是不是也从此沉寂于井底,秘而不宣。

洞头三宝

按洞头人的话说,洞头三件宝:貂皮、贝雕、玛瑙。但我看到的三件宝却是泥陶、贝雕和紫菜。

泥陶

泥陶是传统手艺。别的靠海地方也烧这样的器物,不稀奇。眼前一个个泥色的杯子、碗、花瓶及罐子的坯子堆在架上,相貌平平。束着发髻的年轻艺人在铁转盘上为我们表演拉坯,他的装束和年纪撇清了与传统作坊的关系,就像这是一件新兴的时髦活计。他在铁转盘上舞蹈的双手,像逆光中的幻影,娴熟地将一团海泥变换成碗、杯、瓶……我坐在转盘前,幻想我也能被他附体般地拉出一个像模像样的功夫茶杯来。奇迹当然没有发生，我手里握不住的泥在转盘上任性地对我做着不同的鬼脸，杯子的样子渐行渐远。求助年轻艺人，他魔术似的手帮助我迅速造出一个杯子。我在一旁发呆，心想，他要和海泥厮混到怎样的地步，才能成就这样一双魔术师的手？远离喧闹的都市，与泥相处，他的乐趣不为人知。

我到里间洗手，瞥见烧制而成的大小器具，成品的器具摇身一变，身上原本的土黄色就像另一件与它无关的外衣，此时已脱胎成一副魅惑人的样子。我分辨着器身呈现出的颜色，我学画的眼睛无法看出，调色板也无法准确地调出，它在专业术语里该叫什么颜色。只能这样描述，混沌的青灰色下面仿佛埋藏着不为人知的秘密，呈现出一种含蓄古朴和雅致，就像它历经了坎坷，终于修成正果。我只能给它命名为"洞头的颜色"。

年轻老板指我看地上一堆烧坏的杯子，他说烧七八个才有一个合格。

贝雕

贝雕博物馆。从进门穿过去往里间的茶室时，我就已经被玻璃柜里嵌着贝壳的大小漆盒吸引。在这家私人博物馆里，陈列的螺钿漆器都是汉代、清朝的稀有品。眼前这个螺钿窝脚小几，曾浪迹于日本、美国，最终又从日本失而复归。精致复杂的花纹图形，在蒙着一层被时间抚摸过的光泽里，沉默着无数对几而坐的窃窃私语，沉着的光泽里不知有多少生命经过。我无法提炼出，是它的工艺过分精湛，还是它多次易手辗转，从而泛出时间之色，让我与它记录过的爱情或阴谋，生离与死别，拉开了一道看不见的距离。

另一件镇馆之宝是清代早期作品，据说它的工艺是螺钿的顶峰，器身上细丝如针的中国山水,在"写意"与"工笔"间诠释着失传于清末的软螺钿工艺曾经如何登峰造极。博物馆的工作人员介绍说,这件宝物是从日本一户人家手里用三个集装箱的当代漆盒换回来的。三个集装箱,要装满多少方寸大小的漆盒?

和历朝历代的其他艺术一样,贝雕这种巧夺天工的艺术,过于精湛地占领一个时代,时间是它关上的一扇大门,我们只能通过缝隙瞥一眼它剧烈的身世,却无法真正再次亲近它或者占有它。

此外,馆里还有许多当代贝雕漆盒明码标价,其图形造型既有传统元素,又具备现代感。复原软螺手艺该不是件难事,只是这样精雕细琢的手艺,在浮躁的今天,更有一种巨大的反差和挑战。洞头一间不起眼的屋子里,那一群艺匠,用螺壳与海贝磨制成片,凝神静气,将它们一片一片镶嵌在一件又一件器物上。

我打定主意买一个带回来,离开时竟忘得一干二净。

紫菜

在半屏山上,看见远处海上浮着大面积的一条一条"木筏",在烟水茫茫里铺天盖地,像谁沿着海岸一笔一画的杰作。听海鸣兄介绍,那是紫菜。说完他走到临海一面的山崖上,面朝大海用闽南语再次大声唱《半屏山》,我们听不懂歌词,只记得昨晚酒后助兴的他唱过这首歌,大意是"半屏山,一半在洞头一半在台湾"。我们指着远处成片的紫菜向他发问,那些紫菜是如何采摘的?他笑说,下午让你们自己去摘紫菜。

摘紫菜可不是去向田间,那是要下海。一件件蓝色的连体衣被诸友穿上,个个从头武装到脚,那样子专业得不像是去海里,倒像要坐飞船航游。我坐在岸边一条废弃的全身斑驳的小木船上,远望着渔民们推着蓝色的他们滑进海泥,然后消失于杂草丛,杳无踪影。我继续坐在岸边,想象着他们此时的经历,心里却一片空白,在这样的空间里难以聚焦起更多的念头。只有周围的旧渔船和石砾在清空我心里过分热闹的日子,在这个以速度与激情为主旋律的时代里,此时的我好像被抛弃在这个宽阔的泥色的紫菜场。

蓝色的他们开始一点点由远而近。他们人手一袋亲手采撷的紫菜。之前一身干净的蓝此时污泥及膝,恍惚间,我看到了他们脸上多了几分忙碌的渔民神情。

当晚丰盛的夜宵,一盘炒紫菜荣耀登场。有功之臣们说,这是他们摘的。也许同样的紫菜到我嘴里是平淡的,不知他们吃起来是不是另有一种从来没有过的滋味。我暗想,下次来一定要亲手摘一次紫菜。

回程前,组委会贴心地给我们一人分发一袋紫菜,就像他们早就看穿我们的心思。紫菜在我生活的城市,只出现在超市,知道它养生,又是远客,所以相当稀罕。同去的黎晗似乎知道紫菜于我是稀罕物,问我行李多不。我耸耸肩说,从来没有这样轻装出过门,就这个双肩包。他说,请你把我名下的紫菜带给我在贵阳的朋友。我仗义地说,没问题,给我地址。他狡猾地说,地址你知道的。于是,没下海的我也和他们一样都拥有了两份紫菜的收获。

离开

洞头的地名都好听,而霓屿却突出地留在我的记忆里,也许是因为它的名字,向我呈现出了一个我在洞头没有相遇的景象,但我始终觉得它就是洞头的真相。

在洞头的三天，它没有让我惊艳的一刻，一切都显得过于冷静和日常。我们习惯了喧嚣，便对这里的静寂生出隔阂。但是，在这素淡之中，又有一些让人寻味的东西，究竟是什么，我无法描述清楚，就像一杯清茶，不霸道不浓烈，拥有一种敏感味蕾才能感受的余香。

当地人说，周末的洞头满街是车，半屏大桥上长龙似的车队看不到头。洞头的清冷和热闹就是这样泾渭分明，它以发展旅游为业，但又和别的旅游热点有着天然的界限，也许这就是属于洞头素面朝天的气质，安静地等着你去与它相识。

回程清晨，刚离开酒店不远，就在半屏大桥上遇上了堵车。在计划好出门的时间里，这是一场让人不安的意外。我从车窗探出头去，前后都是浩浩荡荡看不到头的车队。送我们的朋友说，平时从来不会这样的。我自作多情地想，莫非洞头在以一种近似耍赖的方式挽留我？

去山西

在我的心理地图上,山西的特点是时而清晰时而模糊的,我不知道,这是否与教科书或旅游手册上似是而非的灌输有关:"华夏文明的摇篮","中国古代文化博物馆","全国唯一拥有五岳、五镇和四大佛教名山的省份"……反正,一接到太山书院的邀请函,我就热身助跑般地,在心里开始期待着与山西见面了。

山西在一场大雨中向我走来,好在,那是飞机落地太原后才不期而至的一场急雨,它伴着我一路向二十多公里外的太山奔去,是在进入太山大门,我抬头注视门楣上镌着的三个大字"龙泉寺"时,它才被关了制动一样戛然止息。是"龙"收回了它的"泉"吗?这样的联想让我心生敬畏。沿着被绿色包围的台阶进山的过程,也是我把一下飞机即遇雨浇的沮丧心情收拾起来的过程。雨后的空气清凉怡人,在几乎不见游人的山间,我与我的同伴们正与身后喧闹的城市渐行渐远。脚下不规整的青石板路,被时间打磨得陈旧且光滑,其中的一段窄路,被两旁茂密的植物压得似有若无,隐秘而幽深,仿佛它通达的是某个世外桃源。

是的，太山，这个"养在深闺人未识"的地方，是一个连许多本地人都不太知道的所在。当家乡贵州有朋友来电话找我，我说我在山西太山时，朋友抛过来的问号比太山还大：TaiShan？是山东泰山还是山西太行山？那基于对我马虎性格完全不信任的口吻，气得我很想请太山亲自发言。不过，太山的寂寂无闻，也并非没有道理，毕竟，是2008年在龙泉寺大殿东侧石塔遗址下的地宫里掘出了千年石函"金棺银椁佛舍利"之后，面对世人它才揭开了面纱，也给后人打开了一扇通往盛唐的门。

除了那具唐朝武则天时期的石函，在这块略显局促的地方，还有两株千年的唐槐和仅次于武则天无字碑、唐玄宗石台孝经碑的第三大唐碑，那块石碑正对着的，是建于明朝洪武六年的大雄宝殿……而太山书院，便是藏在始建于公元710年的龙泉寺内。我们下榻的地方，是寺庙旁一处可以用鸟语花香来形容的四合院，用佛家的话说，能住在这里，也应该算是一种缘分。

雨过天晴的第二天，是与任何一次笔会别无两样的启动仪式。我知道，接下来的一周，时间将会被散落在几个不同的地方，因为此次活动既然名为"全国女作家走进太山，感知三晋采风笔会"，采风自然就是主体了。可是，想到要有很多时间不能守候于这清幽龙泉寺、安谧书院中，我的心头不免又生出几许淡淡的不舍。

离太山仅五公里的晋祠，是中国现存最早的皇家祭祀园林，虽然晋祠的祭祀建筑、园林、雕塑……仍把我们留在前朝时光，可我们"感知三晋"的目光，还是在穿越到往昔之后又跳回了当下。晋祠是山西历史文化的根系，是汉文化一处绕不过去的遗迹。而有着"不到晋祠枉到太原"之说的它，让我最感兴趣的，无疑是建于宋代的圣母殿。殿内以圣母邑姜为主像，其余分别为女官和侍女的共四十二尊彩塑，能让我恍惚觉得，她们各自拥有的四十三种不同的命运，每一种与我都有关系。

接下来的一站是五台山。

五台山是山西的第一大名片，所有来山西旅游的人，"朝拜"它，都是没法剔除的题中应有之义，而对我似乎更是如此。今年的我有点"朝拜控"，或者说今年是我的"朝拜年"。三个月前，在世界三大宗教的圣地耶路撒冷，我曾大张旗鼓地"朝拜"了一番，现在我又来到五台山这一佛教圣地，心中不时生出的那种穿越之感，就不仅仅是时间的，也是空间的了。我甚至想，对我这种没有信仰的人来说，游览宗教圣地，是否有一点暴殄天物？

去五台山那天大雨，我几次三番对陪我们的山西朋友表示，我要徒步上山不乘缆车。于是，我决绝地穿着雨披雨鞋沿台阶拾级而上，可爬了不到三分之一，仰头看看没有尽头的稠密台阶，我才知道，只有挑战困难的决心是远远不够的。这时候，我身边，有个男子在大雨中沿台阶一级一叩首地向上攀爬，其隆重的仪式感让人肃然起敬，真不知他内心装着怎样的世界。他让我记起，此前在寺庙中，我身边跪着一个虔诚的妇人，她低微的抽泣声让我不敢轻易揣度，她是为自身的烦恼和苦痛所折磨呢，还是因慈悲的佛陀她心有所依而悲欣交织……与具体的他与她为伍，我只能让雨水帮我掩饰脸上的愧怍。

站在五台山黛螺顶上远眺，眼前云山雾罩的景象让人疑为蜃景，我不知道蜃景的深意是不是让人忘记俗世烦恼。

从五台山的蜃景中回到人间，看到的是俗世间踏踏实实的古城平遥。平遥古城延绵的历史脉络，过剩的传说故事，以及由无数世代的命运堆积的褶皱，早已沉寂在被时间抚摸得光滑如玉的石墙石壁里。但一座城市，却由此有了它独一无二的地域掌纹，拥有了不会被错认的肉身。那些保存完好的建筑，是不是可以随着年轮增长继续发酵着门内的故事，丰满着后人对它们骄傲的传承呢？那些王家大院、赵家大院以及更多的大院们，被文字无数次修筑，被演变为热播电视连续剧后，我们似乎也可以熟悉得像亲自围观过，但文字和影像，真的能还它历史的真身吗？我的联想终止于眼前的楼宇屋舍，也许，正是这些精致的石雕木雕，在诚恳地和含蓄地，将主人们的过往平生记录在一刻一痕里，一砖一瓦间，它们完好地保存并严守着一些不为人知的秘密。当然了，走在由故事垒砌起来的平遥古城，我是抵挡不住这些庭院的启发的，我无法不利用自己尚可驾驭的想象，去窥视王家或赵家或某一家大院之中的改朝换代……

住在平遥的当晚，雨一直没有停歇的意思，虽然现在不是清明时节，可那纷纷而下的雨，好像是在为我们即将去往杏花村的行旅营造气氛。杏花村，是不是牧童遥指的那个？

杏花村是一处落后于时代的偏远小镇，似乎少了点时代气息，但是，杏花村酒也即汾酒，却让杏花村不寂寞，也更不陌生。有着四千年历史的汾酒，曾作为宫廷御酒受到北齐武成帝喜爱，载入二十四史，它的历史含金量，是茅台也不敢比肩的，不对，事实上，这并不是个比不比肩的问题。在汾酒厂的展厅里，我看到在西南经注资料丛书之二《贵州经济总目》里，有这样一段令我惊讶的文字："茅台酒之沿革及制造……在清咸丰以前，有山西盐商某，来茅台地方，仿照汾酒制法，用小麦为曲药，以高粱为原料，酿造一种烧酒；后经陕西盐商宋某毛某，先后改良制法，以茅台为名，特称曰茅台酒。其最初创办，究系何年何人，虽无可考，然于杨柳湾侧有一化字炉，建造于前清嘉庆八年，其捐款姓名中，有一'大和烧坊'字样，故知其在嘉庆年间已有酿酒之烧坊无疑。其后洪杨之乱，石达开部经过其地，杀人如麻；原有酒房，悉被破坏；造酒事业，即告停顿。至咸丰壬子年，乃有成义酒房之设立；壬戌年又有荣和烧房相继成立。此茅台酒制造历史最久之烧房也。因历史最久，故其制法精良，品质醇美，曾于民国四年世界物品展览会，荣和烧房送酒展览，得有二等奖状奖章；民国二十四年西南各省物品展览会，成义酒房又得特等奖状奖章。自是茅台之酒，驰名中外……"真是对不起呵，因为惊讶的程度太高，这段文字我也就抄得长了。原来，茅台酒还有个距贵州省仁怀市茅台镇一千三百多公里的"远祖"，它竟然是汾酒的正宗嫡亲。我想，或许正是茅台镇的水与山西盐商某的酿制手艺成就了彼此，茅台酒与山西这份血亲关系，才必然地是撇不清的，贵州茅台能有山西汾酒这样一个"门当户对"的历史大背景，也理所当然地是值得引为骄傲的。

来自茅台之乡的我从不喝酒，但又总能借助酒友之口"评尝"到茅台的好。但是在杏花村，我却忍不住喝了一杯刚刚酿造出炉的汾酒，它的清香让我受用，我居然对汾酒移情别恋起来——哈，我的"移情别恋"，肯定与茅台或汾酒或其他什么酒没有关系。

让我"移情"的，还有与杏花村相邻的贾家庄。在这里建起的第一个初级生产合作社，是最早改变生态环境的试验场。另外，当代文学史上的重要作家马烽的许多作品就诞生于此，而声名日隆的第六代导演贾樟柯，原来就是贾家庄人。我喜欢那样一种情形：一个微小的低调的普通的去处，却能成为一些大事件大人物的绕不开的出处。

我去山西的时间很短，经历的地方也很有限，但给我留下更深印象的，还真就常常是那些微小的低调的普通的地方。离晋返黔后，一个祖籍山西的朋友听说我去了趟山西,吃着贵州饭长大的他,成天喝着茅台酒的他,谈到他那久远的出处时,立刻操着一口正宗的贵阳话亢奋起来:咱们山西呀,那汾酒,那历史,那文化,那栲栳栳,那切疙瘩……

一日西安：对一座城市的想象

下午三点，学习一结束，我便收拾行李，从照金赶往西安。照金是一个地图上也未标出的陌生之地。和照金的默默无闻相反的，是名声大得吓人的古称"长安""镐京"的西安。长安自古帝王都，曾是十三个朝代的都城，有五千多年的文明史、三千多年的建城史、一千多年的建都史，是古代陆上丝绸之路的起点。秦始皇陵，兵马俑，大雁塔，小雁塔，兴教寺塔……哪一个不是从小在历史书上反复背诵反复考试的关键词。这就是西安，一个贴满众多历史标签的地方。于是，我不想过而不留，我想看看那些从土里挖出来的、"活"的兵马俑。这个一国之君的地下郡城，如今只是掀起了一角的它，就足以让人想象，它将有哪些未知的秘密，在浩瀚中等待重见天日。就像西安朋友到了贵州想看黄果树瀑布，我还想去看看"春寒赐浴华清池"，这个让一国君王从此不早朝的集三千宠爱在一身的杨贵妃的澡堂子……

到西安已是晚上七点多钟，天已经黑下来，雨一直在下，在酒店和朋友"接上头"，我们便匆匆出门走进这个并不繁华的城市。

酒店旁边就是回民街，西安多回民。这条街上各种商铺热闹地亮着灯，像个不夜城。路过一家卖牛羊肉的小店，一名店员正站在凳上手拿小刀剔羊肉，几头羊骨架完整地悬挂在空中，庖丁解牛的技术也不过如此。

第二天大早，坐上朋友的车，西安这部历史的厚书便突然在我面前打开了。朋友问去哪，我突然像面对满桌盛宴，什么都想尝尝，却有个体力不支的胃。我当然就点了著名的兵马俑。于是，汽车碾过那些我未知的历史尘埃，直奔兵马俑。

要看一个城市的标志性历史遗迹是容易的，就像所有游人一样，蜻蜓点水地到此一游。但一个城市的气质是不会轻易暴露给我这个行色匆匆的过客的。所以，我只能带着完全主观的想象，对这座陌生城市做一次跳棋似的游走。于是，一种对西安天马行空的想象和理解便在阳光下一路展开。

身处历史都城的西安人总是有些漫不经心、宠辱不惊的样子。建在市区里的鼓楼钟楼，以及那长长的灰体城墙，没有"请勿靠近"之类的警示牌，相反的是，城墙上经常会有各种活动，比如西安人可以骑着自行车在城墙的掌心里飞奔，也许那里还会是西安人"饭后百步走"的常用地。远远在车上看到，墙体完好，似乎它抵抗外敌的历史使命终结之后，庇佑西安人的心理城墙的使命却没有终日。它在那里继续护卫这里的臣民，仿佛历史还没有成灰。我喜欢这种活在城市里的老城墙，满腹经纶却沉默不语，它的成色焕散着历史的回声，让人站在和平年代的肩上去想象曾经的刀光剑影。听朋友说，鼓楼地处市区中心，政府曾经规定，周围新建的楼房高度不得超过它。但事实却是，如今的鼓楼和钟楼四周有成倍高过它们的水泥森林。西安人也许并不去强调它们那过长过剩的历史，并把它们放上祖先牌位，挂在墙上，从此让人仰望。也许对待它们最好的方式，就是不把它们当外人地与它们亲近，就像玉镯要戴在手上用人的体温去温润它，而不是让它高冷地寂寞地枯槁。晚上，鼓楼钟楼的轮廓被张灯结彩地嵌在黑夜里，清晰地强调着它们的脉动和心跳，它们的容颜仿佛得以转世。十三个朝代在这里叠加，经历无数改朝换代的西安，尘土里似乎尚留着前朝的余温，不信你看那些路人，说着你听不懂的西北话，端着大碗依墙而蹲，拉着家常，一顿饭吃得红红火火，哪管什么吃相，这样吃饭就是吃相。所以，西安显得有点"步履蹒跚"，就像历史的缰绳缚住了西安人。在这里，都市的时尚感就像一个素颜女人的红唇，她不需要大面积的浓妆艳抹，而只要轻微的那一点红点缀着，便足以压倒群芳。在我路过的风景里，感觉不到现代都市的不安和躁动，就像它胃里需要消化的历史过于饱胀，和时尚接轨显得有点体力不支。好像西安人在悄悄地凑近我，让我看他们脸上纵横交错的历史皱纹。那是一张炫富的脸，名包名表又怎样，在这张面孔面前，暴露的不过是一种单薄和易失的紧张。

西安和我生活的这个移民大省不同，它有清晰的历史脉象，纯正地流动在世世代代西安人的血液里，成就着这块黄土地上的文学母体，丰沛着陕西文学的土壤。我是一行色匆匆的过客，对于西安的一切，也许大多不过是一种主观想象。这样的主观想象在为我烙下一个个并不真实的西安印痕。也许，一日西安对于我来说，只是我心里一个人的西安，与真实的西安无关。我想象着我的那位西安朋友，对于我的这种表皮印象，她一定会莞尔，但不会打击我，对于这座容易让人移情地恋上的城市的喜欢。

青岩味

最近才第一次听当地人说,俯瞰的青岩古镇呈一个八卦的图形。我不知道当时建造青岩城时,为什么采用这个象征中国文化符号的、穷尽天地之大成的八卦图阵。我也没有在任何一处关于青岩的资料里看到过这种说法,但我却愿意把这种说法当成事实来轻信,因为这似乎更符合作为大明王朝戍边屯兵的军事古堡的用意。

曾经是一座封闭小镇的青岩南高北低,镇上有东西南北四座城门。站在南北主道上的十字路口,上南下北左东右西的方位不断破坏着我那固化于大脑的上北下南左西右东的惯性思维。当我走在迷宫似的纵横交错的巷道里,在无数次失去方向的境遇中,我恍然觉察出了其用意——这样的方阵难道不就正是为防患外敌入侵,使其迷陷其中而设置的吗?

走在古城巷道里,在这个石头建造的城池背后,早已冷却的刀光剑影,提供给后人对它进行着无数的演绎。这个遥远的军事屯堡,它究竟留下多少嘶嚎和掳杀,生离与死别,也许只有斑驳的城门和被时间之手抚摸的石墙,才有资格诚实地记录下可靠的真相。如今,它的历史在口口相传中日渐萎缩的同时,又被后人贴上传奇的标签,成为斑斓的传说,这些丰满的旧事传说让人质疑的同时,又蛊惑着人心对它展开无数的想象。

在这里,家家户户的血脉似乎都清晰地伸向明洪武十年朱元璋大规模调北征南的源头。虽然,如今的青岩被旅游化的时尚外衣包裹起来,在游人眼里,青岩也不过就是众多古镇中被时尚化同质化的一处旅游地。向外扩建的楼宇,使古镇的占地面积不断扩张,像一个中年发福的女人多余的脂肪,而一旦走进它的体内,便会发现,青岩人内心的城池却仍然坚实,抵御着一次次的改朝换代,古镇的筋骨依旧结实地呈现着它原有的生命力。灰色墙体上镌刻的历史渐行渐远,但迁徙的命运已经把青岩人固定在这个小镇里,并世世代代地继续培植着他们那独一无二的生命情态。仿佛,这个古镇一经修筑,他们那向内循环的纯正的"青岩"血液便不再会轻易地被混血和篡改。

身处古镇的青岩人总是一副历尽沧桑的样子。让人感受到一种"应怜屐齿印苍苔"的他们,似乎不甘于被时间淹没,而要把这些属于他们的精神遗迹潜入人心,用他们的方式延续着这一方的香火,行走在传承的路上,以不同的方式,哪怕是最日常的纽带。比如当地的小吃,就是一种最直接和有效的方式。

家家户户经营着青岩小吃:青岩鸡辣椒、青岩豆腐、青岩酸梅汤、青岩猪脚、青岩玫瑰糖、青岩糕粑稀饭……所有小吃前面都冠上鲜明的"青岩"二字,就像这里的小吃都出自同一个族群,拥有一个同姓而不同名的称呼。他们卖着相同的小吃,就像在重复同声地念叨着祖上的遗赠,似乎只有在这样的念叨里,他们那根相似命运的脐带才不会被时间剪断，不被后人遗忘。就像如今安顺的屯堡人，依然沿袭着明朝江淮的汉族古老文明。在安顺屯堡村寨，还能听到古老的江淮语音。也不肯被当地人同化地身着凤阳汉装，这种宽袍窄袖的汉装，传承了明太祖朱元璋夫人"马大脚"的服饰。在安徽当地早已失传的服装，却在屯堡被完好地保存并延续下来。据说，他们还守持着其纯正血统，不与当地人通婚。"不与当地人通婚"这种说法我不知道其可靠性，我怀疑是后来的文化人类学者们为强化这个被江淮文化喂养的屯堡人群，而建造的一道彻底与当地人隔阂起来的精神屏障，似乎在为六百年前到来的屯堡人，打造着一段扎眼的戛然而止的时光。不过，那些由军傩演变而传承下来的民间叫作"跳神"的地戏，却是货真价实地在证明，这是他们皈依江淮的精神高地。仿佛他们在以这样的方式，重建着心中那个明朝的旧宫殿。他们究竟怀着怎样的虔敬？是不是在遥望远去的尘埃，而甘愿成为活化石？这是我们这些当地人无法揣测的。在青岩，我似乎找到了他们情感皈依的相似性，窥见到了青岩人味蕾里的城池。

旧时王谢堂前燕的"百年糕粑"

青岩古镇巷道的路面铺着铜镜似的青石板，它的光泽无疑就是历史与时间的反光，是被一代代青岩人的鞋底"把玩"出的一种非百年不会有的圆润。它是无声的时间记录者，在悄悄地承载着古镇历史的厚度，而历史有时候也被舌根记录，甚至比文字更加牢固和可靠。

去青岩，不装一肚子小吃回来，一定会有无功而返的遗憾和失落，这一点也不夸大其词。特别是贵阳人，可以如数家珍说顺口溜似的一样样道出来：青岩猪脚、黄家玫瑰糖、青岩豆腐、糕粑稀饭……

糕粑稀饭以前贵阳城内也有，但贵阳这座被移民文化养大的城市，天性里总有一种不安分不守己的毛病，让新鲜时尚的小吃轻易地就能抵达贵阳人海纳百川的胃，自然地，糕粑稀饭作为一种旧式小吃，早就被别的新小吃压在了记忆的箱底。

贵阳的糕粑稀饭渐行渐远，只存活在我中学时那些周六下午班会结束后，和同学挎着胳膊前往贵阳电影院门口的糕粑稀饭摊位，一路上说着的私密话里……贵阳城内的糕粑稀饭并没有和我一起成年便"夭折"了，如今，要在贵阳城内找到这一小吃，还真不太好找。好不容易找到一家存活的店，那味道与工艺也跟年少记忆中的相去甚远。也许，这道小吃更像是别人家的孩子，并不适宜在这座喜新厌旧的城市里长大成人。倒是在青岩，糕粑稀饭这道传统小吃却活得好好的，并且是被青岩符号化的名点小吃。似乎它本来就属于青岩，是青岩古镇小吃的代表作之一。所以，去青岩，别的小吃可以择优也吃这舍那，糕粑稀饭却是一道必吃的小点。

沿着不大的青岩古镇一路逛去，路两侧究竟有多少家商铺门前挂着"糕粑稀饭"的牌子，我没数过，我只知道，它成为游人舌根记忆里的一道名点却是货真价实的。记得去年，一位北京朋友来贵阳，带她去青岩古镇吃了糕粑稀饭，她一边吃一边赞不绝口，太好吃了，太好吃了。以至于回京后她和我电话聊天，她还情不自禁地说，真想再吃一碗。我当时就恨不得立即打包给她空运过去解馋。

在众多兜售糕粑稀饭的店里，并不是所有的糕粑稀饭味道都完全一致，有的更精细，有的粗略些，这也许和商家对待它的态度有关，或者也和传承有关，这个我没有仔细打听，我唯一有能力去辨别它们的，是我的味蕾。因此，当我第一次被朋友领着去到西街那家"百年糕粑"之后，我的味蕾便深刻地记住了这家店。

和南北街相比，西街显得冷清。虽然也有店面，也有青石板，但和纵贯青岩古镇的南北街相比，西街更像是被热闹挤出来的一条岔道。南北街上各种生意做得红红火火，特别在节假日，那里的人流可达万人。南北街的热闹和西街的静寂便这样泾渭分明，互不相关。但开在西街上的"百年糕粑"，却好酒不怕巷子深地，照样会有人慕名而来，比如，像我们这样的本地人。

但是，第一次被朋友领着去的那天，"百年糕粑"却给我留下一个"名不副实"的印象。在我想象中，盛名之下，必有众多吃客，门庭若市是一种常态：店员忙得屁颠屁颠的，老板收银收得手抽筋不说，还显得气急败坏的，好像生意好得让他心烦的样子……这个场面并非我想当然，想起我们单位楼下一家卖肠旺面的小店，拿号排长队的人延伸到马路上去，店老板左手收银右手找零递牌的动作既娴熟又机械，还要一面收银一面接热线，对着不断响起的电话吼，我哪里有空给你送外卖！"啪"地挂断。后来，干脆不接电话，这样一来，添乱的电话铃声成了不依不饶的伴奏和背景。

走进"百年糕粑"，想象中的热闹场面并没有出现。店铺是木质结构的老宅改建，店内没有刻意装修，如果没有门楣上方"百年糕粑"的牌匾，完全就是一间匆匆走过即迅速淹没在众多民居中的平凡小屋。在这个十几平方米的屋里放有三张桌子：两张方桌，一张长桌。就是人挨人全部坐满，想必不会超过三十人。

我们进去时只有五六个安静的食客。店主见了客人，并不满脸堆笑迎上来兜售，食客更没有被"上帝"的待遇，但奇怪的是，这种不卑也不亢的平淡并不会让人觉得怠慢，反倒觉得自在。糕粑端上来，模样和其他店里的糕粑无异，颜色、配料并不新奇，但软糯的糕粑一入口，混着一种清香，那味道便不霸道不浓烈地具备一种魅惑味蕾的力量，吃了才知道它为何被口口相传。

那些不远千里而来的吃客，就为这一块方寸大小的糕粑。听当地人说，青岩有一所抗战时期西迁贵州的浙大分校，当时在这里读书的一位女学生，在她九十三岁高龄时，让后辈带着她从成都专程找到"百年糕粑"，食了一次记忆中的糕粑。留在她记忆里的糕粑，也许已经成了标识她少女时期的一个过期物证，这样不辞辛劳地寻找舌根的记忆，这糕粑是否提炼出一段恍如隔世的青春年少的懵懂和伤感来，我不得而知。另有一位上海游客吃了"百年糕粑"，竟然打电话给父母，让两老从上海飞过来吃一碗解馋……

来的次数多了，便越来越感觉，店主和顾客的关系倒像那种打个招呼也会显出客套和生分的老熟人。顾客进门，自己找个空位落座，女店主也不着急上前问你吃什么，直到顾客自己开口，女店主应下便进了里间，一会儿工夫端上桌来，也无多话。顾客吃完买单走人。

谢永刚是"百年糕粑"的传人。大多时候都见他坐在店门口悠闲地抽烟，手边一杯浓茶，遇到路过的熟人，递上一支烟，聊上几句。太阳天，他便戴副墨镜，还是咂着烟呷着茶，和路人聊天……更多时候，他的状态像是在陪伴店里忙活的妻子和女儿。不过，店里吃客多的时候，他也会搭把手。这样不急不慢地经营，像是在打发无边无际的光阴。

其实不然,一家三口的分工很明确。清晨五点,谢永刚便开始做糕粑,一百个方寸大小的糕粑要做到九点多钟。他说,每天只做一百个,多一个也不做。他的生物钟就这样机械而单调地在年复一年中敲响。既然是单传,做糕粑的时候是不能有旁人的,谢永刚的妻子也不能例外。多年来,他的妻子从未亲眼见过谢永刚做糕粑的过程,也从来不问。让常人难以想象的是,夫妻本来是不分彼此的一种关系,你的即我的,但在这个家里,那个被谢永刚守口如瓶的秘密,成了夫妻间永远的禁忌,是谢永刚妻子半步都不能越的雷池。它是祖上的遗赠,是一个要携带终生的秘密,它只能通往传承人自身的体内,而不能与人分享。我不知道谢永刚有没有过想要说出来的冲动,更不能想象,多年的夫妻之间横亘着这样一个秘密,他的妻子要用去多少心力、多少猜测来消化和区别于那些正常夫妻所拥有的"权利",来面对这四个多小时里夫妻俩永不交际的、你中无我我中无你的真空时间。

糕粑这道甜品的历史源头含混模糊,不知道有没有谁为一道甜品去寻根探底。但"百年糕粑"这道甜品似乎有一个非常明确的时间坐标——1899年,光绪二十五年。

"百年糕粑"的第四代传人谢永刚说,糕粑原是宫廷御品,1899年由清朝一位御厨传出来。当年,被宫廷御厨带出宫来的御品有八十多种。到了他母亲这一代,能做的也有五六十种,但到了谢永刚这一代,就只会做二十多种。这听起来容易让人联想,也许它的宏大源头在时间的奔流中,被阻碍它的时代暗礁分流,如今,它只能流淌成小溪的样子。存活于世,这是并不只独属于它的命运,它没有在时间的沙滩上干枯便是一种幸运了,否则,糕粑稀饭可能被打包进一段历史,成为传说,直到被遗忘。我试图打探那八十多种御品的名字，就像它们携带着众多的宫廷秘史，会随之泄露于世。但谢永刚对我说，它们的名字你闻所未闻。他带着一点炫耀，却非常职业地婉拒了我的好奇。

至于它的源头，早已模糊不清，或许"百年糕粑"可以算作是另一种起源吧。为什么这家店取名"百年糕粑"呢？谢永刚说，从1899年到他1990年开店，几近百年。这样命名和那些好大喜功的"××天下第一家""××老字号"相比，正是客观地用时间的刻度在命名，没有夸大其历史悠远的噱头，它只是在陈述一个事实。谢永刚还纠正说，其实糕粑和稀饭是两种完全不同的小吃，一荤一素，稀饭荤，糕粑素。但现在的人把它们混在了一起。

从谢永刚的外老祖（即谢永刚外婆的母亲）——"百年糕粑"第一代传人始，这道流落于民间的宫廷甜品，便在单传的传统里，成了平头百姓的口福。这道"旧时王谢堂前燕，飞入寻常百姓家"的宫廷甜品，是如何从京城一位御厨的手中传出，并传到如此偏远的小城？当我问到谢永刚时，他只是摇摇头说，他并不清楚。但是，我仍然自我发挥想象地啃食着那些进入时间暗道的微粒。在上百年时间里，一块方寸大小的糕粑秘籍，在传承的路上，它曾经裹挟着什么人的命运，而一代又一代人未知的生命故事又会在它的传承里如何结痂？它倒映出的那些往事，也许早已被人为地篡改、涂抹和修饰，也许这正符合人对历史的定义。

因此，我只能拾掇起一些碎片，来拼凑它的"人生"。我带着自我想象的清晰，翻过时间的高墙，想象着一百年前的一位妇人，挑着一担秘制甜品——糕粑，来到场坝。这道当地人从未见过的小吃，成了众人争相品尝的稀奇小吃。这甜品看似貌不惊人，不对，也许那时的它，样子应该是华丽的。它是青岩小镇里这些普通民众从未吃到过的奇珍异味，嘴里溢满的那味道，不知当时的百姓有没有辨出来，这糕里的人参、党参、天麻、三七、杜仲……更无法猜想的是，谢永刚外老祖的糕粑被众人称道时，她有没有一脸神秘地告诉他们，这可是皇上吃的御品呀。

照着从宫里御厨开始的规矩，即单传，也许传的便不只是一种手艺，更是一种德行，传承的糕粑手艺便不过是这德行的外包装。外老祖选定传人唯一的标准是"传孝不传贫"，这规矩一直延续到谢永刚这一代。第二代传人的谢永刚外婆，也许和外老祖一样，她是不是也在清晨把自己关在屋里做好糕粑，然后由谢永刚外公挑个货担，走街串巷地叫卖。一天能卖二三十碗，一碗两个钱，足以养家糊口，谢永刚说。到了谢永刚母亲这一代，兜售的方式便有些不同了——在场坝上一个固定位置摆摊卖。这样，老熟客不用四处找，想吃直接去就能解馋。到了母亲这一代，不仅卖的方式不同，糕粑的配料也不断简化，因为糕里那些昂贵的配料——人参、党参、天麻、三七、杜仲……已无处可寻，就是能找到，那个时期，再用这样严谨的配料，成本太高，根本不能适应市场所需。我再次发挥想象地认为，也许并不只是配料找不到或成本价格昂贵，要想苟且于乱世，就不能大张旗鼓地标榜其显赫身世。在那个年代，出于生存惯性，乔装打扮也许才能幸免于难。它曾成为过这个家的厄运？谁知道呢，我只是从谢永刚欲言又止的话里听出，他不想回首。

宫廷秘制糕粑，其配料细算起来有几十种。虽然，秘制配方在一代代人手中被严密托付，但无论血统再纯粹，终将免不掉被颠沛的命运所稀释和混血。到了第四代传人谢永刚这里，他十三岁开始跟母亲学手艺时，糕粑的面目已经很接地气地平民化了。完整配方像一个人身上的胎记，除了具备验明正身的功能，别无他用。谢永刚跟母亲学艺时，谢永刚回忆说，他做出来的糕粑就是不好吃，直到一个周六的午后，他的母亲才把最后一招（最后一个配料）交给他。两天后，他的母亲便离世了。

如今，我们吃到的"百年糕粑"实际上已经简化改良，我们吃着的这碗糕粑里究竟还有多少皇族的血统？宫廷糕粑那过于雍容的味道，已经无据可考，一项传承总是逃不过被时间褪色的命运。听了谢永刚娓娓而谈的这一小段关于糕粑的历史剪影，我怎么都觉得，被宫廷御厨传出宫来的这道皇上御品，依旧是一个面目模糊的传说，像云层背后若隐若现的月色。而眼前这碗被芝麻、花生和冬瓜糖打扮的糕粑，就是没有御品之冠，它也并不黯然，仍然能在我们的味蕾上发育出清晰的轮廓。

离开"百年糕粑"店，我一路想着，当年宫廷御厨传出宫来的那八十多种御品，它们传承的规矩与糕粑又会有着哪些迥异？它们究竟拥有着什么样的名字，在四处流散的过程里有着怎样的故事？如今的它们是什么样的面目，流落在何方？

玫瑰之约

听青岩人说，青岩玫瑰糖的创始人是1874年即清穆宗同治十三年时期的一位叫平正宽的当地人。这是一段早已在青岩古镇家喻户晓的故事：街上一个卖玫瑰花的小孩篮中的玫瑰花香启发了平正宽这位当地人，他突发奇想，如果把玫瑰花掺进糖里，会是什么滋味？于是，平正宽用玫瑰花瓣切碎加入碗儿糖，舂成蜜饯，加上芝麻、核桃……这个场面被简化，同时也被美化地在世世代代青岩人中口口相传着。

玫瑰糖就这样成了青岩古镇的一道独有的传统小吃。青岩玫瑰糖和糕粑稀饭相比,虽然出身贫寒,却世世代代相传下来并修成正果,终于"功成名就"。如今,从它的制作工艺到名称都完全青岩化,牢牢打上青岩的标记。每次去青岩朋友开的"百无一用"书店喝茶,茶点里一定有玫瑰糖,这种特殊的糖与茶在这里是彻底的绝配。朋友从冰箱里取出冷冻过的玫瑰糖,清淡的花香和不甜不腻的口感,个性十足地占领我的味蕾。一口茶一块糖,就这样慵懒地待在这里消磨着一些发呆的时日。

在青岩古镇,玫瑰糖的店铺撒满每一条巷子,似乎表白爱情的玫瑰在这里显得特别多情,插足于青岩猪脚、青岩糕粑稀饭、青岩酸梅汤等等店面之间。卖玫瑰糖的店林林总总的招牌上,"玫瑰"两字似乎都含着花香,好像青岩古镇的玫瑰四季不败。并且,打出的牌子大多是"黄家玫瑰糖",似乎这是青岩玫瑰糖不成文的统一商标。不用说,当然是因为黄家玫瑰糖的名气最大。

据说,黄家从康熙十六年起便扎根青岩,黄家玫瑰糖现在已是第十代传人。黄家老店在状元街的一条小巷里,不大的门店里,满屋的玫瑰糖,各大媒体的专访照片贴满一面墙。黄家第十代传人,满头白发的黄志声老人,不但每次亲自上灶,有时还自己售卖。虽然名声在外,可看上去,家业像是不大,似乎仍然处在手工时代。也许这是青岩的一种德行,生意做得再大,也始终如一守持着一份朴素,似乎他们都明白地知道,内功远胜于花哨的外貌。

在西街,有一家店铺却打出"青岩吴开富玫瑰糖"的牌子,别的店都姓黄,单单他家很突兀,姓吴。难道,这家店想杀出"黄围",自立门户?

"吴开富玫瑰糖"的店面和"黄家玫瑰糖"店面相比,也不过是一间三十平方米不到的屋子。青岩人似乎都偏爱这种能增加可信度的作坊式小屋,是不是铺张的宽房大屋会稀释掉储藏历史的浓度,而在狭小的空间里,在有些拥挤有些凌乱的屋子里,才藏得住别人无法窥探的秘密?

"吴开富玫瑰糖"这所清初所建的民宅,原为四合院,是当年一位富贾的房产,后来在"打土豪分田地"时,四合院便被分割成当地几家人名下的房产。这间屋子从此成了吴家名下的老宅。祖籍江西的吴开富家也和其他青岩人一样,其先祖也是在朱元璋大举屯兵时定居青岩,至今,他们已是第十三代人。早年,其祖上经商务农,也许是家道中落,否则,在"打土豪分田地"时,说不定他们家就成了被打的一方。

临街的门口放满了包装好的玫瑰糖。淡蓝色的包装袋,透明无色的玫瑰花图形,其设计强调着玫瑰而淡化了糖,因此,看上去一点也不招揽食客,倒很雅致。屋子最里面有一张长条桌,半成品都放在桌上,那里便是生产间。店主是一家三口,没有外人的营生,产量不会大。五十多岁的女店主陈家秀当年连同她的嫁妆一起,将玫瑰糖的手艺带进了这个家来。自然地,她便是店里的主力军。

十二三岁就学会做玫瑰糖的陈家秀说,她还是小孩时,就在道听途说中学会了玫瑰糖的制作方法。想来,这个原本就是走街串巷叫卖的平民小吃,并不稀罕一定躲在密室里制作,也就无所谓单传了。

开店之前,陈家秀也去赫赫有名的"黄家玫瑰糖"打工,黄家玫瑰糖时时处于供不应求中,因为黄家的名声让众多青岩店家甘愿做他的代理商。陈家秀却离开了这棵大树,按她自己的想法,把各种配方配料进行改进,并让玫瑰糖改成了吴姓。

我们吃到的这小小一粒裹满引子的褐色小丸,对于吃客,不过就是满足一时口欲的小点,但对于女店主陈家秀,也许做糖卖糖便不只是糊口。浸泡在制糖过程中,如同把少女的记忆放在显影液中慢慢显形。就算时间一点点地淹没着古镇从前的样子,在陈家秀心里,一定有一些东西不曾改变,在一丝不苟地编织着她内心一个并不大的世界,但这个世界足以丰满她的生活。所以,女店主淡然地说,能糊口就可以了,不求做大。这样没有野心的生意人在这个物欲弥漫的时代,内心一定有什么支撑她,在抵消这样的侵蚀。一个人能守住一些东西,不被异化,我倒更相信,这制作的过程一定是一个自我成就的过程,是不论斤两的。

半路出家的"吴开富玫瑰糖"没有传承人的使命感,便也没有负担地把这一切当作日子过下去。所以,陈家秀轻松地说,做到哪天不想做,就不做了。看着她说话时的诚恳表情,我便愿意相信,她真的并不想被媒体关注,不想成为聚光灯下的主角。但我又不理解她为何如此轻看自己一手创下的这个吴家牌子。看着这位普通女性,我想在她的脸上找到一些破绽。可是,她透露给我的,是朴素的微笑,她的神情里只有丰沛又普通的日子,还有些躲避着的羞怯。此时,我很想将她那与浪漫的玫瑰毫不沾边的生命定义为:一场玫瑰之约。

玫瑰传说

从"吴开富玫瑰糖"店里出来,我仍在心里追溯1874年那个叫作平正宽的青岩人的玫瑰传说。他的后人是否仍在青岩？出自他之手的玫瑰糖如今在平家是否存活？向当地人打听，都说得含含糊糊，不确定地点点头又摇摇头。难道那真的只是一个美丽的传说吗？不肯就此罢休的我，继续追问着当地人，终于，在一位年长的青岩人那里，我得到了肯定回答：平正宽的后人就在青岩。

于是，朋友领着我走进一条羊肠小道。这是一条旧民居栉比的小路。如果说，热闹的古镇像柯达彩色照片，油画般的色彩既古典又浓稠，那么，走在这条小巷里，看见的仿佛是一种过旧了的日子，景色也像曝光不足的褪色老照片。路上不见一个人影，周围万般静寂，就像一道疏散的密令，让人们纷纷弃家远去，途中找不到一个问路的人。

经过一户人家，大门像一个人敞开的胸膛，我们站在一览无遗的屋子门口大喊有没有人。这是什么时代？可以日不闭户？那么晚上呢？我好奇地在心里问。屋内几件简单的都不能叫作正规家具的旧家具，暗示着漫长的日子在一点点消耗，物质生活在这间屋子里一贫如洗。正中墙上的三张画突然让我们眼前一亮，居中的耶稣像两边分别是圣母玛丽亚，以及年幼的耶稣与木匠约瑟。依墙案桌上放着十字架，两边对称地放着玫瑰花……这个景象让残败的屋子有了天堂的味道。可我们知道，这一点也不用惊异。因为，在青岩古镇，四教共存的传统延续几百年，信徒自然很多，这一点和遥远的耶路撒冷有几分相似。于是，我们坐在无人的屋子门前的小凳上，在屋子的阴影下欣赏着不远处阳光下的几株夹竹桃……这户无人居所唤起我们无数想象：主人长什么样？做什么样的营生？在通往天堂的路上，他们的日常与众人究竟有什么不同？

久坐之后仍然没有等来这家主人，于是我们抛下好奇，继续拐过一个又一个小巷,爬着一个又一个大坡。沿途,我们警惕地搜索着当地人对我们描述的"平家院里种有三棵百年的玫瑰树"。它们会活成什么样子?它们是不是有着年迈的树干,轻视着其他的同类?

半坡上,在两扇半开半闭的铁栏杆大门前,我们窥见到一位坐在房前做针线活的老妇人,她前方的三株嫩绿小树让我们停下来,我们不知道它们是否就是能开出艳丽玫瑰的树,更判断不出它们的新绿背后是不是暗藏着百年树龄。我们试探着隔着铁栏杆门问,这里是平家吗?老妇人抬眼应声说,是。

这是一幢两层楼高的崭新的石砖房。院落干净而空荡,三株低矮的树上冒出的细小绿叶轻盈得让人怀疑,它们真的就是那活过百年而不衰的玫瑰树吗?而它们的样子也似乎与玫瑰的约定迟疑不决。我们问老妇人,这是玫瑰树吗?是的呀。有多少年了?反正我嫁到平家时这三棵树就在了。老人平淡的口吻让人无从怀疑,难道它们真是三株千真万确的家族玫瑰之树?我们与老人的对话就像拼图游戏,在这样的拼凑过程中,我的目光落在这三株蓬勃着嫩绿的小树上,它们的体形和新鲜的绿意让人觉得,它们是不是应该更老一些才符合其"德高望重"的身份呢。当我在用人的生命长线去丈量它们时,老人肯定的目光打消了我对它们的质疑。人的生命是一条通往衰老的直线,而树的生命却是唯物地有着真实的轮回命运。我甚至相信了,它们结出的花蕾仿佛也有着祖上的耳语,它们拥有的百年老树名声所携带的许多记忆,也在花瓣飘落入土时被泥土消化掉了。因此,我们没法在三株玫瑰树上发现历史的伤口和破绽。

难道这幢两层楼的房屋确实就住着两位老人?我快速用眼睛搜捕着,两老之外是否还有他们的儿女或者孙辈。这么大的屋子该是有热闹纷繁而至的。瞥见几样必备的家具在这空落的屋子里,显得突兀而勉强，传达到我心里的信息是，似乎日子在迅速地做着各种减法。或者事实和我的感受正相反，这是一处新居，等待着喧嚣进驻？但等我坐在屋外的一张小凳上时，这样的氛围仍然在给人传递着：热闹的日子在远处，儿女确实没有同在这个屋檐下。

于是，八十一岁的平明达老人和他的老伴——那位做针线活的妇人，和我们聊起了平家往事。

平正宽是眼前这位平明达老人的太爷，即他的爷爷。平明达老人说，发明玫瑰糖的就是他的太爷。那时，平家住在离古镇不远的歪脚村。老人没有向我复述那个被传播得老掉牙的故事，他只是平淡地对我说，十三岁的平明达每天要挑着几十斤的玫瑰糖到镇上来卖。在这个普通的家族里，还出了个历史上有名的人物平刚——孙中山的秘书长。平刚和平正宽是同辈。信仰天主教的平刚，其夫人是安徽人。平家是如何从江西辗转而来到如今已有十四代人的故事我无从知晓，只听平明达老人说，平刚死后最初是葬在贵阳市区的大营坡那里，而平正宽死于酒后被"吓掉魂"的耳顺之年。

我遥想硝烟四起的年代，平正宽做的玫瑰糖是不是战火纷飞里的梦境，时而绚烂又时而凋敝。而如今，平家玫瑰糖已成往事。1955年农业合作化之后，平家便没有再做玫瑰糖。平明达在回忆平家传统玫瑰糖的做法时，眼里露出一种往事已成追忆的落寞。他说，现在的玫瑰糖早已不再是当初的玫瑰糖，做糖是慢工，七十斤糯米做一锅糖，要用小磨推，耗时耗力，是手艺活。说到玫瑰，两位老人指着院里的三株玫瑰树说，这种玫瑰树种只有山西有，贵阳没有此品种。这种玫瑰花个头小、红艳、双花瓣，整个青岩只有平家有。我顺着他们手指的方向看，我不知道三株小树曾经拥有着怎样的荣耀和恩泽，对于我们，它们只剩下平凡。

每年清明前后玫瑰开花，提醒着平家人，它们的生命没有尽头。而每年的此时，平明达老人还是会摘取玫瑰花，严格按照家传的做法，把它们做成玫瑰花酱。产量不大，并不是一种能糊口的营生，但能让人感觉到，平明达老人也许是在用这样的方式，祭奠和延续平家祖上曾经拥有过的美丽传说。虽然，玫瑰糖早已成了别人家的活计，流传成为另外的样子。在平家，浓缩成酱的玫瑰，色泽低沉幽暗，像失宠的弃儿，隐没于角落深处，仿佛在聆听着远处玫瑰糖的叫卖与吆喝。

青岩醋——青岩小吃的魂灵

青岩醋远近闻名。

当地人有个说法，青岩的小吃卤猪蹄、青岩豆腐果、凉粉……要离了青岩醋，就像人没有了魂魄，那还有什么可吃的？卤猪蹄要有拌着醋的辣椒蘸水才能去油腻；青岩豆腐果同样要蘸有醋的辣椒水才能把五味俱全的香味呈现得更完美；一碗凉粉吃到最后，剩下的拌着青岩醋、混着佐料的汤汤水水，喝到嘴里，就真的是潜入灵魂深处之后的不能自拔，吃相早就被它打败了。

这话不假，我就是那个汤汤水水都要喝掉才过瘾的吃货。

青岩有两家做醋的人家，早就被各种媒体以各种花样百出的方式报道过。所以，当我们去到其中的车家时，正在卖醋的一位三十多岁的年轻女人，还没听完我们的来意，就脸色一沉地说，我们不接受采访。那表情传递给我们的唯一信号是：请勿打扰！想必，这样的采访早就让他们索然无味，当初被采访的喜悦感、荣耀感，或许早就在朝着相反的方向滑翔了。那些说来说去、已经烂熟于胸的陈年旧事，就像太阳底下的旧棉袄，翻来覆去，再怎么晒也晒不出新意来了。

和我同去的朋友满脸堆笑，立即掏钱买了一壶醋，那意思好像是在向她澄明：我们主要是来买醋的。正在交涉，里间侧卧在沙发上看电视剧的妇人大问一声，什么事？我们顺着她的问话移到里间的门边，有点得寸进尺地赖在那里不动了，赶紧又说了一遍我们的来意。也许是那电视剧并不吸引她，也幸好，此时不是电视台的黄金时段，而打发时间换一个方式也并无大碍吧？就这样，我们再次移动脚步，进了里间，坐在了与她沙发垂直的一张靠窗的木椅上。这样，我的面前就对着那台巨大的电视机。电视里面的人物还在大声说话，要和我们抢夺话语权，好在，这家女主人的注意力已经从电视情节转移到我们身上，而此时，面对巨大电视屏幕的我，倒好像在看电视了。

我抬眼看见电视机上方，严肃地挂着三帧大小一样的老照片。不用说，看着装和表情就知道，三帧黑白照片是这户人家的老祖宗。女主人见我盯着照片看，她说，车家祖上是清朝初年由湖南过来的。

坐在屋里，我们终于松了口气，以为我们就此得逞。哪知，正宗的传人并没有在家，我们有点失落，又有点不甘心，就和女主人东一句西一句地围绕醋聊起来，女主人兴头倒比我们更高一些。我不时地看着墙上的三帧老照片，终于辨认出，实际上那是三幅逼真的素描画像，很像出自贵阳万东花鸟市场上落魄艺人的手笔。

离开时，我们说好第二天再来，问传人什么时候在。女主人见我们要离开，那样子还有点不舍的意思。我们起身时，她说，他明天要出去玩,你们来早点。就这样,我们成功地接上了头。

第二天早上九点,我就和朋友急匆匆往车家赶。车家醋第四代传人车培新老人知道我们的来意。我们刚一落座,和我并排坐在昨天那条长椅上的车培新老人,就开门见山给我们说起了车家醋历史。他过于流利的叙述,像是在熟背家书,用词造句四平八稳,深知哪里该断句、哪里该强调、该重复,多余的字词一个都没有。这样,我们听起来毫不费劲,没有障碍,甚至连我该问的话都被他抢先说在了前面。对于他,这些话估计说了不下百遍,可是对于我,却是一段崭新的车家历史。

于是,一段陈年老醋的谱系便在我的眼前铺展开。

其实,早在清光绪十八年,青岩有名的醋不姓车,而是姓曾。后来,是曾家一位小姐连同陪嫁一起,将曾家的醋术带到了车家。这位曾家小姐便是第四代传人车培新的老祖太。曾家小姐嫁到车家,作为车家媳妇,她做的曾家醋便跟着易姓为车了。遥想当年,这位曾家小姐的兄长做的曾家醋与她的车家醋便在青岩小城成了同行也成了对手。当然,其中有些什么故事,那只能由小说家下笔演绎了。总之,由于车培新父亲的人缘宽,做生意也讲个天地人和,到了车培新父亲这一代,车家醋的名声越来越大。车培新老人说,年轻时外出当兵的父亲做到了副官,后来解甲归田,回到青岩老家,继承了家业,开始做起醋来。曾家是如何落了下风,车家醋的名声又是怎样盖过了曾家的?往事一旦淌进时间的河,便没有谁再能打捞上来辨个究竟。总之,曾家醋到了第三代,便再也没有传下去。

铺面旁边的架子上放着两个古朴的青花瓷罐子,盘绕在罐子下方的青花绘制的龙,游过百年依然让人恍惚觉得它正值盛年,时间在它光滑的釉面上也只留下一些轻微的爪痕，光泽里有一些微弱的凉意，那是被时间抚摸过后留下的补色。罐子上面从右到左写着"双花漆醋车兴泰号"，看不出是什么笔写上去的，笔头粗得像是手蘸着色工工整整往上写的。罐口边沿终究还是暴露了它的年龄，白色里的污斑已经合二为一地成了它自身的颜色。不大的铺子里，这两个罐子跻身在一些年轻的罐子中间，德高望重的身份不用开口，便能被人一眼认出，它们是这屋子里的老祖宗。立即，这满屋的醋也弥漫出一种历尽沧桑的慵懒来。

严格地说，这不是一间正规的店面，甚至能否把它叫作店面都界限模糊。如果把我们坐的这间屋子称作客厅的话，外间就是一处陈列着醋的过厅，也可称之为店面，屋外是一个小小的院落，门头上没有挂牌，但买醋的人就是能轻易地穿过一条幽深的巷道找进来。这样的经营方式仿佛滞留于从前的时间里，没有二维码，没有网店，也没有时尚的广告语。车家双花漆醋就是牌子，就是版权，不吆喝不叫卖，就像他们经营的是一段前辈的旧时光，新的经营模式无从插足。

醋分三种，车培新老人说，头醋、二醋和双花醋。头醋是第一道醋，二醋是第二道醋，双花醋即是两批原料两道工序做出来的。双花醋的讲究很有意思：灰面残渣扑出水面，打掉浮萍，醋在锅里滚动的样子即叫扑花；扑两道花，故名双花醋。而双花漆醋呢，亮点就是漆。双即两道原料两道工序，花即扑两道花，漆即醋的颜色，像黏稠的油漆，黑中带亮，亮中生光。

双花醋放在碗里轻晃，会黏碗，而现在我们吃到的醋都不是真正的双花醋。因为双花醋只有腊月才做，车培新老人说。对于这样一种普通的碗中调料，我从未对它发生过任何兴趣，但听车培新老人这样吊人胃口的说法，正宗的双花醋便从普通的醋里鹤立鸡群地让人神往了，我暗下决心，一定要在腊月时来买一壶。接着车培新老人就像窥破我的心思，他又说，今年的双花醋早就预订满了。可是，现在才六月呀，我在心里问。同时，我也好像已经看见了预订的队伍有多么壮观，因此，我的这个念头只能是念头，在心里悄悄地打消掉了。

那我们只能退而求其次，能够买到吃到的也只有头醋了。头醋的成熟期是四天，想必做起来也相对简单。第一天煮稀饭，将麦麸发酵，发酵到第二天，上缸浸泡一天，沉淀，然后熬煮。双花醋不同，耗时八天，与头醋相差的不止时间，还有复杂工序。车培新老人说，后来传承到父母这一代时，配料有所改进，用的药是多种中药合成的百味散，父亲需用七七八八的药，花四十九天起药，放半个月才能用。而后要造药，造药放六十四天才能用。另外，做醋要分季节，不同温度、不同季节用的药都不同。天呀，听得我思路混乱起来，这哪里是寻常百姓家吃的醋，倒更像是在炼丹了。

车家醋一直秉承单传，从前是只传男不传女的，但并没有弄得过分神秘和严谨，到了车培新父母这一代，便是父母都在做。到了第四代传人车培新，他膝下有两女，无儿，便破了祖上不传女的规矩，传了女儿。外间那个昨天拒绝我们的女子便是车家第五代传人。

算起来，车家做醋历时一百多年，历经光绪、宣统、民国至今。在车家醋的谱系里，一个家族的历史似乎被浓缩在一坛坛的醋里。这醋里的人生是什么滋味，也许都是不能道与外人的。我们只能从这些点滴里，感觉到传承对一个家庭那种已然固化的影响。对于醋这道调味品，车家醋所持守的，也许并不只是口感上的原汁原味，它更有一种用过去时态对现代人心浮躁的补白。这种随性随心的营生日子，一定有着酸里回甜、酸甜适中的不紧不慢的慵懒，它让人信赖的口感背后，拥有的是一种早已被时代所弃置的方式。

　　坐在这间不大的屋子里，整个氛围既家常又缓慢。我身后窗外的院子里，堆放着如山的木柴，占据了近一半的院落，用柴而不用煤，也是车家醋的又一道秘方。门外几米远的时尚和热闹与它有一道清楚的界限，这界限就是他们所拥有的自足呈现出的一种不可僭越的日子。我能在这样的气氛里，诚实地感受到，这不是一种生意，而是一种承袭祖上的日子，这样的日子，似乎仍有着祖辈们尚未冷却的余温。

白云生处有侗家

在我十二岁那年的暑假,父亲带着我去从江写生,同行的还有他的几位画友。那时,父亲一门心思要把未成年的我培养成画家。

从江离贵阳有三四百公里。绿皮火车缓慢的哐当声并不直接通往从江腹地,而是要慢慢悠悠地用上大半天时间,先把我们送到州府所在地凯里,然后我们再沿榕江坐船一路过去。途中的辗转对于年少的我来说,就像一段恍恍惚惚的睡眠。我不知道是不是出远门的过度兴奋掠夺了路程的颠沛感,多年来,甚至提到从江,我也不再记得涂鸦了什么,只有一些零碎的画面能闪闪烁烁地拼凑出那次遥远的旅行:在都柳江上晕船时的眩晕和呕吐,简陋旅馆里发黄的蚊帐,路边赤脚幼孩吮着脏兮兮的手指,还有那些怯生生的眼神……而这些凝固于大脑的散碎画面居然都呈现着混沌的褐色,这是不是跟当地人身上的衣服有关呢?或者,它们被时间褪色成了老照片?如果说也有什么让我印象较深的话,那便是从河边捡拾的鹅卵石了,它们浸泡后的纹理是那样清晰,还有郁郁葱葱的大榕树,一尘不染得好像仍处在洪荒之初,似乎此前并无人的踪迹。不会游泳的我穿着泳衣扶着小木船滑进水里,小鱼们围着我打转,在它们看来,我一定是入侵它们领地的庞然大物,于是形成了围攻的阵势,对我进行微弱却又奋力的驱逐。明澄见底的深水过分突兀地定格在我的印象中,使我回想起这个画面时,总有一种梦幻般的不实之感。

后来,父亲创作了一幅一平米大小的《侗寨》。画面近处是躺在清澈水底的鹅卵石,画的主体是月光下巨大的榕树,占据画幅二分之一。画里的乡村不是现实里的村庄,而是发芽自城里人想当然的诗意的种子,但它符合人们对于乡村的审美诉求,古朴原始地反义着城市的喧嚣。我在这幅画里看到的是父亲的从江,看到的是艺术提炼出的乡村的另一副面孔,这幅画分明与我去过的从江隔着一段几乎没法衔接的距离。

黔东南的苗族、侗族、布依族、水族、瑶族、壮族、土家族等少数民族,是贵州画家们汲取养分和触发灵感的源泉。不夸张地说,在我父辈的画家笔下,或多或少地都拥有一些这类素材的作品。记得李惠昂创作于20世纪80年代的油画《苗女》,当时非常具有代表性地在画界引起过关注,后来听说,大英博物馆收藏了它。另一位画家陈红旗有很长一段时间客居岜(读音bia)沙,他曾叫我去他画室看过数张主题不同的巨幅油画,他画了大量岜沙人的婚俗葬礼、饮食起居,完全是一组用图像来呈现的民俗文献。我鼓动他做成一本图文书,而不是仅止于图像本身,但不记得是什么原因终无下文。在我周围,还有许多在画风、观念中反抗着前辈的画家朋友,黔东南始终是他们愿意追随父辈而无法绕开的掘取创作营养的对象。

多年来,我没有想到过再去从江。似乎我有理由认为,它近在咫尺,已为我所熟悉,我便可以以"家人"的身份对它熟视无睹。

其实，每当我以文字的方式接近它时，它又是让我感到陌生和遥远的。我只能狭隘地猜测，它提供的养分，无法喂养我们这些迁徙的人群——是的，移民大省贵州，史上曾是南方民族迁徙流动的大走廊，是苗瑶、百越、氐羌和濮人的交汇之地，而我作为这片土地上的一沙一尘，难免不也承袭了那样的移民基因：因为远离中原文化而仿佛丧失了生长的根基，可身边的少数民族文化，又自然而然地与我们相隔膜难交融，这便会在某种程度上，给我们带来文化上的营养不良。

这次再去从江，竟然与上次相隔了三十余年。高铁很快，仅耗时一个多小时就到了那里，若坐汽车，五个小时也足够了。从江号称"黔南门户、桂北要津"，位于与广西接壤的贵州省东南部。至于对它"天有北斗七星，地有七星侗寨"的妙喻，则指的是，若从高处俯瞰，从江境内参差坐落着七个侗寨，是以一个勺形的北斗星之状分布开的，并且还各自都有一个只有其音而无文字的侗语的命名：摇光星——銮里，开阳星——银良，玉衡星——平求，天权星——高增，天玑星——岜扒，天璇星——小黄，天枢星——占里。但这地上的"七星"虽然同为侗寨，却又"五里不同风，十里不同俗"，仿佛它们所遥相对应着的天上的星宿，给予它们的是相异的神启，要求同根同祖的它们得个性分明地守持自己的传统习俗。

这回一踏上从江，我就试图发现一些记忆的蛛丝马迹，用我僵固的想象做一次徒劳的回望，以一种或粗暴或简单的方式，来唤回和弥补我那个残片似的从江记忆。可是，眼前的从江除了让我有种初次谋面的新鲜感，它的立体多面让我根本无法归纳出，它与那个平面的旧从江之间内在的血亲关系。我只能重新定义，这是一个脱胎于时间的新从江，它早已和我一起成人，成长为另一副无法相认的样子。

到达从江的第一站是岜沙部落。身处月亮山麓里的岜沙村民，常年以稻作为主，狩猎为伴。在苗语中有"草木茂密丰盛"之意的岜沙，是黑苗后代。据说，这里的先民是当年蚩尤与黄帝征战涿鹿战败后，残部向西南地区撤退并迁徙到此的先头部队。

如今的岜沙是中国唯一可以持枪的部落。寨门前，迎接游人的不是鲜花，也不是美酒，而是一阵突然的枪声在我们头顶噼啪连响，这种特殊的迎客方式像是给游人的一个下马威。不过子弹出膛的声音喜庆得如同鞭炮，倒与枪所具备的肃杀之气仿佛无关了。扛枪的岜沙男人彪悍而孔武，把那些受到庇护的低头刺绣染纺的女人衬托得更加女人。望着眼前跳芦笙舞的男男女女，我觉得，好像男耕女织在这里依然守持着最原初的秩序，也正是在这样的秩序里，许多重要的岜沙传统都世世代代地得到了严格遵从。这里的男子到了十六岁，即要施行苗语叫作"达给"的成人礼，由同村的鬼师用锋利的镰刀为其剃除头顶之外的头发，保留头顶一圈头发束成发髻。用当地人的话说，梳成"苗鬏鬏"，称为"户棍"，成人礼后的男子即可持枪。

岜沙寨奉树为神，他们最盛大的祭祀仪式即是拜树神。寨里供着一节巨大的早已风干的百年香樟老树根。据当地人说，此树当年被伐去修建领袖纪念堂，只给村里留下了这早已坏死的树根。这也许是岜沙人的无奈之举。我不知道这风干的树根是否还具备继续庇佑岜沙人的灵性，在我眼里，这死掉的树根更像是一个时代的纪念碑。

奉树为神的岜沙人有"三棵树"之说，即：岜沙人在出生时其父母会种下一棵树，称为"生命树"；孩子长大到一定阶段，又要选定一棵"消灾树",逢年过节都要祭拜"消灾树";其一生都要与树相伴,离世时便伐树为棺,并种下一棵"常青树",让生命以这种特殊的方式延续。不过,除了担负以上这些见证生死的带有宗教意味的功能之外,在被茂盛树木环抱的岜沙人的日常生活里,树也是他们遮风蔽日的必备之物。这里的房屋都是巨木搭建,没有一根钢筋与水泥的民居,散发出一种原生态的伐木而居的生活气息。

寨子旁边依山而建的度假村别墅,也完全依照当地人的房屋样式和材质构筑,一座一座木屋都像隐没在大山里的巢穴。清晨,别墅门前的林海与远山,呈现出一种逍遥之美,仿佛储备了大自然的所有颜色,彰显出一种无声的繁华。眼前"空山不见人,但闻人语响"的景致,让从喧嚣里而来的我们做了一回短暂的隐者。傍晚,远处寂寥的萤火似的灯光,又让我矛盾地感受着,那些白天里如诗如画的美景,如今被寂寥突显的夜晚覆盖和否定了,我不知道哪个才是它的真身,但我仍然愿意把这样的寂寞之景定义为,它是抵达美的另一条殊途。不过,无论怎样的乡村都是真实的,都同样不被城市人真正触摸,除了这一点即兴的个人感受,近在咫尺的它,始终在疏远我内心对于乡村完整和客观的描述。我们与乡村或许正是保持着这样一种陌生关系,被它喂养的同时,又与它永不相逢。而城市人对于乡村的想象和理解,也许永远只是在文字里被编织。

占里寨迎客的方式要比岜沙人温和得多,寨门前众少女着盛装唱侗歌,一派和平景象,不过要进寨也没那么容易,得喝掉她们手中的拦门酒。

据说,占里人是吴越后裔,最初由广西迁徙而来,从此在这里繁衍生息,并保持着原初的传统。占里先民认为万物皆有灵魂附身,都有知有觉,因此他们对天地日月河流山川,对所有生灵,都充满敬畏。这样的敬畏感来自他们拥有的一套完整的管理机制,而这个机制背后是一种信仰和崇拜的文化,是属于他们的萨文化。也许这便是他们始终如一保持自己的语言、习俗而不被同化所储备的能量,对应着我余光中瞥见的那位门槛边的老妇人,在她脸上纵横的皱纹里,我仿佛看到了那装载着一生不被改写的神情。

寨子里的河两岸是披挂上阵的糯米稻,层层叠叠地挂在晒禾架上,壮观得如同护寨的金色城墙;在阳光下织成的迷宫方阵,烘托着"迷宫"里的占里人在丰收的舞蹈里延迟着寒冬的来临。

乡村里的时间总是缓慢的,带着一种被空旷、寂寞稀释后显露出来的松散,生活有条不紊地悬挂在时钟的刻度上,任由工业、机械及高速在山外回响,好比那些挂在窗前的缕缕蓝布,垂在风里,折射出城市人内心焦灼的暗影。一缕布从纺到织再到染要经过多少时间?而一年四季的衣装都是出自这些荡在风里的布条,又要用去一个女人一辈子多少的心力?没有人计算过,也许这就是构成她们日子的经纬,是她们的本分,仿佛在那些双手之间,织入的是周守一方的传统。

半路上有妇人们织布的场面,她们娴熟的手法和单调的织布声,因为旅游的开发,也成了一幅供游人拍照的画景,成了旅游者阳光下的白日梦境。游人手里的相机,寻找着每一个奇特甚至夸张的角度,拍下他们眼里对这一劳作的诠释,似乎我们有能力用所见来修改她们织布声里的情节。我走神地站在现场,拍下她们的同时,也在心里酝酿着她们手中的日子,用尽我全部的对于乡村的想象去展开。

在一个空闲的傍晚,我随意散步时拐进了与度假村毗邻的一个小小寨子。我看见妇人们手脚麻利又小心翼翼地,正往那种用构树皮做成的布料上涂抹鸡蛋清,我不知道这属于布料制作工艺上的哪个环节。我蹲在一位妇人身边，盯着她手上的小工具发呆，她笑着将小刷子递给我。我学着她的样子，蘸起蛋清往上抹。看着那些无法丈量出长度的漫长布料，我的心和手都开始退缩，我问她，这得用去多少时间才算完工？她仍然笑而不答。旁边一位年轻女子告诉我说，她不会说汉话。我把工具还给她，她笑着接过，我想，她一定识破了我脸上想要逃跑的表情。

在游走中见到的这些制作布料的过程让我窥见到的他们，正是在这些细碎的时间里，用这种极为日常的方式去结实着他们的民族脐带，强化着属于他们的精神血统。因此，占里人不论是日常便装还是节日盛装，都始终如一地保持着或简单或复杂的传统服饰而不被汉化，或许这正是一个民族所拥有的完整信仰最直观和最外在的回答。我想起同去的朋友说，真想给当地的孩子们捐点什么。接待我们的当地人说，衣服就不用了，他们只穿自己的民族服饰。

占里还是一个神奇的村寨，因为它有一个远近闻名的公开秘密。这里百分之九十几家庭的孩子都是一男一女，一直保持着男女比例的平衡。而这种平衡，据说是因为寨里的一种幻花草，这种草配以寨里的两口井，即男井与女井的井水，生男生女便完全可以按配方来决定。不过，此神草掌握在一个女药师手里，秘不示人，女药师将死，才会传授给她的继承人，并且传女不传男。虽然，生男生女在这里可以任性到如此随心所欲的程度，但占里人却始终遵循着他们古歌里所吟唱的"崽多无田种，女多无银戴"的生存原则。

一路上搜集着这些当地人的日常点滴，在不经意间，它们已装点出了游人眼里一种遥远的诗意，但我明白，它们又是文字不能抵达的，是一种无法被外人窥见的日子，是一种他们自己才可能咀嚼出来的滋味。

多年来，黔东南像一个与外地朋友聊天的背景，只要提到贵州，黔东南就像一个LOGO似的，绕过它，贵州便似乎显得势单力薄，提到它，贵州便有一桌招待外地朋友的少数民族盛宴。

小黄因为侗族大歌，名气实在是太大了，以至于我无从描述它，或者说怎么描述它都会词不达意。

小黄侗寨最负盛名的"小黄的歌"，侗语称之为"嘎小黄"。这里是名副其实的"侗歌之乡"和"音乐天堂"。一进寨子，就听见侗歌在不远处回荡。在一处宽阔的场地上，众多村民自由组合的歌声成为此时最"小黄"的声音。年老的年幼的，男男女女们都聚集在此。仿佛这歌里有神灵，在最日常的日子里，召唤着村民心底最深切的情感。我不知道他们唱侗歌时是否怀有一种宗教般的情感，而作为观者的我们，情绪和状态都是游离在歌声之外的，只剩下匆忙的步伐，在侗歌的背景下做一次快速而潦草的游走。

我们沿着几乎见不到人的巷子往里窜，见一位佝偻着脊背的老人，牵着年幼的孩子，疾疾地往侗歌的方向走，又遇着几个身穿侗服的小女孩跑向场坝。此时，只有我们与坝上的歌声在背道而驰，渐行渐远。

一路上，我们没有发现一点被开发的痕迹，"新农村"的建筑似乎难以在这里插足生根。整个村寨都保持着原始风貌，所有建筑都陈旧得如同是外部世界的弃儿。年深月久的鼓楼、吊脚楼、风雨桥，散发出一种统一和谐的古老灰色。这些和岁月厮磨已久的痕迹启发着我们去猜测，这些普通的它们，一定潜藏着无数久远的故事和传说，而走近它们，便可以轻易地触摸到那深植于地下的根系，找到它们身上那些最易辨识的掌纹和体味。

侗歌是喂养当地人的乳汁，是一种小黄村的孩子还未牙牙学语便已然熟悉了的味道。也许对他们来说，会唱侗歌是先于语言的更重要的本事，是他们与生俱来留在心底的烙印，所以，这里的歌师便有了一种不可替代的尊位。据说，我们听到的几种不同声部的和音，并不像我们的大合唱那样需要指挥，需要排演。他们从小各自跟从歌师学唱侗歌，不论唱的是哪个声部，只要合在一起，无论是多少人的合唱，每个人都能准确地找到自己的声部，天然地成就出一曲曲天籁之音。我所听到的最震撼人心的，是一场人山人海的万人侗歌演唱，男男女女老老少少的侗族人，把他们的侗族大歌演绎到了让人叹为观止的程度。在万人盛装、满身银器的银色海洋里，那歌声便是黑色夜空里掀起的浩瀚海浪。

几天的时间，虽然只是一种匆忙的经过，但岜沙、占里和小黄名副其实地同根同祖却又"五里不同风，十里不同俗"，让我对那些未知的侗寨充满向往，銮里、银良、平求、高增，它们又会以怎样的风貌示人呢？也许有一天，我会与它们相遇。至于我记忆里那个越来越模糊的、已然被现实告别了的旧从江，它在渐行渐远中，为我提供的不过是一种不可复制的成长记忆而已。

回来给父亲说起此次的从江之行，父亲对我细数往事，那晚的对话非常有意思，就像我俩站在时间的两头，讨论着各自心里完全不同的从江。但新的也好，旧的也罢，它们都真切地成为了当晚的主角。只是，在新与旧之间，在我与父亲的对话之间，我却怎么也找不到它们可以交叉与重叠的部分。父亲说，那时去从江，创作经费在路上花得精光，后来只好绕道广西柳州，到柳州美协借了路费才折腾回的贵阳。我对父亲说，现在去从江不过咫尺的距离。

在这些湖光水色面前,我无话可说

从百度地图上查询,贵阳到纳雍也就是两百来公里、两个半小时的车程距离。但一直以来,纳雍在我的心理地图上却是个模糊遥远的地方,它也确实是远的,离现代工业文明远,离高楼大厦远,离移动信号远,离Wi-Fi远……我听到的纳雍都是和贫困有关的,是贵州版图上"威纳黑"(威宁、纳雍、赫章)三大贫困县之一,是一座数十年来各类文字为我搭建起的一座贫困"小茅屋"。昏暗的茅屋里生活着衣不蔽体的男女老少,荒山的背景一定是乌云卷动的天……我怎么杜撰起一幅苦难的图景?也不全是杜撰,在那些被处理成黑白照片的史料里,的确是一副"旧社会"的五官。

打住,我不过是纳雍的过客,没资格说旧,只说它的新,说说这短短三天时间留给我的那些惊鸿的一瞥。

纳雍县城不知什么时候旧貌换新颜的,我只是在几年前编辑过一本写毕节试验区的书,于是读到过关于它的文字。纳雍县隶属毕节市,当然也在被试验的区域内。总之,眼前的小县城宽阔的马路两侧,高楼林立,晴好的天应和着文字里的变迁。开车进县城的路上还看见一组很安静很西式的崭新建筑，和朋友开玩笑说，有点到了国外乡村的感觉。这样的换颜虽然有了文明的足迹，但也同质化得厉害，没有辨识度，似乎地球村的概念已经迅速蔓延到这座偏僻的小县城，不断地扩建，不断地向四周延伸。酒店周围诸多小店面的吃喝玩乐也紧跟时代地没有更多新意。

总之，纳雍的变化不小。当地人告诉我说，当年的纳雍县小得谁家炒个辣椒，全县人都呛得打喷嚏。如果纳雍只是无数个蜕变的县城中的其中之一，它又有着怎样与众不同的宝贝可以示人呢？

当然有，可是，当地人提起他们的纳雍，却笑而不答。那眼神似乎在告诉我们，说的不算，眼见才为实。

我无法猜测出接下来的两天采风时间，当地人会为我们端出什么样的"菜肴"。而刚到纳雍时的那种平淡的感受，就像一篇平铺直叙的小说开头，没有抓住人心的悬念引人入胜，而是从一个最日常的"柴米油盐"开始叨唠起，让我对未来的两天时间有种隐隐的担忧。贵州不乏自然美景，而人文历史向来边缘贫乏，少数民族文化也被汉化得凤毛麟角，更何况这样一个生长在半山腰上的小县城，想必早也被同化得没有了多少面目，我不怀好意地猜想。但是，我猜错了。

纳雍1941年设县，如果说纳雍历史的起点是1941年，那只是说它在这年设立为县。在百度百科上搜索纳雍，发现纳雍拖着一条长长的历史的身躯，其源头可追溯到殷周。殷周时期，今纳雍属鬼方，春秋时期属于牂牁古国，战国初期牂牁古国衰裂，夜郎兴起，贵州大部为夜郎国统属，今纳雍亦在夜郎国境内……纳雍在历史的河道里流经秦、汉、南北朝、五代、元、明、清。偏居一隅的它，在历史的版图上，在改朝换代里起伏着它自身的命运。

于是，在纳雍县的关键词里，我开始了两天满实满载的行程：大坪箐国家湿地公园，枪杆岩景区，苗族飞歌，总溪河玛瑙红樱桃园，滚山珠，羊皮大书，过狮河，高山生态有机茶园，百兴镇……

世界之茶源于中国，中国之茶源于云贵。贵州因为其先天的地理优势，正是茶的天然故乡。据道听途说，外省的好些大牌茶，其原材料都是从贵州引进，再行后期制作和包装，摇身易名为"大户人家"的。想想贵州茶真是吃亏。不过贵州茶好是早就名声在外的，且数不胜数。听说纳雍也有茶园，喜茶的我突然来了兴趣。纳雍多雾，植被茂密，具有产茶的天然条件，这并不奇怪，但有一点，纳雍海拔比别的茶乡都高，这是不是有悖产茶的道理？我不懂茶应该在怎样的海拔怎样的纬度上是适宜的，但我听茶园的负责人介绍说，他们就是要尝试在反条件的条件下种植有机茶。

我们在盘山公路上、在让人不断发出惊呼的云山雾罩里绕了一两个小时，抵达海拔两千两百米的骔岭茶场。名副其实的高山生态有机茶园当然是成功的，采茶季节已经过了，但茶园仍然绿意葱茏。喝着刚泡的红茶，味道好极了。茶园负责人对我们说，这茶最大的缺点就是，喝了这茶，别的茶都不想喝了。我们知道是广告，但还是认真地端起茶杯，在茶香里挑着他说的"最大缺点"。虽然茶很好，但这并不是纳雍唯一的名片，建在高山上的大片茶园只不过再次强调，贵州产茶，可以任性到随心所欲。

纳雍当然有它的名片，但纳雍人好像很有耐性，就像为我们准备一桌大餐，也还得要讲个上菜的顺序。

芦笙舞的滚山珠当然地就是独属于纳雍的大餐。芦笙也不稀奇，但边舞边吹的滚山珠，这种近似杂技的表演就是让人不敢轻慢的。我们看见的是热闹，而他们吹出的却是一个民族身后的历史和传说，因此，我在这热闹的乐声中，隔靴搔痒地演绎着他们的先祖在迁徙中那种被命运驱策的悲怆与壮阔。苗族也好彝族也罢，在命运多舛的历史河道里，他们把自己民族的识别度刻进血液，穿在身上。苗族没有自己的文字，但他们的服饰就是记录他们历史的文字，而彝族的羊皮大书在世世代代的传承中，已经是无法抹去的一个民族的掌纹。我向来喜欢粗砺的情感和帕慕克描述的那种"排山倒海的忧伤"，在我所生活的这个多民族世居的省份里，苗族、布依族、彝族、侗族的歌声和舞步表达着与我完全隔绝的情感，在与他们不合拍的节奏里，暴露着我纤细的情感所不能抵达的对岸，也许就是缺什么想什么，在这些排山倒海的忧伤里，在与他们手拉手的舞步和旋律里，我成了最不合拍的最低音。

百兴镇是下属于纳雍县的一个小镇，盘山路上的车在能见度极低的雾里穿行，司机却开得飞快，贵州司机车技一流真就不是浪得虚名的。不大的百兴镇也以干净整洁的名声成为外来人游览的新农村样板。在百兴镇，我看见的新农村概念不只是住房条件的改善，百兴镇路不拾遗、日（夜）不闭户的镇风突然让我产生了对周遭世界的一种彻底而传统的信任，人与人之间防备的解除，让人有一种回归田园的恍惚感。

回归田园，这也许便是此行最大的体会。百兴镇地处偏远，接纳外界信息的信号在传递的路上总是时断时续。回头见小道上七八个十几岁的孩子蹲在路边，看我们的眼神里充满胆怯，我恍惚，那分明是一种藏在时间里的神情。在那些早就被旅游化的村落里，孩子们可是要追着游人大喊"给钱，给钱"的。而这里的孩子手里没有电子游戏机，没有ipad，没有"被旅游"的开化。我们的出现让这个小镇被惊扰，孩子们把内心的羞怯藏在你推我搡的嬉笑里。我们就这样，在镇民们好奇的注视下，来到湖边，我们是游人，却成了他们眼里的被参观者。我在他们身上想象作为人的特质：人与人之间可以亲密可以疏远，可以心怀秘密可以不为人知，可以向往远方也可以安于现状，因为对他们来说，仿佛一切文明都尚未开始，大数据似乎也鞭长莫及。

如今的我们已经前进在人工智能的路上，未来会有一台机器，它的智力将全方位地超越任何人类个体。我曾在一篇微信文章里看到一句急迫的话语：未来已来，留给人类的时间不多了。

这仿佛被遗忘的一方水土，难道是人类为自己留下的生命火种？

夏雨安龙

安龙县城不大，因为招堤十里荷花、张之洞、十八学士墓、南明皇宫等等，也名声不小。这些"招牌"是当地人待客的重要景点，"三千年文化，三百年荷花，三十处美景"是安龙人对自身有趣的概括。我是重游，十多年前来的那次印象，已经被时间的网纱筛漏得所剩无几，但那些符号化景点却从未被过滤掉。

招堤荷花开放的季节，当地人总是享受着得天独厚的占地五千多亩的三百年荷花，县城被反衬得更加狭小而简陋。如果俯瞰，那些沿堤的街道就成了裙带，把所有的好都退让给了这一池的荷。沿堤不宽的街道上有宾馆、学校、大大小小的店，甚至一所监狱……这是一座什么样的小县城，我无法归类。或许当地人压根就没把招堤当作一处高处不胜寒的景点，而是和当地人一起生老病死的普通人家？也因此，任何时候，招堤一定就是当地人闲庭信步的去处。

招堤大门门楣上的"招堤"二字是我省已故文化学者王萼华先生的手迹，下方对联看日期是公公1996年写的。每到有公公墨迹的地方，家人都有拍下照片带回给他看的习惯，这次也不例外。"前招公后张公乃武乃文抗沧海狂澜并作中流砥柱,仿白堤肖苏堤好山好水缅遗风高咏□然上界神仙。"

雨是断断续续下的,出门时还晴着的天,进了招堤就突然直线似的下起雨来了,也因此,雨打在荷叶上的"珍珠"充当了一次晨露,应了"秋荷一滴露,清夜坠玄天"的意境。

沿途的"来听潇潇打叶声",让观荷多了一份情致,古人们写荷的诗句在这里都传神地复活了。荷真是能应和不同心境、不同际遇的。掏出手机拍下雨打莲的镜头,说不定哪天就把如此现成的画面画成了画。的确是"青荷盖绿水,芙蓉披红鲜。下有并根藕,上有并头莲"。

当地人说,花期一过,冬天的荷花池就是一池的污泥了。那景象不难想象,当然了,否则怎么会说出淤泥而不染? 萧瑟也是在缅怀曾经的灿烂。守着这样一片荷花池,我替他们想,安龙人就有一种很接地气的福气。

这样的地气还和一些历史事件有关。贵州历史上有几个与中国大历史发生关联的事件和地方:明朝初年的安顺屯堡,抗战时期的下江人,三线建设,还有一个就是安龙的南明小朝廷。

遥想明朝的安龙,没有招堤,地处偏远,一派萧条,当年的永历皇帝如果不是为逃命,也不至流落到此,也因此,安龙有了一处不大的皇宫,永历的皇帝梦是不是可以在这里延续? 那时的人们是否想过,从此一场烽火连天的争斗将席卷小城? 那抗清复明的十八先生,又在这个小县城里上演了多少荡气回肠的故事?

不知是情绪还是事件本身的缘故,只要你亲历十八学士墓现场,就会发现,与招堤相比,这里弥漫着肃杀之气,似乎还有一种无声的力量潜藏在这万籁的静寂里,不论是绵绵细雨还是直线大雨,都能准确地契合这里曾经的血雨腥风。雨越下越大,躲进十八先生纪念馆,看墙上十八位朝廷重臣的简历,曾经的跌宕人生在寥寥几字里显得太过于短促。

南明王朝的最后一位落难皇帝流浪至此,颠沛的一生,飘飘荡荡。不知道他流落到这个小县城时是否还心存梦想,也许借此皇宫自慰也未可知。那金色的皇宫与当地的大片草色永远格格不入,正是落水的凤凰不如鸡的悲惨景象,皇宫里的卧龙能否逃过命运的狙击?

这样的历史在整个大历史的背景下显得微不足道,不过是一个过气朝代低微的喘息声,但安龙却因此有了一段特殊的经历,就像一个人一生中所遭受的一场磨难,风平浪静后那结痂的疮疤还在,心里的隐痛还未消散,别人可以忘记,但自己记得。也因此,当地百姓把这段历史继续演义,代代相传。不信你看,那皇宫。

离开安龙时,雨已经不再下了,天仍然是阴沉的。虽然我们只是匆忙的看客,却能嗅到这小县城携带着的一种安适和静逸的气息,不知道是不是这里人文历史的厚度让安龙在接收外界信息时显得漫不经心,时代的挖掘机是不是在开向它的途中转变了方向,让这里的低矮民居呈现出一种失宠的落后。汽车沿着县城一路慢慢开过,看着这个没被惊扰的小县城,我恍然发现,日子是不是就应该这样不急不慢地过。

回到家,把招堤牌坊上公公写的对联给他看,他拿着手机近眼看,听他小声地说了句:"写得不好。"

打凼村的夏色

用"酷暑"这个词定义夏天,那我以为贵州是没有夏天的,即便有,与"酷"也没半毛钱关系。贵州的夏像个没啥坏脾气的孩子。所以每到夏天,我都拒绝出省远行,害怕热把我变成一条软体虫。"夏眠"在家是我度夏的唯一方式,没有太阳直射的地方,空气是清朗的,那团热不会黏着人拽着人。

盛夏里不出远门,"近门"倒是我愿意出的,因为贵州乡村的夏天会把整个冬天的缺点一点不漏地改正过来,我还可以逃跑几天不用干活,像一个外乡人一样闯进村去,旁观人们的日子。今年夏天,我又一次出了一趟"近门"——距贵阳三百多公里的安龙县打凼村。

贵州地处高原,多山,"开门见山"在这里不是比喻,真的是出门就见山。贵州的山有种憨态,又有种雄浑,我经常会把它想象成某种庞然的雄性动物,夏天的雷声常常让我恍惚是山的"身体"里吐出来的。在这些巨物的大大小小的缝隙处,隐藏着各自的村落,只要翻过一座山,就能见到稀稀落落的民居。这些被山"含"着的村落,被山庇佑又被山阻挡,要与邻村联络相当困难,特别是从前没有道路没有通信工具时。这些村落个个都像地球上唯一的幸存者,与外界保持几近零度的接触。难怪,贵州很多民族有喊山的传统,这种喊山被称为无字的信函。

我去的打凼村,就是类似村落中的一个。

在贵州,要去村寨,盘山路几乎是必须走的,也因此,贵州司机的驾车技术据称全国一流,是瞧不起那些只会开直线的北方司机的。

在去打凼村路上,见到安龙街上一行六位头缠着圆盘似的头帕、身着布依族装的中青年妇女,像是逛街,倒没有逛街的步态,整整齐齐排成一队,在闲散慵懒的人堆里直直地走。我想起在哪听说过,这样的走路习惯是多年走田坎养成的,不知道这样的说法有没有点道理。

隶属黔西南兴义市安龙县的打凼村,是没法"百度"到的"养在深闺人未识"的布依族小村寨。进寨,有座小石桥的石栏板上写着好些情歌民谣,像迎客的见面礼,更像留给村人的备忘录。"想你想得病缠身,想你吃饭难得吞,吃饭犹如吞沙子,吃菜好比吃药根。""高山点荞不用灰,河里行船不用推,青石磨刀不用水,真心实意不用媒。""我俩中间隔条河,木桥断了好冷落,寄信又怕雨来打,唱歌又怕听不着。"……这样的表情达意很当地,但并没有让外来人有隔膜感,人类的情感表达都那么一致和相通。这些迎客之作,用布依调调唱出来一定风情万般。

桥下河水像一面移动的玻璃,看得见河底的石板,光滑如玉,与水厮磨得失去了坚硬的本性。桥的一头,有一棵大约可四人环抱的重阳树。当地人说,每年农历六月初六布依族祭神的日子,那桥是最热闹的地方。这个原始村落的民俗至今仍然保持着其传统性,祭神、对歌、浪哨（即恋爱的意思），"六月六"这天一样不少。我想起桥上那些民谣，想必"六月六"那天，这些歌是真正能派上用场的。在布依族婚俗中，同姓人同村人之间是不对歌、不"浪哨"、不通婚的。"六月六"当天，女青年吹奏"木叶调"召唤邻村的男青年来相会。选择"浪哨"的地点要回避自己的父母哥嫂，且两者要保持一定的距离，真正的是通过"谈"恋爱来了解对方，以歌为媒，以歌代言。我不知道是含蓄让这爱情的迷宫更加神秘，还是清规戒律成就了这种含蓄，但无论怎样，这样的方式给人带来的画面感在想象中让一段虚缥的情感变得诗意起来。

突然一处美景冒出来，就像歌剧来到最华丽的一章，让我们惊叹：依河而建的毛屋对着青山，山脚下是成片的玉米林，一草一木一水都原始得像洪荒太初，尚待文明的萌芽。这条宽阔的河被村民唤作游泳池，这显得有些奢侈，倒也没见水里有游泳者，或者只是村里想把这一池清水冠上时尚的名。后听当地人说，游泳池的前身只是一个小池塘，当时不是游泳者的天堂，而是一处极刑之地，被沉塘的多为本村不守妇道之人，她们被装进猪笼沉到水里，不知道那猪笼装着的故事有没有人记下来以示后人，当时我被这猪笼屏蔽了，忘了问。我只是盯着那蓝绿得有丝绸质地的水在想，这水底究竟沉了多少不守"妇道"的女人。

对着五色糯米饭我不敢下筷，当地人看出我的犹豫，她说这种糯米饭的颜色是用不同颜色的植物染成的，不必担心，完全绿色。这种五色糯米饭也是"六月六"当天的祭品之一。在这里，似乎一切都与"六月六"有关，对当地人来说，这个特殊日子所在的夏天，才是"复苏"的季节。

安龙是全国武术之乡，而打丕村被当地人叫作武术之村，本村九十岁以上的老人都会武术,且身手不凡。这个貌似人烟稀少的小村究竟藏着多少金庸笔下的高人,我只能凭空假设。村里有一个铜鼓,平时是见不着的,只在村里有大事的时候,比如老人过世什么的,才会由寨老敲响。我很想看看这个神秘的大鼓,可惜没机会。

祖先遗留下来的民俗物事,是不是仍然存在一种潜在的心理力量?或许是有的,虽然在这个不大的布依族村落,大多青年男女外出打工,村寨也难逃老人孩子的留守问题,但走在这个村寨里,除了嗅到一种安适的情绪,并没有人去寨空的萧条和落寞,这样的印象是不是因为夏天的阳光把真相藏匿起来了?时间转动历史的魔方,是不是为把真相变成传说?六月六、猪笼、铜鼓……这些词语的背后栖居着多少无限的想象。越来越多的出走的年轻人会不会以别种方式继续本土民俗的传承,我杞人忧天地想。我认识一个侗族朋友,成家立业在贵阳,时时拿出侗族大歌的录音凑在耳边沉醉地听,力图用这样的方式获得什么,只有他自己知道。"非遗"逐渐为社会熟知,保护民俗的呼声成为共识,或许我们只能以这样的方式来对其进行缅怀。当地人也自有他们的日子,自有他们消磨时间和接受外界入侵的方式,对于这里的居民来说,这里就是一方好土。

我不是当地居民,不敢妄加评论生活在这里或那里有什么不一样,几小时的游走,只像眼前这盛夏里端上的清茶,所有的好都在这一小杯微温的茶里。

如果要出门消夏,打伎村一定是我消夏词典里的一景。

回家记（一）

手机上的航班管家APP显示，登机口改在了C57。我以为，除了这一点小小的变故，其他都还在计划之中。晚上八点三十五分从北京起飞的航班，到贵阳十一点多，回到家十二点，正好和我平时的睡觉时间能接上头。

过了安检，跟着指示牌去往C57登机口。扶梯把我送到一楼，那里已经站满了坐满了去往不同地方的旅客，我想找个靠墙的角落，可人与人之间留出的一点点陌生的缝隙，根本容不下新人插足。我只好重回二楼，找了个空位。据航班管家说，前序航班已经在七点多钟到达T3航站楼，看来，一切都进行得有序正常。此时，从候机厅大窗望向外边，能看到巨大的厚云像浓密的乌发，来势汹汹地把天的脸遮挡在我的视线之外。机场屏幕上出现临近航班的延误信息，航班管家也发来提示："航班延误黄色预警，北京终端区受雷雨天气影响，预计十四点至二十点通行能力下降百分之三十左右，其间进出港航班可能会受到影响。"这是一种普遍性提示，虽然我坐的国航CA4166也在这个时间段尾，但并不代表它一定会受影响，就算受影响，我以为，延误的意思也只是等暴雨过去。

　　黑天上划过一道道突兀的闪电，像天的毛细血管。屏幕上取消的航班骤然增加，只有两三个航班仍在计划中，庆幸的是那里边包括了CA4166。

　　雨下得非常狠。大概一小时后，天上的黑云就差不多散了，CA4166航班仍然处在计划之中。但此时，它已经过了正常的起飞时间。我得去一楼，和同机的人待在一起。

　　在一楼C57登机口的小屏幕上，不知什么时候，CA4166已变更为延误。延误的意思就是，希望在后面呢，只要有点耐心，起飞仍会到来。而那些被取消的航班则直接断了人的念想，拒人于机外时不留余地。"取消"迅速赶走了刚才还拥挤在候机厅的众人，被取消航班的旅客们不知去了哪里，就像被清场。十点、十一点、十二点……一楼的人在继续减少，就连那些忠贞不渝的CA4166旅客也不再密集。屏幕上的"延误"仿佛凝固成冰，如同电脑死机的效果。但是，只要它还没有变成"取消"，飞的可能就还在那里。只是此时，"延误"两个字让我怀疑，它伪装的面具背后躲着一张"取消"的鬼脸。可谁敢贸然判断它的真实意图呢，只能少安毋躁地等着。

　　有许多人已经横七竖八地睡着了，等待让他们的精神和体力都越来越萎靡。但我相信，不久之后到来的飞翔是强心剂，一定会赶走萎靡带来振奋。我找个位置坐下来，寻找各种蜷缩的睡姿。我以坐着的姿势潜入睡眠：把头枕上椅背，或手抱双膝支撑额头……虽然身旁的空椅子足够联结成一张床榻，但我没法把这里当家。我脑子里藏了个警惕的哨兵，几乎每隔几分钟，就会猛地问一声口令，提醒着我从梦里返回现实。睡眠不再是整块覆盖夜晚的布，而成了剪裁过的一缕缕流苏。

凌晨两点，我去二楼三楼，目光并不聚焦地扫过几个醒着的或者睡去的蜷缩着的人。空间很大，走个来回要几十分钟，而在空荡荡的各层楼间，只有我一个人上上下下。我应该是想找到一位穿工作服的机场人员，也许不是，那我就是在以这种无聊的方式消化这个不配占有睡眠的夜晚。我不知道我为什么不能像其他旅客那样，在一个位置上随遇而安地固定下来。

当然了，也并非只有我才是清醒的游魂，在整个候机楼里的任何角落，每隔几分钟，还都会听到广播里反复响起一个曼妙女声："因受天气影响，大量航班无法正常出行，为此给您带来的不便，我们深表歉意，如需帮助请拨打国航服务热线95583。"很难说，我的四处游走，不是在躲避她那不断表达的明显诚意不足的空洞的歉意。

不知是否与无聊有关，我开始拨打国航服务电话，可惜每一次我的耳膜都要刺痛在毫无悬念的忙音之中。我打开了手机上航班管家的客服中心。还好，这里有人。但我的问题，同样等于提给了忙音。我对这个不知性别、年龄的客服说，我们旅客真是很没尊严，所有的遭遇仿佛都是自己应该受的，连一句解释的话都听不到，只能默默地等。现在已经延误八小时了，却没有一个人告诉我们应该改签还是继续苦等……客服这样回答我：还是要相信咱们国家的，现在国家越来越强大，相信肯定会越来越好，只是我们还需要期待……

我再次回到一楼C57那里，在我的想象中，CA4166仍然会随时飞翔，我担心它把我抛弃在北京，把我的回家之路变得更加漫长没有尽头。登机口那个空间不大的检票区域，已经成了娱乐场所，四位占领者正往他们的旅行箱上摔扑克。

大约凌晨三四点时,有航班开始起飞,那是激动人心的声音,也就是说,我们的航班也可能在某一个瞬间突然宣布:CA4166开始登机。

天亮起来,北京的早晨来探望我们。一位穿工作服的机场工作人员出现在柜台前,打扑克的旅客立刻结束了游戏,刚刚走出酣睡的、拖着行李箱和抱着孩子搀着老人的旅客们,都朝登机口围了过去。我们的黎明正式到来了?

机场工作人员不理睬我们这些CA4166的人,只公事公办地招呼另一个航班的旅客从C57口登机。这一下,驯顺了一夜的我们这些CA4166的旅客们,终于忍无可忍地开始了反抗,站到一起,把属于我们的C57登机口给堵死了。

为什么整个晚上都没有任何人来说明情况?为什么没有人来给我们安排食宿?为什么一直延误?为什么我们的航班迟迟不能起飞?为什么把我们当作透明人?为什么?为什么?为什么……十万个为什么在CA4166所有旅客堆积了一夜的情绪里集体爆发。年轻的工作人员一脸无奈,他一边道歉一边解释,他不是国航的人,他也不知道具体原因。他脸上的表情让人看到,他毫不犹豫地站在了我们这边。也就是说,没有具体的人来承担这件事,似乎国航也成了一个透明的词。一堆透明的人与一个透明的词,如何才能看到对方?接着,工作人员给大家分发面包和水,这是早在昨晚就应该做的。大家像领救济粮似的,无数的手向他伸去。我没伸手,我还不想把自己变成彻底的难民,虽然我现在和"难民"是一伙的。

发放食物的安抚无济于事,它只回答了"十万个为什么"里一个在当下已经微不足道的问题。而此时我们要知道的是,什么时候起飞。

熬过这样的一个夜晚，我的大脑早麻木了，早就适应了封闭习惯了禁锢。家比想象的更加遥远，现在，我与家之间的距离，已经不是空间的而成了时间的，我希望找到某种工具，能把相距越来越远的两段时间缝合到一起。此时退票，换别的航班的可能性几乎没有。有几个航班时间，在理论上或许成立，但这种成立，只能提供给想象和假设：假设不重新托运行李，假设不重新走一遍安检，假设T2航站楼近在咫尺，假设我的气魄足够大，能轻易地扔出六千二百多元钱把硕果仅存的三张头等舱票拿下一张……而高铁呢，当天最晚的一班也已经飞驰上路了。我像个嫁鸡随鸡嫁狗随狗的旧式女人那样，做好了在CA4166这一棵树上吊死的准备。"你是我唯一的等待，相信这次不会再分开"，我突然想起这首不知谁的歌曲。

上午八点多钟，在手机航班管家APP上，我终于看到了刚刚更新的CA4166的航班信息：取消。"取消"？这什么意思？我仿佛不认识这两个迟来的字，我都分不清它传递的是信息，还是一种冰冷的姿态。我只是感到，它的出现把我们一夜的等待碾成了齑粉。此时，另一个身穿工作服的高个男人出现了。他是来解决问题的吗？

此前，大家已经商量好了，国航一定要给个说法。这一夜的等待是不是该有一句道歉和赔偿，在登机前一定要有个交代。七嘴八舌的怨怼、委屈，全都随着天亮彻底苏醒了。大家开始把手上的面包和水扔在地上，像是在制造一种人为的愤怒。扔出的面包和水没有声音，显得很虚弱，也不知道这徒劳之举能换回多少我们想要的道歉和赔偿。

高个男人不吃这套，他阴沉的脸上只有一种见怪不怪的冷漠表情，像一名见惯了死亡的医生，面对病患的痛苦无动于衷。这样的表情，加剧了我们心理上的不安和焦躁。一个旅客说，她还有个刚刚出院的病人,她指着不远处座位上一位鼻子里还插着导管的脸色苍白的女人。另一个男人跟着也激动地说,他八十多岁的老母亲要有个什么事,谁来负责?说完,他拨开人群,从远处把一位轮椅上的老人推到了高个男人面前。老人面无表情,没有配合也没有反对。她充当的是道具吗?悲情牌没有生效。我心里生出一种难过,真的必须这样做吗?就算是打动了他人,那代价也是付出了尊严呀。更何况,这样的悲情牌得分不高。

另一个航班的旅客开始向C57登机口涌来,他们的航班正召唤他们。但是我们CA4166的人,已经把"我们的"登机口给堵住了:"如果我们的问题没有解决,别的航班也别想起飞!"甚至有人扬言,要去堵别的登机口。于是,高个男人难得地让步了,他指挥别的航班登机者去了另外的登机口。我们继续占领着C57,但事情没有半点进展,我们仍然没有准确的起飞时间。

时间不知又过去多久,高个男人过来指挥我们了,他告诉大家尽快登机。看来,大家的激愤情绪起了作用。登机的消息松动了堵在大伙胸口的愤懑块垒,但是,如果登机之后再行索赔,若发生争执,性质可就变啦,沦为扰乱治安的暴民也不是没有可能。不能登机!有人提议,必须答应我们的赔偿再登机。高个男人不理睬众人,只是继续阴沉着脸,履行着他的职责。

接下来,上午八点五十分开始检票,一个两个三个,五个十个二十个……乘客们开始逐渐奔向登机口。不要登机!不要登机!大家要齐心维权呀……我旁边一个男人大声叫喊,而一个女人则迅速拉住隔离带,以求阻止登机的人们。

但不难想象,坚持维权的声音越来越弱,大量的旅客一次次地推开隔离带,通过检票口,风风火火地奔向门外的摆渡车。此时,登机这件事，已经把人们煎熬一夜的苦水泼洒在地并迅速风干了。我不知道，奔向摆渡车的人们在听到"大家要齐心"的喊声时，他们的大脑皮层是否需要抗拒一下这样的干扰。或者，那根本就是一句废话，登机才是眼前最大的实惠。自然了，越来越孤立的少数维权者也在自问，我们怎么办？

我们能怎么办？无论在哪种境况下，从众都会相对安全。于是，检票的队伍再次万众一心。

虽然大家维权索赔未果，但毕竟看见了起飞的曙光。但是，如果注定这是一场折磨人的行程，那就还差一个尾声使它圆满。

登机后，飞机始终舱门大开，未进入飞前的必备程序。是让我们换一个地方继续做沉默的羔羊吗？两个小时又过去了。大家再次坐不住了，又有人提议，集体下机，浩浩荡荡地走向空旷的停机坪。当然这只能是假设。机长苦口婆心地劝说大家，委屈地说他也一夜没睡，他甚至改用贵阳话和大家交流。他正宗的贵阳话此时此刻像一缕春风，抚慰着这些受伤的心。与此同时我还听说，我们的航班在等待过程中，一位已经登机的旅客提出他要取消飞行，退票下机。九号早上九点钟，他有约要在贵阳签一份合同，而他签合同的时间此时已经过去了两小时，他再去贵阳已没有意义。他态度强硬地要求下机。但是，按规定，旅客不能擅自离机，必须有机场地接过来接他。于是，从通知地接开始，时间又过去了多久，我已经完全丧失了概念。

终于，机舱门关上了，那套起飞前的安全演示也开始进行，空姐的中英文广播也响了起来。这套烂熟的程序此时对我来说很不平凡，它在宣告，我终于可以回家了。飞机动起来，向跑道驶去，但它过分缓慢的速度显得十分犹豫，就像还没想好要飞向哪里。就这样,滑行一段时间,大概二十分钟,或者更长时间,它再次停下来等待指令,一个小时又过去了。

最终,从上午八点五十分登机到飞机加速起飞,全程耗时五个小时。如果把正常起飞时间也算进去,我们在机场逗留的时间一共十七小时。十七个小时如果可以以货币形式进行兑换,我不知道币值应该是多少。也许时间就输在了它没有体积没有重量上。而在这样的十七个小时里,一个人应有的尊严,似乎也和时间一起失去了形状,失去了体积,失去了重量。

在由北京飞贵阳的两个半小时里,整个机舱里只剩下睡眠,安静得就像从未发生过任何事情。

回家记（二）

这次从京回来，我第一次选择坐高铁，发车、到站的时间分秒不差，没有延误担忧。我向来喜欢坐火车，喜欢一路上不断变幻的让人猜想的图景，还有一种在路上的陌生感，任我天马行空地想象心里想去的任何地方。

高铁是晚上七点多的，软卧的小空间舒适安全，嗯，是我要的那种惬意感。丈夫打电话给我，明天早上我们去接你。算了吧，我打个车到楼下，你和儿子下来给我提行李箱就行。我想，下了火车，我需要的是司机而不是两个不会开车的人。完全没必要折腾。

因为出差时间不短，便带了家里最大的箱子，二十八寸。箱子不轻，除了带去的书，多了几本在京西西弗书店买的书，还有闲逛时顺手买下的七零八碎的东西，再加上冬天的厚衣服，大瓶小瓶的化妆品……唉，女人出门真麻烦。总之，二十八寸的箱子在回来时已经塞得没有缝隙。

一到出站口地下停车场，就有一个男人走过来问，去哪里？我说了家地址。四十元。男人的口气没有商量。这么点路比出租车高出两倍都不止。我摇头没接他的话。我向来讨厌这种毫无标准的漫天要价，如果按正规打表计价，就是五十我一分都不会少给。可能是清早的缘故，平时热闹的"黑的"都没有出现，他成了独家生意，当然要喊得这么恶狠狠的。我拖着箱子往前走几步，想找找出租车站点指示牌，但所有指示牌上都只显示公交和地铁的乘车方向，唯独没有出租车的标识。我想，还是在手机上叫网约车吧。如今已经成熟的网约车是最规范、最靠谱的。想起前一段时间去三亚，街上一辆传统的出租车都看不到，倒是网约车铺天盖地，定位到家门口接客，既方便又快捷。

有网约车司机很快接单，我站在清静的停车场等。那个"黑的"男人见我还站在那里，可能突然大发慈悲了，更大的可能是我是此时唯一需要打车的人。我送你吧，你说多少钱就给多少钱。他急转直下的态度，让我反倒觉得不坐他的车有点对不住他，但我只能说，不用了，谢谢，我叫了网约车。我有点歉意地对他笑笑。这时网约车司机打电话问我在哪。因为箱子太重，我告诉他我的方位，并问他能不能到地下停车场这里接我。司机犹豫一下说，出租汽车不能去那里。那我在哪里等你？进站口，他说。

我只好拖着沉重的箱子询问清洁工，进站口怎么走？从第五个出口上电梯，然后再往右，她说。

我沿着清洁工指明的路线开始往上走。因为箱子太沉，坐扶梯也不容易，角度不对都有可能把我一起拽倒。上了扶梯，才发现数十辆传统的出租车整整齐齐地排在那里等乘客，但我已经叫了网约车，只好放弃眼前能立即把我此时的狼狈赶走的出租车。顺着清洁工说的再往右去，我再次坐上扶梯上了第三层，网约车司机没有催促我。我以为上了第三层就该柳岸花明了。但是等我从扶梯那里往外走,眼前却是一处空旷的广场,那个我无数次开车送人到这里的熟悉的进站口并没有出现,回头才发现进站口还在上面一层,但我已经迷失了继续往上的路,我不知道还要拖着这个越来越沉的箱子往哪里去才能到网约车司机指定的那一层。

我的前方有许多拖着行李箱来来往往的旅客,说明前方是通往街上的,我判断着,并掏出手机给网约车司机打电话,我想告诉他,我可以在大路边上等他。但是他的电话处于暂时无法接通中,接着打了两次同样无果。我只得打开叫车APP,因为那上面能看到司机此时的位置,但我没有看到司机的位置,看到的只是我的订单状态:取消。网约车司机没有商量地就取消了我一路向他而去的订单。

我继续拖着箱子往前走,觉得自己像一个没有被这个时代驯化的傻瓜,在自己以为的规则里信守对别人的承诺。我开始后悔,如果当时不去计较那个要价四十元的"黑的",我现在已经到家了;就算我当时叫了网约车,"黑的"司机又回心转意地无论多少价格都愿意把我送回家,我完全可以立即取消网约订单,此时我也已经到家了;我放弃了"黑的"司机的好心,在通往网约车司机说的地点途中遇见无数传统的出租车时,我是可以再次反悔我的网约订单的。但是我一次次把自己锁在心里信守的规则里,我不想让那个网约车司机傻乎乎地等了半天,等到的却是我偷偷取消订单的后果。是谁在傻乎乎呢,我只能在心里嘲笑……回想从一开始就错过的种种良机,我已无力去跟这个没有一个电话就强行取消订单的司机计较。这其实并不是什么大不了的事,也许换个人,最多在心里骂句粗话,这事就翻篇了。但就我个人来说,让我感到悲哀的是,我做事的方式已经不合时宜地和这个时代有了巨大反差,而心理上又没有强大的抗打击能力。现在本来就是一个不讲游戏规则的时代,谁讲规则谁弱势，谁讲规则谁倒霉。生活在这样一个不讲吃相的时代，我是不是应该努力学会，一切从我的利益出发，让心里那些所谓的规则都见鬼去，都统统扔进垃圾箱。但我知道我不可能做得到，我打不破心里那个捆绑我多年的处世方式，所以我也只能认命地将继续在这类事情发生的时候，永远猝不及防。

　　我继续往大街方向走，几辆车顶亮着绿灯的出租车从我眼前开过，事情似乎变得简单起来，我只用往街边走去，就能坐上出租车。但就在与大街咫尺的地方，竟拦着一长排不锈钢围栏，长长的几十米的围栏左右尽头并没有出去的路。右边一条小道那里有路牌说明，要到路口只能走地下人行通道。无奈，我没有选择地开始沿小道走，但我突然想到地下人行通道并非都有扶梯，赶紧问对向而来的一位路人，有扶梯吗？他说没有，是楼梯。我反向折回。再次走到铁栏那里，发现围栏之间有几处是有门栏的，但上了铁锁，并且那些门栏上的一块牌子清楚地写上：禁止通行。此时我看见有人从远处一个门栏那里进来，也就是说，似乎有可乘之机。我往那处门走去，走近才发现，这里的门并没有像其他门那样挂着冷冰冰的铁锁，于是，我终于从那个写着"禁止通行"的牌子下方，顺利地来到大街上。

　　此时，站在冬雨绵绵中的我，最后悔的是，没有让家里两个大小男人来车站接我。

对视

与自己的陌生频频对视
——《法国大使》创作谈

我曾经在一个叫"我的性格味道"的小游戏里,测试过我的性格特征。我其实并不相信这种游戏,但有一条"温柔又叛逆"的结论,让我对号入座,不过我觉得应该把"温柔"改成"温顺",顺应被所受的教育规训的行为和内心,做一个书本上规劝的那种人人眼里的好女人:温柔、贤德、知书达理。在这种自觉不自觉中的长期自我训练下,有一天我发现,我的心里却一直住着一个背叛自己的灵魂,一个想要出逃的陌生的我。但被生活编织多年,已经没有缝隙供自己恣意地去打破什么。也许,只有在文字里,我才可以做一些轻微的对自己的反抗。虽然,这样的反抗极其微弱,像漂浮在生活之水上的浮萍。所以,当我在写《法国大使》的时候,我突然意识到,不论是作为写作者的我,还是《法国大使》里的两位女性——韩燕与南娅,都身处于内心的闺阁里。

有一位做文学批评的朋友对我说过,如果我能放开一些,是能写出点好东西的。他的话对我是一种鼓励,也是一种诱惑,但我事先就知道,我做不到。就像《法国大使》里两位随遇而安的女性,都以为生活这笔账是可以计算得出来的,直到南娅选择出走,韩燕才在最后时刻做出一丝象征性的尾随和挣扎,那也是我不易被人觉察出的不伤己及人的挣扎。

我常常想起曾经做的一个梦。梦里出现两个我,我回头与另一个我对视,我看到的是一种陌生的表情。也许,我喜欢文字的表达,就是想在文字的白日梦里与自己的陌生频频对视。

马原先生说:"文学是天才们的展场,平庸之辈不要来凑热闹,不要枉费了时间精力。"但对于我这样的平庸之辈,既然做什么事都肯定是枉费时间,那就把时间枉费在至少是自己喜爱的事情上吧。

一本书和两个人

《穿过博尔赫斯的阴影》出版后,博尔赫斯的名字突然在贵阳这个小城的寒冬回暖般地热起来,大报小报各个媒体都相继出现博尔赫斯的名字,似乎博尔赫斯不是一个晦涩难读的作家,倒像一位奥斯卡影帝。但我知道,这样的热度一定会随着时间很快降温,博尔赫斯也会被新的书和别的作家移出读者的视线。可是,博尔赫斯在我们家里,多年来倒始终保持着一种恒温状态,就像一位普通熟悉的常客。

这段时间,因为《穿过博尔赫斯的阴影》,让我突然想起了一些往事,才冲动地写下这篇小文。它当然不是关于谁的什么评论,我不过是为那些记忆,写下一些专业评论家们视线之外的、独家的爆料性文字而已。这些文字,似乎与博尔赫斯有关,其实,更与朝夕相处的戴冰有关。

大约是1999年8月的一天,我接到戴冰电话,邀我参加"纪念博尔赫斯诞辰一百周年"纪念会,地点在相宝山贵阳市文联的一间会议室。那时，作为戴冰的朋友，受邀参加这样的会，对我来说无疑是出于支持和友情。因为，博尔赫斯对于我，不但陌生而且突然。因此，参加这样的纪念会，让我有种名不正言不顺的意思。所以，当时就有人对我说过这样的话："博尔赫斯诞辰一百周年，关你什么事？"是呀，关我什么事呢？的确，太不关我的事了，但似乎是与戴冰有关的事。

那时，言必谈博尔赫斯的戴冰，对于博尔赫斯的喜爱甚至让他情不自禁说出这样的话："我曾这样想：我有十七年的光阴与他重叠在一起，共同生活在这个世界上——这一普通至极的事实却让我觉得似乎带有某种神秘成分……"我把他的这种说法理解为，他不过是在表达一种对博尔赫斯的超乎了一个作家对另一个作家的喜爱之情，甚至还可以理解为，从高中时就开始读博尔赫斯的他，对于这样一位抵达他神经末梢的作家，他是没有别的途径去摆脱博尔赫斯给他制造的迷宫的，除了狂热的热爱，以他的方式。

自2000年开始，博尔赫斯的存在，似乎就是我们生活在一起的一个前提。博尔赫斯扮演着我和他之间一个第三者的角色，在各种闲聊中，博尔赫斯的名字总是不期而至。不同版本的博氏图书占据书架的整整两层。其中，一本1993年出版的《巴比伦彩票》，以我做出版的经验来看，这本四百来页的书，最多六十克的双胶纸肯定不会是这样的厚度，这厚出来的部分无疑是反反复复读它的人日积月累上去的体温。另一本1994年出版的《博尔赫斯文集》（小说卷），书页已经全部散开，简直像是从别人手上抢来的。我愿意这样来看待这本书之所以沦落为如今的样子，是因为没有锁线，只是胶装的吧，这完全可以怪罪于当时印刷的不专业，而不能归罪于读它的人。

一目了然地,硬壳精装的、简装的、不同版本的、很有些规模的博氏书,不但跻身在书架最醒目的两层,同时也让其他作家们在书房里的地位显得生分而客套,甚或被冷落的也不占少数,看得出,戴冰并不想一视同仁。这样的亲疏关系还毫无掩饰地,让博尔赫斯的气息弥漫整套居所。

2000年起,戴冰开始前前后后写下关于博尔赫斯的文字。多年来,在持续反复的阅读中,被博氏文字一次次拨弄的那根神经,让他变得像一个迷恋迷宫的孩子,沉迷在这些"小径分岔的花园"里,博氏文字堆砌起来的思想栅栏,成了他的流连之地。对于迷宫的迷恋,是不是人的一种本能性自虐行为,在受挫中寻求着精神上的快感和蹦极。我想起我儿子小时候,常常用铅笔在速写本上画一些枝蔓丛生、让人晕眩的迷宫,他认定,这一定是一个最能难为住我的,对他来说不厌其烦、乐此不疲的游戏。

从腹稿到起笔,初稿,直到最后定稿,戴冰总是拿我当一个能够明白他要说什么的听众。其实,更多的时候,他只是别无选择地找一个对象自说自话。在无数个这样的夜晚,他不过是借助我这只耳朵整理他的思路,这点我俩都明白,但我们都心照不宣。我一遍又一遍,不急不缓地、顺畅地读他的文字,像这些文字的复读机。他在博尔赫斯的文字里寻找迷宫的出口,我却终于迷失在他的文字方阵里。好在,他略带安慰地对我说过,博尔赫斯的作品是写给男性读者的。这话让一直张不开口的我,终于可以放下心里的羞愧。

2003年,戴冰眼睛受伤,这是个多年来我们都在本能地回避着,谁也不敢再提及的话题。这个看似日常的遭遇,似乎因为博尔赫斯而充满了寓意。那时,我被迫地怀疑,这是否就是某种被交叉的命运,回应着他说过的"似乎带有某种神秘成分"。他是不是也要被命运挟持，以堕入黑暗的方式，去更深切地体会博尔赫斯，体会一个眼盲的老人在关注生命的本体存在的过程中，别人无法触及的"孤光自照的夜空"（戴冰语）。那时，对于他来说，或许博尔赫斯不再是一个站在人类哲学的最前沿的智者，而是潜行在"失明是孤独的一种形式"（博尔赫斯语）的只看得见黄色的盲者。博尔赫斯隐忍的文字，此时是更模糊还是更清晰地潜进了戴冰的内心……其实，这些不过是后话，是我在写这篇小文时的"为赋新词强说愁"。那时，我为他读的，除了一部帕特里克·聚斯金德的长篇小说《香水》之外，其余的都是身残志坚的励志文。我们全身心关注的，是世间最平凡的衣食住行。小小的半导体收音机，在不同频道里搜罗着天底下最接地气的各种新闻，张国荣自杀、伊拉克战争、SARS病毒……我们待在白色的病房里，倾听着极至天边近到眼前的热闹，似乎发生的一切与我们无关，但那时的我们又多么希望这一切都有我们的参与。坐在医院楼下的草坪上，看见远处的万家灯火，没有一盏与我们有关的灯，灯下的平常日子，如此让我们向往。常常恍惚，我们已经被抛在了世界的边缘。我们以我们的方式逃避着眼下前途茫茫的困境，博尔赫斯始终不在我们任何时段的任何话题里。至今，我都没和他讨论过，当时的处境下，他是否想起过博尔赫斯。

当这段非常日子日渐远离之后，我们像逃难似的快速翻过这一页，就像我们盗取了一件本来就不属于我们的物件，希望时间和别的念头能把它深埋得不着痕迹。多年来，我们总是警惕着，小心翼翼地绕道而行……

挨过了那段对我们来说无比黑暗的日子，我有理由胡思乱想地以为，他不过是用这样的方式，对他喜爱的博尔赫斯表达了一种最为切肤的敬意。

他经常对我说,"博尔赫斯是当代文学史中(就我的视野而言),唯一我愿意追随他而不感到羞耻的作家",但我的理解是,一个作家的作品同样也在寻找与他相对应的读者,就像彼此灵魂之树抖落的树叶,在飘散过程中的不期而遇。戴冰在博尔赫斯的文字里,也许最初窥见到的,是博尔赫斯文体和叙事的魔力,在冥冥之中一点点地确证他心里的困扰,似乎博尔赫斯文字这面镜子照见了他内心的某些不为人知的秘密。这些契合他内心的文字在时间里发酵、膨胀,他甚至不知道,这样与博尔赫斯厮混下去,他的世界是否会最终暗合博尔赫斯文字的圈套。

与博尔赫斯朝夕相处三十年后,文字背后那些荒凉的黑暗处终于浮出水面,和戴冰谋面。他变得像博尔赫斯家里的常客,似乎站在这位从神坛上走下来的博尔赫斯面前,让作为人的博尔赫斯,仿佛与他之间只有了一段促膝的距离。他或许看清了这位盲者在堕入虚幻中投射到他心里的真实图景,就像他顺着博尔赫斯的巨大阴影,以他个人的素质和能力,在一步步地把这个阴影还原成一个轮廓清晰的灵魂形象。也许,博尔赫斯的思想纹理让他着迷,但更让他着迷的,也是他想弄明白的,是这位让他着迷的对象,在杳无人迹的思想深渊里的困境。他在博尔赫斯的文字里拾掇生命的皱褶,在博氏痛苦的肉身里寻找博尔赫斯精神的暗礁。

有人评价博尔赫斯不关注现实,但又有几位这样的象牙塔里的作家,能在被黑暗困住的大半生里,用温文尔雅的文字去追究生命最本质的问题。"还有什么比关注生命本体存在更本质的问题呢?"戴冰这样说的时候,似乎在替博尔赫斯辩解,可这又有什么可辩解的呢?如果作家也可以分门别类,那就是关注生活与关注生命的两大类作家,没有高低之分,也就更没有什么是可质疑的。

一天清晨，上班途中的车上，我们又聊到博尔赫斯，他突然心怀悲苦地对我说："我只是把他看作一个处在黑暗里的老人。"当时我心里被什么东西猛地击了一下，究竟是什么，至今我也没想明白。

在写下关于博尔赫斯的文字长达十余年的过程中，我知道，他并不想去解析博尔赫斯的作品，他不过是以一孔之见，试图一点点地窥探，作为人的博尔赫斯，这位在虚幻中前行的，背负着悲剧的十字架，却体面得让人不敢对他心生丝毫怜悯的、腼腆的智者和盲者，是如何被自己的命运所编织，在虚妄又可触摸的世界里探寻着世界的真相。

多年来，博尔赫斯始终像一个巨大的阴影，缠绕住戴冰，不论他主观上如何想摆脱他，和他彻底撇清，但周围的朋友还是不容分说地把"博尔赫斯"这个标签固定在他的身上。我常戏称他戴博，他说，我可不想成为博尔赫斯，他那么悲惨。这话也许所有人都会置疑，但我信，因为他已经在博尔赫斯的文字里嗅到了被搁浅的命运，他在这通往绝境的命运里，以己之验浅尝过。他看见的，是那个在黑夜里守护着黑夜的老人用文字建造起来的虚妄之城。在这样的注视中，他也必须要一点点移走他的目光，就像一个被围困多年的迷途者，此时，终于站在博尔赫斯迷宫的出口；或者是他在这城里也瞥见到了肉身存在的真相，所以，说它是一个逃生的路口也未尝不可。我猜想，他一定有如梦初醒的混沌感和虚空感，虽然他给自己解答了一个难题。

作为普通常人，搂紧物质的生活，来填满虚空的黑洞，麻痹脆弱而敏感的神经，这似乎是唯一的逃避方法，还有什么比烟火气更让人感到踏实的呢？在博尔赫斯的游戏迷宫里，戴冰曾经获得的智力快感,如今已经被博尔赫斯的命运覆盖。我调侃说,你怎么一点野心也没有,成不了博尔赫斯,想想总可以吧。他却一本正经得不敢轻慢这个并不好笑的玩笑话,他正色道,我只想过一种庸常踏实的日子,平凡和安稳对我来说就是幸福,我要的,是一种热气腾腾的生活。

盛开的日子

我爸和妹妹要做一个"父女画展",这在我们家是个不大但也绝不小的事。我说不大,是因为我爸至今搞了几次展览我都记不清了,我和我妈早已习惯了他在每一次备展中兴冲冲的忙碌状态,但和妹妹的父女展这是第一次,所以它也绝不是件小事。在倒计时里,我爸开始为那些大大小小的画一一配框。每天去父母家,都能见到画们正陆陆续续地穿上"新衣",整装待发。

我爸经常挂在嘴边的一句话就是,你要继续画画该多好。说完他自我安慰地说,不过你现在也挺好。我不知道我爸说的"挺好"指什么,也许就是我有一个普通稳定的工作和能养活自己的收入吧。从这句话里,我能感觉到他心里很深的无奈和遗憾,是对我不再画画这一事实的逃避。在他看来,这世上唯有画画是正道。

在我和妹妹的整个成长期,我们的记忆填充物就是画画,素描、色彩,色彩、素描……那些画画之外的乐趣零零星星,像记忆的边角废料。别的孩子在外面疯玩撒野的时候,我们规规矩矩画各种形状的石膏模型，别的孩子天都黑尽了还不"扁担开花各自回家"的时候，我们还是在刷刷刷地画罗马教皇、海盗和维纳斯的石膏头像半身像。调色油是我们最熟悉的味道。似乎一个人在什么样的环境里成长，便决定了他未来的方向是什么样。所以，我从来没有认真想过什么理想，因为我的理想从我出生那天起就被我爸树立了。所以，学校经常有的那道作文题——我的理想，别的同学肯定都要么瞎编，要么一本正经地想一想，只有我能毫不犹豫地写下：我的理想是当画家。

  我不记得从几岁开始正式画素描，应该是初中。初中以前我爸让我自由画，画林黛玉、探春、晴雯、孙悟空……就像读书"开卷有益"一样，我爸觉得，只要我愿意画，就是一株可以灌溉的画种子。我爸似乎早就明白潜移默化对我的影响，不论在家还是外出走亲串戚，我爸随时要我掏出速写本，他画一笔我画一笔。印象最深的是，大概在我上小学时的一年冬天，我爸带我到黔灵山顶去画雪景，手脚冻得失去知觉的记忆至今挥之不去……总之，画画是我整个童年的唯一方向。那时候比我小两岁的妹妹还没有到画素描的年龄，也没有像我那样画过林黛玉、探春和晴雯，那时候我还以为只有我是我爸唯一的接班人。记不清从什么时候起，妹妹成了我的画伴。也许我爸是担心，把这样的重任放在我一个人身上太冒险。现在看来，我爸当年的担心完全正确。

  虽然我和妹妹画的是同样的对象，但我们的个性已经见出端倪。我们喜欢的画家也完全不同，一见到蒙克的画我就有种战栗的不适感，年少的我看不懂蒙克的画，也不明白为什么画里的死亡和病痛会深深刺激我，虽然我觉得死亡与病痛是与我相隔遥远甚至是无关的事情，但我却无法摆脱画里人物对我的直视。妹妹开朗外向的性格却在马蒂斯明快抽象的画作里得到了回应。

我和妹妹的性格泾渭分明，我内向，她外向。不知道是不是我遗传了我妈的素质，要不没道理说清我二十岁时在大学里画的那张自画像，我爸看了只给出一句评语：太忧郁。他的口气是批评和否定的。而妹妹的画从小就有一种明快跳脱的特点，不论是一张小小的静物还是后来的大画，那种从性格里发散出来的明朗，都是一个个有阳光的日子。

高中那年，我爸正式把我和妹妹送进当年在贵阳声名远播的十二中美术班。那里是跨进美术院校的第一级台阶。来美术班学画的都是一心要成为画家的少男少女。于是，有整整两年，我和妹妹形影不离，背着画夹早出晚归。

十二中的两年是我和妹妹至今说来仍回味不尽的快乐时光，不是因为画画，而是因为不用沉闷地待在家里那间狭窄的客厅画素描了。那是一段在一片片交织着铅笔声、混合着嘻哈打闹的玩笑声中度过的时光。我后来甚至认定，当时有些自闭的我就是从那时开始发生逆变的。

两年后，我们顺利考上学校。妹妹确定专业方向是服装设计，我选了油画专业。那时候，我以为我们都会在我爸的注视下，沿着画画这条路一直走下去。

毕业后，妹妹被南方的"下海"大浪冲上了海口的海滩。那时候不去南方就是一种没理想的人生态度，是得过且过，我就是得过且过的那一个。

于是和妹妹画画的日子也中止于1990年她离开贵阳的那个夏天。

在海口待了两年的妹妹后来又随妹夫去了深圳，之后的二十多年里，我们在不同的城市结婚生子。她只是一年一次或两年一次地回家，我们也只在日常琐事里匆匆相聚。多年来，一直做全职太太的妹妹主要精力都在孩子身上，在琐碎的家务上。

几年前，妹夫在网上做了一个网页，把妹妹的数十张画罗列上去，我也才知道妹妹不但一直在画，并且画了那么多作品。妹妹从来不在微信上晒她的画，她的微信很日常，似乎她一直过着全职太太别无他求的悠闲日子。而画画对她来说倒是件非常私密的事。

在见到妹妹的这些画之前，曾经有那么一段时间，我经常担忧地替她想，孩子长大了，远离她的生活，油盐柴米酱醋是否还能填满她所有的时间？就算能填满，那也只关乎味蕾，满足内心的油盐酱醋是另一种特殊材质，是一个高于日常生活的支点。但我知道我没有权利去要求她如何打发终将会到来的那些日子。事实证明了我的担忧是多余的，妹妹的这些画，让我看到我爸身上那根画画的脐带还没被我们彻底剪断。我再次替我爸感到欣慰。

妹妹作品的主题全部是各种姿态不一色彩不同的花。画都不大，小品似的，像她与花的悄声细语，有一种沉静里的不安分，就像天性与日子在厮磨之后达成的某种约定。文字是一个人思想的纹理和皱褶，画也是一个人内心的外化。妹妹的这些作品，像是她在平静的日常里侍弄的花草，是心平气和地说出的花语，是滋养她内心的养料，是她心里悄悄盛开的日子。所以，妹妹的画不热闹，不喧嚣，只和她的日子有关，和她内心轻微的起伏有关，因此，这些画作里有斑驳，却轻盈，与她的日子平行展开。色彩是女性的天赋，花属女性，二者的结盟成就了她在这个女性化的主题里表现出不求回报的喜悦，在四季的"采摘"里，各色的花铺满了她内心的日子。

对了，妹妹的名字里也有花，黄蕾。蕾，含苞的花朵。真高兴如今的妹妹已经在她自己的日子里盛开怒放。

水果说

梨

食之寡淡的梨是我最嫌弃的水果。在以甜为己任的水果里表现得很冷淡，和它丰盈富态的外形自相矛盾，加上酷似女人脸上雀斑一样的果皮，带着某种挑衅的味道。它的肉质和颜色一样，容易让人联想起发福之人的皮下脂肪。虽然它的优点一目了然，我仍然罗列出如此多的缺点来排斥它，归根结底就是，它显得太大众了，有种讨好人的老少皆宜的亲和力，太像一个棱角模糊没有缺点没有个性的人，拥有着众口一词的好，就是在腐烂的时候也表现得暧暧昧昧，"烂梨不烂味"，这是人们对它的褒扬。拿掉坏的部分，好肉质照样没有一点让人挑剔的毛病。时间也很难在它的皮层上留下明显的痕迹，最多有点暗沉，跨过属于它的季节。这些还不算它最突出的优点，它对人的肺好，感冒了第一个想到的就是它，和冰糖一起煮水喝，比吃药安全多了。感冒咳嗽时我也会想到它，甚至第一时间想到它，但梨对我来说，它是一剂药，只有药的功能，药效非常缓慢，这和它的脾性是匹配的。

苹果

苹果像个三好学生，德智体全面发展，要在它的身上挑毛病，肯定是挑毛病的人有缺陷。它不但有光滑的皮质，还有不同季节不同种类表现出的漂亮外表，青的红的都各有所爱，口感呢，酸甜皆宜，老少皆适，可谓是内外兼修的优秀，但它不像梨那么老好，该坏的时候一坏到底，该蔫的时候也绝不死扛。满身的皱纹启发人想起光阴易逝，追悔莫及。

椰子

估计第一个吃椰子的人，胆识并不逊于第一个吃螃蟹的人。它分明就是椰树的意外之果，像椰树排出的一个个良性肿瘤，粗糙坚硬的外貌让人以为，它一定是入错了行，大材小用。天生具备武器的力量，要吃它肚里的甘液，需要比它更坚硬的武器，才能将它开膛破肚。它干什么不好，偏偏要从树上砸下来，混迹于水果之列。

樱桃

樱桃有点神出鬼没，出现的季节似乎是四五月之间，我不敢肯定,因为它行踪隐秘,还没等到最好的样子大大方方现行于世,又突然"明朝后日即应无"地销声匿迹,所以,樱桃更像是出没在四季之外的一个不为人知的第五季。

采下的樱桃腐烂过程也是迅疾的,它只有一瞬间的投入,便很快披挂上阵地迅速发酵成另一种味道,就是吃到嘴里也只是惊鸿一瞥。因此,在大诗人白居易的"鸟偷飞处衔将火,人摘争时踢破珠。可惜风吹兼雨打,明朝后日即应无"一诗中,道出了古今对樱桃爱恨交加的心情都是一样的。虽然它短暂得来无声去无影,但它仍然排在我的水果榜之首。不知道是不是因为物以稀为贵,但就是不稀,对我来说也贵。

柠檬

柠檬是译音,而作为中文果名的这两个字,其形状我认为无可替代地就是柠檬的形色味。它以明亮和希望之色叛逆着它的果味。无论是其名其形还是其味,柠檬让人觉得高冷,不食人间烟火,与人格格不入。它是味蕾所能抵达的极处,纯正的酸是它的本分,没有一丝杂质的味道可供挑剔。我倒觉得柠檬才是那枚可以止渴的果实,而非杨梅。它,或者说它们毫无差别地朝向一个方向,所有柠檬即是一个柠檬,一个柠檬即是所有柠檬。如果把它比作人类,那将是多么可怕的难以想象的事,一个人即是所有人,所有人即是一个人。

桃子

　　它有鲜嫩的肉质和一颗垂老的果核。就像它们相互都长错了地方，像一桩不合脚的婚姻。如果可以任意篡改，我会在它的果核外包装起紫色的苍老肉质，同样，我会把粉嫩的肉质附着在一粒白色的果核上。事实是，用手掰开，果肉与核立即分离得毫不相干，但核却在其肉质上印下它蓄意的印痕，更像一个生命的印记，永不被磨灭。它不过是要用这样的方式告诉我，世间万物总是在这样的不协调中相依相存。

西瓜

　　在我眼里，西瓜是最蠢笨的水果，不只是它丰腴的身形，还有它骨质疏松般的肉质，甜得毫无个性的口感，可与糖水乱真。它是所有水果中贡献最大的，那么大的体积，没有棱角的光滑，任人宰割，开膛破肚后，我看到的是一张喜笑颜开的脸，那脸上的表情似乎在说，我将奉献出我的所有，竭尽所能。

榴莲

　　榴莲天生叛逆，刺猬一样锋利的外壳，脂肪一样丰润的肉质，更重要的还是它散发出的撂倒人的气味。提起榴莲，我眼前众多的表情里是嫌弃，当然吃榴莲的人才是始作俑者，吃榴莲的人也是被嫌弃的,比如我,吃榴莲就只能躲在厨房或被赶到阳台上,偷偷吃,而不能堂而皇之地坐在明亮的客厅祸害那些味觉正派的人。如果它不是以热带水果命名,完全可以寂寞地在远离人群的地方,安静地发散着那令人屏息的气味。但是它被拽进凡间,被人嫌弃的同时又被人喜爱。是不是喜欢吃榴莲的人心智发育不健康,是不是审丑和重口味的素质在榴莲里释放,我不能单向简单地推测,但我可以主观地认为,既然榴莲如此被两个极端地接受与排斥,一定有它与众不同的特质,让人在它面前不可能首鼠两端,而只能黑白分明。只不过,接受它的人无法明晰其理由,表情里有复杂而多意的激情,反感它的人却可以明确地说出,就像指认一名罪犯那样罗列种种罪名,并且义正词严。

暗面

疾病的同谋

在《疾病的隐喻》中,苏珊·桑塔格以这样的指认作为开篇第一句话:"疾病是生命的阴面,是一重更麻烦的公民身份。"或许是这样吧,从出世那刻起,我们就携带着这一身份,只看什么时候,上帝把这一身份的证明塞进我们手掌。

我觉得疾病很像幽灵,它蛰伏在暗夜,如同一个不能被公开的恋人。而遭遇到它,我们别无选择,只能战战兢兢地想它。一旦它露出那双专注于我们的眼睛,我们便不能再逃离,唯一可做的只能是一刻不停地想它并倾听它的大声宣告:我在这里!

阴面即是暗,暗不需要光也能自成一体。疾病露出的狰狞,使我们不敢怠慢它,需要把它视为必须听命服从的唯一指令。当身体变成一架用旧的机器,打磨上光的外壳下锈迹斑斑,于是,一转身,我们成了身体阴面的公民。曾经以为,那光鲜的外表就是身体的真相,其实身体的内在才是诡计多端的恋人。血糖、血脂、血压……

那些奇怪的加号、减号，阴性、阳性，还有一堆莫名其妙的数字背后暗藏的天机。一旦泄露，从此我们就成了特殊法庭的受审者，今天的果是昨天的因。宣判后的我们便成了阳光下的局外人，站在阳光背面的被审者从此开始了漫长的服刑期。

　　我们永远摆脱不了身体犯人这一原罪身份，那时，光的作用和功能就是为反射出暗的墨色，它具备永恒的杀伤力。虽然我们脸上的表情依旧朝着光，想让那表情与病体泾渭分明。试图借助拼命工作、外出旅游和各种喧闹来撇清这一不光彩的身份，可是，于事无补。身体内部是个巨大陷阱，只是我们总在借光的草堆把它掩藏起来，视它为无物，直到它发出那声巨吼。于是我们六神无主，于是我们拼命地撞坏每一根救命稻草。既然我们注定摆脱不了这一不光彩的身份，那我们能不能选择一种更体面的疾病？给自己一次尊严是唯一的请求，让自己免于艾滋、癌症、霍乱这些带着惩罚性的甚至具有道德审判的疾病。而那些被文学浪漫化的疾病，比如结核病、心脏病……是不是能因此获得一种超乎病症的身份和尊严？苏珊·桑塔格说："肺痨被理解为一种外显的风度。"显然，这是我们自作多情地为自己做的辩护。当病魔降临，就没有可供选择的路途，除了重重地击在心里的那一掌，接着就是对自身行为的检讨。在疾病的昭示下，人之初的性灵突然闪亮，才彻底松开攥紧一生的拳头，才视本以为是身内之物的外物为无用之物，于是，突然想做一些有意义的事，以摆脱无意义的生活。也许，此时，疾病仍然会做着鬼脸轻声说，那也是一种求生的无用之举。

　　疾病是不能假设的，就像死亡也不能假设，只要我们还是旁观者，我们就不甘于以一个病者的方式活着。其实我们才是疾病的同谋，共同谋害着以为不朽的生命，等到疾病用镣铐敲开门，才知道原来我们是永远的犯人。于是，我想起一位老友的死，一直以来，我总想为她写下些什么，却一直不敢动笔，我总怕下笔不慎而有损了她给自己生命的最后尊严。但写到这，我突然意识到，也许她是以这样的方式，来反抗这一不光彩的身份背后的阴谋，或许，她也还真的成了胜者。

去吧，去体检

一提到体检，估计多数人心里都不会轻松，并且表现出前所未有的谦卑和不自信，就像信徒站在上帝面前时的诚恳。尤其我们这些用旧的中年身体，它深藏的秘密锈斑等待着仪器的揭露。我们早有准备地自我告诫，身体这台快速运转的机器，也会有机械故障，我们没有能力去作假，以此蒙混过关。就像面对决定远大前程的高考检阅，不对，高考可以通过努力、通过开夜车得高分，就算得不了高分，那也是自己天资不够，但努努力，考个二三本学校也是有可能的。总之，这里面有事在人为的勉励。但体检不是，你再拼命运动，再怎么严格按养生标准衣食住行，这个吃了高血压，那个吃了血糖高……菜谱成了刻舟求剑的徒劳之举。来到精密仪器面前，你所有的努力并不能为你加分。基因、年龄还有那些身体内部的秘密都在对你做鬼脸，不论你身居高位，还是贱如草民，体检面前人人平等。到了最后，横下一条心，宿命地想，人各有命。这样想想虽然悲观，但也很酷。不过，等到单位的体检通知下来时，我做不到潇洒地甩甩头对自己说，去吧，去体检，富贵在天。

去年的阴霾又开始在我的天空里肆意横行，突然之间，我的生活再次被结节、囊肿、纤维瘤、钙化点围攻,它们对我挥舞着脏兮兮的黑手,再次一把将我拽进潮湿的黑屋。原本,我以为我生命的基石里只播种爱恨离愁的种子,似乎生病的永远是心情,这样的病,痛并快乐着。爱了又怎样,离了又如何,我仍然能在时间的抚慰里康复。可是,现在我嚼到的却是这些实实在在的物理砂粒,它们唯物地在我的身体里改写着红细胞、血红蛋白、白细胞、单核细胞、血小板等的指数,它们是否达标才是生命长度的最高指挥官。什么工作、什么写作都是虚无,别再和我说什么爱别离,一副坏身体才是埋葬爱情的高手。这一年里,我从最初的恐慌到渐渐忘记它们的存在,其实,那不过是它们被我关进了某间黑屋,让我假装看不见,以为从此可以不再与它们谋面。

开车去体检中心的路上,下着不大不小的雨,很应合我此时虽不剧烈却又不安的湿漉漉的心情。体检中心挤满等待检查的人。他们的表情里是不是也有我的心情,我不想揣摩。在漫长的排队等待中,我开始设想精密仪器攫住我身体时,医生们会对我说什么,他们是见惯不惊地面无表情,还是言过其实地要我束手就擒……坐进排队的沙发里,我若有所思地开始思考起生命的意义来。这脆弱又漫长的生命里究竟有多少我们看不见的重量?我们日积月累在心里建立起来的城墙壁垒,竟然被精密仪器的一根手指轻轻一推,便足以坍塌。正在云山雾海里乱想,一个陌生电话打来,让我返回心电图室。我再次躺回那张床,问医生是不是我的心脏有问题,需要复查。她说不是不是,刚才做完检查信息没有输进电脑。我狐疑地猜想,她也许是为打消我过早的担忧而找的善意理由。总之,我对她失去信任,其实是对自己的身体失去信心,似乎有病的身体才是正道。

明察秋毫的仪器过于精密，一根细如发丝的结节也休想潜逃。如此精微，如此秉公办事，在它的面前，真希望自己健康纯洁如婴，就像一个罪犯追悔莫及地在忏悔中想回归守法公民。躺在那张周围放满仪器的床上，等待着被剖析，被看穿，被探测。身心如此坦露，人的尊严无处藏身。台上趾高气扬的官员，同样也是仪器眼里的下等公民。如果此时，人也有等级，不用说，那不是权力之于可以左右的，在仪器面前，健康才是唯一的荣光，等着领受勋章。那些身体垂危的人，求生的愿望里没有身份也没有地位，做一个无病的乞丐就是最大的奖赏。我想起去年体检时那位年轻的医生，在长久的检查之后，脸色暗沉地对正在做记录的同事说，好像是乳腺纤维瘤。那是我第一次听到这个专业术语，我战战兢兢地问，除了纤维瘤，还有别的可能吗？她冷冰冰地说，如果不是就严重了。我立刻替她回答，那就是乳腺癌？她只嗯了一声，没有一句多话，于是，我的心一落千丈。她说最好做个钼钯。我乖乖听话地做了，提心吊胆等了几天，结果出来，愁云散去。这次体检也少不了这项检查，我心有余悸，看着这位上了年纪的老大夫，她一脸平静地在电脑视频上看着我身体里深渊似的图像。我小声地说，我那个纤维？她说，什么纤维？我说，纤维瘤。她说，哪里来的纤维瘤？这么小的乳房，哪里会有。此时，年龄是一种至高无上的权威和经验，让我信服。虽然她这话里带着浓烈的让人欣慰的蔑视，我接收到的却是对我身体的褒扬。她的意思就是，我这样的人是没有资格得这样的病的。这病应该是母仪天下的女人们才有资格患的。我从那张不知诊断过多少女人的床上坐起来时，差点就要为我多年来的自卑欢欣鼓舞了。

你知道虹膜吗？虹膜检测仪可以透过眼睛虹膜的形象变化来揭示每个人过去的病症，展示出现在的亚健康状况，能让你充分精准了解自己的身体未来的健康趋势，有助于诊断和对亚健康的追踪。是的，追踪，我们被疾病追踪，被自己的虹膜记录，我们的身上就自带着这样一个把自己暴露无遗的追踪器。我们的眼里裸露着轻微的、严重的病，眼睛这扇窗户不只专属于心灵，它还是疾病敞开的大门，它的主人却毫不知情地在与人说笑，与人争论不休，与人含情脉脉……我仿佛看见的是，在这些眼神之间，不过是病症与病症之间的对峙或交流。

当我从体检中心如蒙大赦地出来，我恍惚觉得，我的眼睛成了虹膜检测仪，看着满大街的虹膜，我真想读懂，他们的身体曾经经历过什么病症的折磨，他们的身体未来将遭遇怎样的痛楚。他们会不会也和我一样，开始重新计算，哪些是恒久的痛，哪些快乐只是瞬息。

哭兰兰

其一:那个漂流过海的闺蜜

没想到,这篇应报纸之约所写的文章会以这样的方式在"忆乡坊文学城"公众号里重发。前两天还和张兰说到她书稿插画的事,她一直想让LUCY来画,我一直想让她自己画,后来她说LUCY答应画封面,书名她也同意让我改为《纽约地铁的一百个瞬间》。张兰说10月会回国,我说到时书也应该出来了,我们可以一起做活动。我和她都很期待这本书。

2020年注定是个分水岭,谁也没有想到,那些正待展开的生活被粗暴地画上一个个冰冷的句号。疫情还没结束,心里的许多灼痛还在,今天,张兰离去的噩耗加剧我难以承受的心理负荷,《疫情中的纽约人》终止于3月25日。董重打电话来确定,真的吗?我说希望是假的。他说,我知道你跟她好,别难过。我说不出话,哽咽着赶紧挂了电话。我不敢再看朋友圈,不再在微信里回答朋友们的问题,不想一次次去确认这个事实。失去这样一个从小一起长大的朋友，我没法去计算，那意味着什么。

兰兰的母亲黄阿姨发给我一张卫星图，图上有事发地点的定位。黄阿姨说，她是在新泽西州的李堡街头人行道上从南向北过马路，被一辆左转进入Lemoine大道的2005年产的福特Econoline厢型车撞倒，把她撞出十几米远，后脑勺着地。那里离家仅五分钟的路。我说，她不是一直居家办公吗？黄阿姨说，百思不得其解，谁都不知道为什么上班时间她会走到那里去。我无法想象那是如何惨烈的一幕，也不愿去想。黄阿姨说，事情已经发生了，我们只能面对，但愿时间能洗刷这样的悲伤。

去年儿子去美国考研，张兰听说儿子要去纽约，比我还开心。打开微信，我们的对话还留在那里，余温尚存。

"我在纽约认识很多搞音乐的年轻人，到时介绍给他。""学音乐，纽约得天独厚。""明天我们会去接予予，你放心。""吃了好多牛排。""明天送予予去考试。""正在等予予回来带他去吃麻辣香锅，他刚刚考完了。"……

我打电话告诉儿子，张兰阿姨出了车祸。我却说不出"死亡"两个字。

我们讨论过的她的小说《一块红布》，留在我微信里，也成了她给我看的最后一篇小说。她说这篇小说后来被《香港文学》看上了。

我很清楚，每个人都独自走向爱，走向信仰，走向死亡。

这是杨尼斯·里索斯的两句诗，并不能确切地描述我此时的心情，但除了这两句诗，我一个字也说不出了。

我和张兰都是"画二代"。有意思的是，我们的父亲还是中学同学。痴迷绘画的他们曾在同一所中学学过画。那时，在贵阳十二中美术班同学的我们，就像在复制着父辈们的一段生命历程。

我们一下就走得很近，不知道这里面是否包含了父辈的关系，但有一点可以肯定，我们一开始就把对方视作同类。我们交往越来越紧密，但却跟画画没半毛钱关系。和所有情窦初开的女孩一样，我们把最隐秘的心事毫无保留地交给对方保管，放心地互相倾吐为情所困的心情，把对方当成疗伤的创可贴。

后来张兰去外省读大学，我们仍然保持通信，直到她大学毕业去美国，我们才失去了联系。再见面，她已是两个孩子的母亲。

虽然每次回国我们都会见面，但我们的话题大多是孩子、丈夫，曾经属于我们的那个世界就这么一点点被时间和生活侵吞了。

关于张兰在国外的生活，我竟然是在她已经很有影响的博客"纽约蓝蓝"上看到的。我发现，跟画画相比，她对文字同样擅长，那些博客文字虽然只是写生活琐事，但却写出了她与众相异的对生活的独特观照。不得不说，张兰是个具备叙事天赋的人，她的博客产生如此大的影响力便是明证。

我调到出版社那年，曾经想做一本她的博文选集，于是仔细读了她的许多文章，由此潜进了她的生活，看到一个受洗于时间的张兰，用文字兴致勃勃地经营着她的日子，看到她对生活的热情，对艺术的悟性……

我曾替她设想，她应该干哪一行才能把这种天分发挥到极致呢？她似乎都能干，但她却好像只热衷于这种即兴的和热气腾腾的生活本身。她做事似乎没有什么功利心，她并不刻意要因此获得什么，没有任何附加目的，内心纯粹、自由，自然地就抵达了写作的本质。不得不说我羡慕她的状态，只是静静地这样写，为自己，为那些喜欢她文字的读者，这就够了。只要有话说，她便可以一直这样自由地表达。

有人说，女人二十岁前的长相是父母给的，四十岁以后是自己给的。多年后的张兰，神情仍然像当年那样纯净，她对于世俗的话题，比如升官发财之类的东西似乎都没兴趣，就像她从来都不谙世事，一直生活在自己编织的王国里。但我知道，多年来，她也在美国经历着不为人知的艰辛，但她总能在这些起伏里准确地找到那粒生活的内核，在纷繁里清晰地辨认出生命最本质的成分，那就是过一种忠实于内心的生活。这种生活似乎就是文字、策展、博物馆和旅游的关键词，当然还有她的丈夫迈克和两个优秀的女儿。她似乎过得很家常，但我知道她不但在去美国后就获得了密苏里大学设计硕士学位，还在美国为多家财经公司担任界面设计师。同时，作为艺术策展人，她还策划了许多艺术展和艺术活动。不论是她的文字还是她策划的展览，背后都只是一种兴趣的驱策，而别的似乎都不被看重，都被剔出了她的生活之外。所以，每一次和她见面，我都会不由自主地想，如果不是一个人的内心足够强大，是不可能完好地保持着这样纯正的气质的。我不知道是不是她在国外生活多年的缘故，但我更愿意相信这是一个人的天性使然。

在我为数不多的朋友中，张兰是最绕不开的一个，虽然我们几年不见，见一面又不知会是哪一年，但我们似乎都默契地认为，所谓朋友，就是平时相忘于江湖，偶尔邂逅仍能肝胆相照。

2014年，在美的几位文友做了一个名为"忆乡坊文学城"的公众号，我作为一份子加入其中，这让我和张兰再次"同处一室"，文字让我们再次亲近。被我们自称为"几个文艺中年大妈"的人闹腾起来的文学城，就像是我们给自己搭建的"一间自己的房间"，在这个不大的"房间"里，我们低声地读着对方的文字，好像我和兰兰又回到当年的日子里，终于，我们又可以没有干扰地"聚"在一起了。

其二：寄往天堂的信

上周的此时，我习惯性地打开手机刷微信，在"蓝蓝的秘密客厅群"里，一个写着英文的事故现场截图，我看到Lan Zhang的名字，立刻有种不好的预感。很快，群里关于张兰遭遇车祸的消息铺天盖地传来。张兰的丈夫迈克在微信里正式发布了这个不幸的消息：今天早上十时至十一时，我亲爱的妻子被一辆货车撞倒去世了……

各种媒体都在报道关于张兰不幸遇难的消息，贵阳的媒体也电话给我，希望我能说说张兰，但我一直处于严重失语状态，不想，也说不出一个字。我给朋友说，那是一种受了内伤的感受。我想，有些情绪是无法被文字赋予的，有些话题是只能自己去消化和接受的，比如，死亡。

周四，林涵告诉我，他们的节目《好声阅读》在清明期间有个栏目叫"寄往天堂的信"。我看到这个题目，一下就被击中了，我突然很想给去往天堂的张兰写一封信，于是，我答应了他。

张兰，你走了一周，你知道这一周里又发生了多少事吗？关于你的各种文字出现在各大媒体。你和朋友们的照片做成相册，在那些少女时期的照片里，有我们在一起画画的日子。我至今还记得，你告诉过我，你将来的丈夫是一个蓝眼睛。也许，少女时期的你就已经找到自己未来的家，并一直朝着家的方向而去。当你第一次和你的蓝眼睛丈夫迈克回国，我在你的表情里看到了爱与被爱的喜悦。你谈教育的访谈被朋友们再次收听，你的两个女儿是你成功教育的典范，你从不炫耀，你只是记录下许许多多陪她们成长的点滴。在纽约多年，你大量吸收各种艺术观念，去看各国大师的绘画作品。你自我调侃说，你画画没什么前途，但你有能力培养自己看画的眼睛。你做策展，兴致勃勃，我也知道，你只是兴趣使然，而不需要更多光环。你写下《疫情中的纽约人》，你的文字非常明确，是你又一次想记录真相的冲动。

多年来，你一直过着一种诚实而自由的日子。在你遇难的街角，每天都摆放着许多鲜花，每天都有朋友去那里看你，朋友圈里每天都有怀念你的文字和眼泪。大家都在以自己的方式释放着失去你的疼痛。你一直关注的疫情仍然持续，只是不再有你的记录……

这一周里，我只关注你妈妈的微信，我既怕看到又想看到，我无力面对那种撕裂的疼痛，除了给她发去一个个拥抱的表情，说什么都是苍白的。只有默默地看着她从死亡的黑洞里一点一点地挣扎出来。我们都在面对你的远离，对于死亡我们永远都没有做好准备。在一次次面临死亡的降临中，我们是更强大还是更脆弱，这是一个永远的谜语。无助的声嘶力竭也唤不回你。你妈妈在微信里写下，艾薇看见迈克哭泣的时候，她还教她外婆：抱着迈克对他说，不要太悲伤。我想，这也是你最想对你妈妈和迈克做的事。我知道你在天堂一定听得见，你能在天堂里告诉他们，你去了天堂，因为上帝爱你。我希望他们都能听见你这样说,不要哭泣,你只是获得了另一种生活。

对于死亡,我们需要这个超验的上帝的拯救。在你遇难两天后,有朋友给我发来微信,他说,别太难过,并发我一段希伯来书:儿女既同有血肉之体,他们也照样亲自成了血肉之体,特要借着死败坏那掌死权的,就是魔鬼,并要释放那些一生因怕死而为奴仆的人。

在给你写这封信之前,我想,我会一边流泪一边写,但是我没有。因为我越来越相信,你在天堂里,你微笑,此时的你,在上帝的怀抱里。

像廖老伯那样生活

我认识老伯的时候，只知道他是画家，是我父亲年少时的画友。还记得父母的一本老相册里有好几张黑白老照片，照片上几个年轻人背着画箱站在风景里，其中就有老伯。所以，我是一出生就认识老伯。那几个站在风景里的年轻人，如今，就只有父亲和老伯仍在画。因为是父亲的朋友，多年来我都一直恭恭敬敬叫廖伯伯。在文联大院，老的少的都叫他老伯。我一直改不了口，直到后来，觉得再叫廖伯伯反倒生分了，才跟着叫老伯。说来也怪，自从改口叫老伯，从前那种长辈与晚辈之间的距离变小了，我也有了胆量跟着其他人开着老伯的玩笑，老伯对付我开玩笑的杀手锏就是，我告你爸爸的状。

"像廖老伯那样生活"从我大脑里跳出来就挥之不去了，没有恭维拍马屁之嫌，也不是毫无根据的闪念。了解老伯的人都知道，老伯一辈子干过的事不少，或者说玩过的事都得掰起手指历数，乐器、古玩、音响、画画、文学……总之，老伯身上标签众多。在老伯身上我似乎找到了多年来三心二意的各种兴趣爱好的依据。不过，老伯干什么像什么，我是干什么不像什么。同时，我也在老伯身上找到替自己开脱的理由,老伯爱好广泛,他说他画画也就是个三流水平,不过得玩了。"得玩了"我举双手赞同,不好名不谋利,得玩就好,玩得高兴就好。这种对待"得玩了"的生命态度完全符合老伯低调的风格,虽然老伯的画并不是他自贬的三流。老伯这种对待艺术的态度,在我的理解里,是对生命、对艺术心存敬畏。包括别人经常说他弯酸(扭捏),但我把老伯的这种弯酸理解为他被人推到聚光灯下的别扭感,把自己一本正经地当作某某家的不自在,有违他画画写作的初衷。我想,他更愿意独自待在画架前、电脑旁,他无法不诚实地面对自己,获得孑然独处时的自由和自在。维持这样的生命观是需要某种特质的,我无法明确地说清楚老伯身上的这种特质,但看到他在对待诸如给他做画展之类的事情所表现出的腼腆和不自在,我就知道,他不需要这些外部的东西来武装自己。

玩家老伯的内心有多丰富,我没法猜测,但我看到了老伯把平淡无奇的日子过得风生水起,也只有内心富足的人才不需要外部世界的喧嚣,甚至是排斥的。他觉得自己就没认真过,就没正襟危坐过。不过,前几天我在老伯的微信朋友圈看到他发的两张截图,是多年前他给我的小说写的评论,他写道:"翻出十多年前写的一篇文章,真不敢相信,俺居然也正儿八经过。"看得我特别感动,对于我这样的小辈,老伯是厚爱的。是我让老伯打破了他不想正儿八经的人生信条。

会玩的老伯曾很深地影响过文联大院里的一名画家颜冰。据说颜冰从年轻时就跟着老伯玩,且玩得如痴如醉。周围的朋友都替颜冰遗憾,说他不好好画画可惜了。如今年过半百的颜冰提起这话题,立即把脸转向老伯说,都是老伯害的。老伯歪头抽烟,不接他的话。对于颜冰的责备,我们只听出了一种心甘,并且情愿。

日记二则

日记一

中午和同事练习完瑜伽，像往常一样，我决定去楼下街对面那家"老素粉"打包一碗肉末加脆哨的米粉，准备回到办公室，找一部电影边看边吃。

在数九的冬天，今天天气异常暖和，让人恍惚春天插足，把一个完整的寒冬划开了一道温暖的裂缝。过了马路，在右前方，我的余光瞥见一个矮个男人，正扶着街边一棵光秃秃的树身，从背影看，有点有气无力，像是犯病的样子。经过他身边，我下意识地扫过他的脸，没有病容，却有两滴巨大的泪珠挂在脸上，我忍不住又看看他左手拿着的一沓纸，被我快速认出的是一行至少72号字大小的"寻人启事"字样。是他的幼孩？还是他年迈的父亲或者母亲？我猜测，却不好意思停下来盯着别人的伤口看。我快步经过他，转身进了小店。

因为过了午饭时间，平常高峰时的长队已经消失，只有两三个吃客。老板见了我，都不等我开口，立即就说出了我的所需："还是肉末加脆哨的米粉打包？"我应着，正准备掏出手机微信支付给他。"素粉多少钱？"我听见门外有人问。老板答："六元。"我本能地转过头去，看到那个寻亲男人。我见他从兜里掏钱，因为隔着几米远的距离，加上挂着御寒的塑料门帘，我无法看清是多少面值的钱币，估计是五元，甚至是 元？他把掏出来的钱重新放回兜里。我打开微信，付了账，转头，那个男人已经从门口消失了。我估计他身上的钱不够一碗素粉。

老板在机打的白色小票上照例用指甲狠狠画出一道痕，那是区别在这里吃还是打包的记号。我接过小票，起念想，如果我把打包的粉拎出店面，他还在门外，我就把这碗粉给他。我没有继续想他走没走远，像往常一样，叮嘱放佐料的女店员说："辣椒少点。"但是，我的话还是快不过她的手，她已经出于惯性地浇上了满满两勺辣椒。女店员笑说："又放多了。"我只好说："没事没事。"但她还是执意把多放的辣椒舀了扔掉。我用袋子套上，拿上一次性筷子出了店。

不用我找，店门口街边的树下站着那个寻亲男人，我简直没弄明白，他刚才是如何消失的，又为什么回到店门口。我朝他走过去，还没想好措辞，就脱口而出地问："你还没吃饭吧？"我把手上的米粉递给他："吃吧，刚买的。"他那两粒巨大的泪珠还贴在脸上，是刚才那两滴？还是后来继续流下的？我不好仔细打量，他用手推开："不要不要。"我说："吃吧吃吧。"推了几次，他终于接过去。我松了口气，就像我的念头在此时得到了肯定和鼓励。我停在他面前，歪着头，正大光明地把目光落在他手上的寻人启事上。此时，我似乎用一碗米粉换取了可以认真打探别人痛处的资格，我拿过他手上的那沓纸,终于看清了寻人启事下方的照片和文字。

那是一个花季少女,脸上堆满灿烂的笑容,照片拍得既自然又时尚。说实话,我被那个女孩好看的样子弄糊涂了,不是因为她长得好看,而是无法把照片上的女孩和眼前这个男人联系起来。他们之间能有什么关系?眼前其貌不扬的男人不只是衣衫褴褛,气质也略显卑微。我看到小字写着女孩十五岁,因为与后母发生争执,离家出走。男人说是他妹妹。我不知道该说些什么,留给他一句不负责的更不能安慰他的话:"会找到的,何况,这么大的孩子,知道保护自己的。"说完,我又折回小店,重新要了一碗米粉。当我从店里出来,男人已经开始吃起来,我没有停下来,但这次他却主动向我移过来。"我想回遵义。"他说。我说:"这里离火车北站不远,长途车站也挺近的,你往上边走。"我指了指方向。"我想找点活干,挣点钱再回去。"他说。我的大脑里本能地跳出无数的骗局,如果继续和他搭讪,我会不会掉进一个陷阱?说实话,我愿意相信看见的一切,但我又强烈地怀疑着这背后所有的未知。我说:"那你去找找看有没有哪里招人,这我真的帮不了你。"说完,我匆匆地过马路往单位大楼走。

我没有回头,但我总觉得身后有双含泪的眼睛在看着我,我的背影在那两滴晶莹剔透的泪珠里一定是扭曲变形的。

日记二

因为好天气,在下班开车回来的路上,我冒出了把车洗洗的念头。如果洗车的人不多就洗,我打定主意。

到了小区门口，果然只有两三辆车。我直接把车开到水池边，一边晒着残余的阳光，一边远远地看水枪把我的车一点点地还原成白色。洗完车身，我把车移到旁边，让负责车内的工人继续清洁。

这个洗车场规模不大，占地面积不过就是小区门口多出来的一小块地，黑黢黢的一小间店面里堆满各种汽车常用品，只剩下两三平米的地方可供工人们吃饭。小小生意挣大钱，这家小店在这里竟然开了十来年，并且生意越来越火爆。虽然规模不大，但分工却是非常明确的，洗车的是一批人，擦车身的又是一批人，清洁车内的又是另外的人。大家都从不越雷池半步。我守在车边，像个监工似的，凑近车身，绝不放过一点污迹。白车最讨厌的就是，一丝污点都清楚得扎眼。当初朋友强烈建议我买白车时，说得斩钉截铁的，白车最安全。说得我别无选择。

一个戴着一顶类似贝雷帽的工人，把脚垫取出来，转身拿到车身后的台子上用湿布擦。我是被她那双超高的高跟鞋吸引的，这双高跟鞋本来普通得不足以引起我的关注，但在这么多的水胶鞋、运动鞋里，它显得太出类拔萃了。那么高的跟，是我的脚所不能驾驭的高度。我目测了一下，至少八公分，也许都不止。什么样的女人会穿着这么一双高跟鞋干这样的粗活？我想，只有那种过分珍爱自己的女人，才可能在这种污水四溅的脏活里也不放弃自己，在任何情形下，美都是不能被僭越的。所以，此情此景里的高跟鞋并不是穿给旁人看的，她获得的仅仅是对自己的肯定和满足吧？我的目光落在这个背影上，我从脚开始，视线慢慢往上移。鞋高的缘故，她的背影显得很修长，不够修身的衣裤也没能遮住她骨感的身材，从她黑发里夹着的一些白发可以猜测，她应该有四十多岁。我从来没见过她，也许是新来的？我继续往上看，我竟然看见她侧着的脸颊处,有很茂盛的类似男人的络腮胡子,这怎么可能?但我转念想,这样的女人不是没有,雄性激素旺盛的女人,体毛都重。我想起中学时一位女生,就属于这类人,她不只是唇四周的汗毛重,有一次我还亲眼看见她下巴那里长出了几根男人的胡子。好奇心驱使我走近高跟鞋女人,我想告诉她,车垫多擦几遍。其实我是想听听她的声音。她浓密的络腮胡子和高跟鞋混淆了我的思维,就像两头的绳索把我的判断拉向摇摆不定的两极。我刚凑近她,正在擦车身的女人就对我嚅动嘴唇、挤眼睛,我没读懂她的唇语,也不明白她挤眼睛在向我暗示什么,我把耳朵贴近她的嘴。"不要和她说话。"我终于听清了她的话。"为什么?"我低声问。"她脾气不好,凶得很。"我被她的话吓住了,真的不敢往前去看我的车垫,并且从此时起,从头至尾,我都没敢正眼看高跟鞋女人。

高跟鞋女人打开车门,把擦好的车垫放进去,我听见她在车里不知对谁大声地说了句什么,此时,我清楚听见的是非常浑厚低沉的男中音。

我进门店付洗车费。只有老板的母亲一人,正围在炉边做晚饭。我低声问她:"那个穿高跟鞋的……"她一听就立即反应强烈地说:"怪人。"她一脸的不高兴,让我明显感觉到,这是一个随时都能触发她不愉快的话题。"是我女婿招来的,'她'还穿小衣。"她用手放在胸前比画给我看。我担心老板母亲的话被突然进来的人听见,特别怕这位穿高跟鞋的人听见,赶紧付了钱出来。一出门,我就瞥见他,翘着腿,坐在门口的椅子上。我不敢正视他,我担心他的凶会波及我,但我还是捕获到了他游离的神情,以及眼睛里似乎装载着遥远的不为人知的心事的一瞬间。

补记一：第二天出门，我开车经过洗车场，看见他还是坐在昨天那把椅子上，脚上换了一双黑色高跟鞋，用我做女人的经验判断，跟的高度和昨天那双不相上下，不过，这双鞋的跟要细得多。

补记二：不久，这个经营了十年的洗车场因为政府大力整顿市容市貌，一夜之间就被夷为平地。那些洗车的面孔也在一夜之间彻底消失。

痛并快乐的青春

忙碌间，儿子四年的大学生活已经接近尾声。毕业前儿子说他想搞一场个人吉他演奏会。儿子几次在电话里问我，你来不来？我成天忙于似乎永远也忙不完的工作，儿子的话让我左右犯难。但我知道如果放弃参加儿子的这次演奏会，一定会成为永远不可能弥补的遗憾。

一早便飞往重庆。到了学校即陪着儿子去演出现场——学校的咖啡馆排练。几个孩子已经开始在准备晚上的演出工作。我拿出包里的书，坐在靠窗的位置上，消磨接下来近五个小时的时光。

坐在这里，过往的每一个生命都是年轻的，他们用嬉笑怒骂或悄无声息诠释着人人都会经过、都会逝去的青春。我不断被这些年轻的声音惊扰得一次次抬头望过去，那个曾经年轻的自己不停在心里晃动。

儿子的一位同学把准备工作做得细心周到，门口一张打印的广告上，是儿子曾在学校参加演出的照片，下方写着"谢予迟毕业音乐会，6月4日19：00，图书馆歌乐书吧，无需门票"。咖啡馆墙上的PPT也有醒目的演奏会广告，节目单是中英文对照：《卡尔卡西》（Matteo Carcassi No.3），《卡伐蒂娜》（Cavatina），《大教堂》（La Catedral）……

我没有想到会是这样一场像模像样的演奏会。七点开场，咖啡馆里已经挤满了年轻的观众。主持节目的孩子用流利的英语开场，在这里，孩子们用英文对话是一种常态，倒是中文成了辅助语言，或者和外人交流才会用的一种语言。

儿子在台上显得有些紧张，虽然他弹的这些曲子我被"逼"着听过无数遍，常常听到一半就走神或者离开，但此时，我彻底地全神贯注，或许因为这是一场不可能再来的演出，也第一次如此郑重地面对这些耳朵都听得起了茧子的曲子。到接下来的互动时，他的状态才轻松了。一位德籍外教老师自己写的曲子，她介绍说，歌德作词，她作曲，由她自弹自唱，儿子的吉他呼应；另一个孩子打得一手漂亮手鼓，成为合奏的最强音；《月亮代表我的心》是儿子和另一个吉他手及口琴的合奏。年轻的生命把曲子弹吹出一种感伤，虽然他们并不真的懂得，就像他们不懂得年轻有什么了不得。我在儿子这个年纪时拼命地想长大，觉得那时的烦恼就是总也长不大。

一个孩子的钢琴弹得非常有天赋。看着他熟练的演奏，我突然在大脑里飞快地演绎着他的一生，他将会经历什么，他长大后会成为什么样的人，或许他今天的钢琴才华终有一天会离开他，成为和他生活无关的一种记忆……看着孩子们台上的表演，我只能假设，如果他们能够记住，并好好走过他们的青春，不留遗憾，就好，但我知道这样想是我的一厢情愿。

结束后和儿子回到租住的屋子，躺下来，儿子仍然处在亢奋中没有睡意。我已无法回应他的这种心境，但我似乎也在这所校园里触摸到一点那个远得看不到轮廓的青春,心里装满的只是如果,如果……年轻的生命是留给青春已逝的人来怀念和羡慕的。

深夜,他的一位中学同学来电话,告诉他,她失恋了,想找他说话。儿子是个从来不忍拂别人意的人,一边亢奋着,一边有点走神地听那个女孩倾诉。此时,失恋对于这个女孩来说,一定是天都塌了,这个晚上她认为自己一定是天下最不幸的那一个。我已经无法体会失恋的痛,我只知道,所有以为过不去的痛都会结痂,等到心里有层厚厚的茧,就可以说,这样的痛也是因为年轻,痛在一生最幸福的光阴里快乐着。

在这个外面下雨的晚上,对于已经筋疲力尽的我,睡眠就是此时天下的头等大事。

逝者已矣,生者努力
——怀念关老师

认识关老师已是十年前的事。

那时,完全不知古琴为何物,也从未见过;甚至将古筝误为古琴,以为古琴便是那热热闹闹家喻户晓的宫廷演奏乐器。

丈夫自小喜欢吹箫,婚后常听他吹。后来,又听到许多箫曲碟片里有琴箫的合奏,琴音古雅明净,浑厚深沉。这才明白与筝全不相及:筝悦耳,琴悦心;筝乐众,琴娱己。也才弄清这古琴便是那"琴棋书画"之琴了。

某年姑子从北京回来,谈到她在北京认识一个学琴的研究生,起了学琴之意。听得我心里也动了想学的念头,跟丈夫说,他说,好啊,等你学会,我们就可琴箫合奏了。

但哪里有会古琴的老师呢?四处打听,都无人知道。

一次偶遇省音协的马白龙老师,无闲问起,他说他倒认识一位弹古琴的同辈,可以介绍我认识。我大喜,立即要马老师引荐,马老师热心应承下来,立即联系,不久便带着我去拜见了关老师。

见到关老师,闲聊间才知道他与公公相识多年,并与丈夫已故的姑妈曾同在省花灯剧团共事。

关老师是地道北京人，虽然来筑多年，仍乡音未改，操一口字正腔圆的京片子。其父关仲航，系古琴九嶷派名师，与查阜西、吴景略、管平湖等大家过从甚密，当代古琴名家李祥霆转师查阜西之前，即从他父亲学艺。所以关老师的专业虽是琵琶，古琴却是真正的家学。

关老师说话轻言细语，记得第一次见他时，他笑吟吟地问我学琴的理由，我笑，不知如何回答。那时正是电视剧《笑傲江湖》热播后余热未散的时期，所以关老师玩笑说，是不是因为戴冰吹箫，你俩想"笑傲江湖"呵……

那天，关老师还将他收藏的一张清代坤琴取出来，让我们观赏。那张琴已有明显断纹，而且金徽玉轸，显得十分珍贵，只是年久不用，断了几根弦，无法即时领略其音质。但那天学琴之前，倒是先有幸得闻了关老师的琵琶技艺，手法娴熟自不待说，印象特别深的是清音激越，行云流水，真有大弦嘈嘈、小弦切切之感。

离开关老师家时，老师笑吟吟地说，等他将古琴送去修好我便可以开始学了。

学琴总算进入日程，于是天天等，但好长一段时间过去，并不见消息，很担心就此搁浅，丈夫说，不好催，看缘分吧。于是又等。

一天，关老师来电话说琴修好了，可以开始了。但我自己得有一张琴呀，于是，又由关老师陪着去买琴。那时全城的乐器店红红火火卖的是古筝，极难见到古琴的踪影，也没有网购一说。关老师了解到城里唯一一家有古琴的乐器店仅有两张扬州的练习琴，已是很不容易。于是就在这仅有的两张琴里挑了一张。仲尼式，琴的样式我很喜欢。价格两千，按当时收入计已是不菲。

没有系统的教材、曲谱，关老师那里的资料也很有限，好些碟片及书籍还是老师托朋友到台湾才买得。记得第一节课是对古琴的起源、发展及流派的一个简要介绍，由关老师口授，我做笔记。同时复印给我的是一篇《古琴简介》短文及一页古琴的构造复印图。开始进入指法练习后，也由老师动手写出曲谱及古琴简字指法，复印交付给我。右手指法，左手指法，每一个指法的繁琐说明、要领，都清楚准确地一一写下。基本练习一、二、三……二十四，怎样调弦……均是关老师手写在纸上。从工工整整的音符指法可以想见老师当初用心费心一丝不苟的情景。这些由关老师一笔一画绘制完成的教材，每次去，我都会带回一页或两页；如今这些开始泛黄的谱子都还齐整有序地夹在厚厚的文件夹里。《秋风辞》《关山月》《阳关三叠》《月朦胧、鸟朦胧》《酒狂》……那时对关老师辛苦手绘的教材不以为意，如今一页页浏览，才体会到老师当初的一番苦心与费力。

那时我是关老师唯一的学生，古琴在当时实属罕见，学的人自然极少。关老师倾力传授，但我却深知自己是一个不用功的学生，辜负了他的期望。

2003年，丈夫因眼疾须往成都治疗，学琴自然中断。那时关老师门下又有了几名学生。

虽然后来学琴断下来，关老师仍时时关心我练琴的进展。每次遇到都要问起我，弹什么曲子了？我做不到琴不离手，但对古琴的喜爱始终没有消减，所以也就时断时续地弹着；那时我已觉那张练习琴音质粗糙，毫无琴韵，实在不满意，很想有张专业琴。关老师跟国内一些琴家有交往，在成都陪丈夫治病期间，关老师打电话来告诉我,四川音乐学院曾成伟的琴不错,建议我立即购买。那时因种种原因,也没能即时去打理这事,回到贵阳,又几番犹豫,终由关老师帮忙,买下了现在这张琴,了却了我一直以来的心愿。

多年来,关老师每次去省音协办事,必到我的办公室来看我。每次来,他总笑吟吟地坐在沙发上,一面喝着为他奉上的清茶,一面和我轻言细语地聊天,问我最近又弹什么曲子了。老师有什么好的资料、书籍、碟片,都要周到细心地介绍给我,我明白老师是从心里希望我能将古琴继续下去。

近几年来,关老师致力于古琴推广,授徒多人,还结了琴社,并请公公书匾,正以"九嶷"为名,开社雅集。

前年中秋,去关老师家,见老师屋里又添了几张好琴,虽久不练琴,仍蠢蠢欲动,拨动琴弦,老师又如从前那样,给我指出问题缺点。但见老师精神不佳,问他,才知道老师已患病好长时间了。去年领罗萍去拜关老师学琴,见到老师更加消瘦,脸色不好,心里隐隐担心,问老师身体状况,他也只说老毛病了。

今年年初,听说老师身体不好,已在医院,于是由师弟吴世忠陪同,一起去探望。见老师虽躺在病床上,精神却还好。那天,和老师聊得很开心,还是跟每次见面一样,他又问我在弹什么曲子,遇到什么困难。说一阵咳一阵的,于是不忍再打扰,便转头跟师母聊天。师母嗔怪老师,说他身体抵抗力弱,便是因为吃不惯南方菜饭。听得我诧异,说老师在贵阳都生活了大半辈子,怎么还没习惯。师母说,他觉得贵阳什么都不可口,到北京见什么都好吃。哦,我明白了,北京是关老师的家,是长在心上的,是根子上的亲切啊。

春节前,又听琴友说关老师已被送到重症监护室,立即赶赴医院,想见见老师,但医生不许见,没能见着,想必已是衰弱到极点了。没几天,突然传来老师已离世的消息。

关老师走了,没能见上最后一面。想着那天在医院和老师聊天的情形,恍若隔世……老师心里一定有憾事,却没能留下一句话,但琴友们都明白,老师希望他种下的这粒种子,能生根,发芽,长大。想起史铁生在他的《病隙碎笔》里谈到生死时说:生命的重量,在死神面前还是很轻……

在这个文化积淀单薄的小城,古琴一直以来只是寥寥几个文人雅士的独乐之物,而如今,知道古琴、了解古琴、学习古琴的人日渐增多,不能不说与关老师多年的努力分不开,所以丈夫在关老师谢世那天,为关老师写下这样的挽联:承九嶷遗韵,京兆少年呈妙技。传七弦正声,黔中学子哭良师。

逝者已矣,生者努力。愿老师安息。

八姑

也就一个多月前,记得八姑的病像是稳定了的,家里人刚松了口气。不想突然间就听说八姑病得不轻,已住到医院去了。再见到八姑时,她整个人已经瘦骨嶙峋。见到八姑的样子我简直不敢相信,好端端的一个人突然间就脱了形。那天,家里老老小小的都赶到医院,但八姑已不能说话,时时处在昏厥中,大声叫她,也只努力睁大眼睛,像是听见了。

八姑走的那天是夜里,我们得到消息是第二天清晨。

再见到八姑,已是身穿老衣,躺在棺木里。妆化得很好,模样一点都没走样。八姑看上去很安静,病痛散去,生活给她带来的种种苦痛终止在她死寂的脸上,她不用再为儿女操心,不用再为自己不幸的婚姻独自难过,她紧皱的眉头被死亡之手抚平,舒展。

丈夫家是个大家庭,姑妈叔叔一大堆,刚跟他结婚时,因为几个姑妈都长得极像,所以总是分不清谁是谁,好长时间才弄清楚。八姑在所有姑妈当中是话最不多的,以为八姑是最没心事的,所以很长时间对八姑的印象极淡。给我留下的印象是,她到了谁家都一声不吭地帮着做这做那，饭也吃得很少。记得一年多前，我刚从北京出差回到家，推门就见八姑在客厅里不声不响地替我打扫卫生。地板刚刚拖洗过，水迹还留在地上，我实在不好意思，赶紧让她停下来。她说，这点事算不得什么，仍然勾着身体做着手上的活。其实那时候八姑已经有了种种生病迹象。我清楚地记得，就是那天在家里，我第一次听到家人在劝八姑，赶紧去医院看看。我这才赶紧问八姑怎么了，她摇头说没什么大不了的。这之后，她也迟迟没去医院，直到她自己感到病情严重起来才听了家人的劝，不久就听说八姑患了直肠癌。

接下来就是各种治疗，其实八姑的病确诊时就已经扩散了，但大家都在努力隐瞒并拼命地想让奇迹出现……

生病前，八姑好打扮，从头到脚都是讲究的，喜欢戴各种洋气的帽子，喜欢买新衣服。在这点上家里人一致地不赞同，说八姑不会打算过日子，本来就不宽裕的八姑，那点钱又要过日子又要还房贷的，还要挤出钱来买新衣服，似乎八姑现在的经济条件是没有资格打扮的。但我特别能理解，每每见到八姑穿着漂亮衣服，我明显地感到，这是八姑孤苦日子里的所剩无几的一点点乐趣，不是昂贵的，却是可以聊以自慰的。八姑的腿曾经受过伤，因为误诊，错过治愈的最佳时间，不能再复原，从此只能依靠手杖，但仍然没有影响她好打扮爱穿新衣服。家里人说，咦，瘸了腿还那么爱穿。

生病期间，病情稳定些的时候，八姑还是喜欢逛街，还是喜欢在服装店里试穿一件件好看的新衣。八姑走后，家人去给八姑整理衣物，发现有好多连吊牌都没来得及拆掉。听九姑说有一件八姑穿上去很好看的白色羽绒衣，是一次九姑跟八姑到花溪游玩时，八姑在商场里看上的，当时八姑试穿了好几次，犹豫半天又悻悻离开了，回到家就一直惦记着,第二天还是大老远独自跑去买了回来,也没来得及穿。

上周给八姑烧头七,在八姑家里翻看她的影集,见到好些年轻时候的八姑,活泼泼的一个人,转眼成烟。甚至那一瞬间恍惚觉得,八姑的离世只是暂时的,家里的每个角落里仍然可以感觉到八姑的身影和气息,只是屋里不再整洁。几张有些发黄褪色的彩色照片,是八姑跟八姑爹还有两个儿子在花溪桥上的合影。一家人那么健康、和谐,算算不过二十年前。不知厄运为什么一次次降临在这个家庭。

先是八姑爹出了问题。一天,八姑爹从家里出走,不知去向。再后来就听说八姑爹到工学院去守鱼塘,兼给外来的人带路,以此维生。从此八姑跟八姑爹就几乎没见过面,一晃十余年。旁人没法设想,好端端的,两人突然就各奔东西了。很少听八姑提到八姑爹,家人要说起八姑爹来,八姑也不怎么接话,看上去八姑好像没怎么往心里去。我觉得奇怪,怎么说也夫妻一场,八姑的表现让我有些失望。好在八姑的两个儿子时常去看八姑爹,回来都说八姑爹还算过得稳定,病也不怎么犯了,家里人这才放下心来。没过几年,标致好看的老大,突然就患了怪病,四处寻医也未果,一病就好几年,模样已跟从前判若两人。八姑很少跟家里人说起这些事,家里人提起,她也只淡淡应着,没有听到她唠叨抱怨,像是她习惯并接受这种不幸,或者说,她比别的女人更坚强,也或者她比别的女人更迟钝。其实都不是,八姑不说,或许是她不愿把这些伤痛拿出来,让家里人跟着伤心难过,也或者是她不希望看到家人投来怜悯的目光……只有一次,八姑心里的压力太大,几近崩溃,才在跟她最要好的九姑面前哭诉,特别是经济上的困窘几乎压得她喘不过气来,但是没人知道,家人能帮的都以为是尽了力的,可不知道八姑其实过得比家人想象的更难。但八姑心里的这些苦,我们只是在她走后才听九姑说起,想弥补已经是不可能的事。大家都在说,八姑的病是她闷出来的。

如果八姑的命里注定有这么多的苦痛,或许过早地离世对她是一种解脱,只是家里人还是哭天喊地说,她才六十五岁。

年初的一天,八姑的病有了些好转,在大街上巧遇八姑爹,十余年的分离,两人都是尘满面,鬓如霜。八姑爹不知道八姑已经生病,对八姑说,你还好吧?看上去你大不如从前呵。八姑没跟八姑爹说起生病的事,只是见八姑爹穿得褴褛,便说,不管怎么样,你也得穿件西服嘛,给人带路穿成这样不好……

这就是八姑跟八姑爹的最后一次话别,不想三个月后八姑爹猝死在工学院租住的小屋内。

后来家人又分析说,八姑爹的离世对八姑的病也是催化剂,生死两茫茫,不思量,自难忘。或许连八姑自己都没法说得清,这是怎样的一种不思量自难忘。九姑说,好几次她跟八姑逛街,看到一些男装,八姑说,小李(八姑爹)穿这个肯定好看。八姑心里其实有着太多牵挂,只是她不说,不表露,甚至让旁边的人觉得她冷漠。听丈夫说,八姑跟八姑爹年轻时很好,如果不是因为八姑爹生病的话,生活里的种种压力和艰辛,至少有个肩膀来替八姑扛扛,八姑也不至于过得如此艰难。五年前,八姑一定要力不从心地买下那么宽大的一套房子,家人都替她捏把汗,说她怎么可能支撑得下来,怎么劝,八姑就是一句话不说,对家人的意见既不表示接受也不表示反对,不吭不哼地转眼就买下了一套像样的房子,家人没了辙。其实八姑怎么可能看不到这些现实困难,但她得为两个儿子着想,她说她不想两个儿子也像他们的父亲一样连个窝都没有。可怜天下父母心，如果八姑真的像大家以为的那样不会打算过日子，倒也罢了，她可以不用把自己逼到这样的绝境上，她可以过得安安稳稳，但是她不能，只有她自己知道，这样她才安得下心来。什么样的因，什么样的果，都不重要了，八姑现在已跟八姑爹合葬在那片青山下，跟八姑爹话一通她心里的凄凉了。

八姑走后，我听家人说起与八姑的种种事情，对八姑，总想了解得更多，但知道得越多，心里的沉重和憾恨就更深，因为种种遗憾注定成为永久的遗憾。在八姑活着的时候，从来没有试图更多去了解和帮助她，以为日子就是这么过着的，每个人心里的苦也都是这么受着的，以为有些事是必须独自面对、独自承受的。

八姑是寂寞的。谁不是这样呢，我们都以为会活在彼此的依靠与牵挂里，但其实更多的时候我们是一个人，一个人承受病痛，一个人面对死亡。

听丈夫说，他清楚地记得，那时才六七岁的他，有一天见八姑坐在床边整理衣服，他跑过去问八姑，你要结婚了吗？八姑坐在床上笑嘻嘻地回答说，嗯。丈夫说，这一幕仿佛就在昨天。

观影九题

《午夜守门人》

意大利电影《午夜守门人》还有个片名叫《爱的风暴》,但我更喜欢《午夜守门人》,像一篇小说的名字。

这是一部摄于1974年的意大利老片,导演莉莉安娜·卡瓦尼。现在看这部老片,并没有让人产生过气的隔膜感,甚至导演的功力和动机也毫不逊色地可以和如今的当红导演比肩。也许是因为这部片子讲述的,是一个不会被时间抛弃的话题。

显然,这是一部出自女导演的作品,只有女人能把触角延伸到女人复杂又令人费解的内心深处。就像当初看《色戒》,男人们摇头大骂抛弃民族大义的赵佳芝,可女人们却表现出一种理解的姿态,她们都深表遗憾又感同身受。女人永远忠实于自己的情感,就算是废墟,也能在其中找到燃烧的热力。

看网上资料说,《午夜守门人》当时引起一片哗然,因为影片讲述的是关于犹太女人与纳粹的情感话题。当然这样的话题不止这一部,《黑皮书》里也有这样的情感,但《黑皮书》里,纳粹受到的惩罚能够让观众原谅并接受,那是合乎观众情感承受力和认知度的。说到底,那也还是在说一个普遍意义上的情感故事,但《午夜守门人》要说的,却不止于此。也许导演莉莉安娜就是要去探索人性中被囚禁在窟洞中的那张面孔,并由此挑战主流道德观的底线。

故事发生在1957年,原纳粹军官马克斯隐姓埋名,在维也纳一家酒店当午夜守门人。某日,他与指挥家的妻子露齐娅相遇。露齐娅是当年马克斯在纳粹集中营时的性奴,也是他的情人。突如其来的相遇都在双方心里投下了一颗石子,内心的波澜朝着各自的不同方向壮阔开去。马克斯即将面临审判,正与几个纳粹同党寻找不利于他们的证人,并试图灭口。露齐娅的出现,无疑加剧了马克斯的恐慌,马克斯第一反应是露齐娅会告发他。看到这里我猜想,按情理,此时露齐娅被唤起的,是那些屈辱的不堪回首的记忆,就算不去揭发他,至少也得赶紧逃离。露齐娅确实做了一番小小的挣扎,当她的丈夫准备先离开酒店去参加一场演出时,她是想一起离开的,但也就是么一瞬间,头脑里被囚禁的怪物便将她死死拽紧,让她突然就打消了离开的念头。

如今的露齐娅过着上流人的日子,看得出,她的丈夫对她的爱足以将那个噩梦活埋,她脸上的笑在对观众证实着这一点。但是露齐娅除了刚认出马克斯时表现得神思恍惚之外,接下来便有碎片似的记忆不断闪出来,清晰地贴满她大脑的各个角落,就像一个失忆的人只记得断章残句,但这些关键词句足够烙下纹路清晰的灼痕。她的指挥家丈夫离开后,露齐娅第一次与马克斯面对面地相遇了。马克斯粗暴地将露齐娅扑倒在地,并大喊,你是不是来揭发我的?之后他俩之间几乎没有对话。纠缠在地的露齐娅和马克斯被一只无形巨手拉回到了集中营,一种罂粟般的爱就这样在黑夜里无声地绽放了。我不知道露齐娅会把观众引向一条怎样的歧路,看到这里,我心里的道德防御机制失灵了,我不得不从根本上去建立起与露齐娅的关系,也许只有这样,影片才可能被继续观看下去。

露齐娅从街上买了一件和在集中营时马克斯为她穿上的米色套头衫相似的衣服,来到马克斯的住所,在马克斯面前取出来往自己身上贴去,这个让马克斯心领神会的举动背后,带有一种朝着集中营飞奔的使命。他们之间几乎没有语言上的交流,似乎语言在整个影片里都是虚弱的,是多余的枝蔓,说什么都不合时宜,除了普通的日常对话,涉及内心的表达仿佛在依仗不动声色散发着的气息准确地抵达;所有的记忆,所有的疮疤都通过身体、肌肤来回应。他们之间这种混淆着暴力的情感,对这种"教堂里的老鼠"(马克斯语)似的相爱方式,我很想,也许所有的观众也很想在此时听听他们各自的心声,但是对不起,他们什么都不说,也许这样的情感就是要以这种无声而执拗的方式燃烧。不但语言失去它的功能,甚至时间也失效了,都说时间是医治创伤的良药,但是,千真万确,当他们从时间的灰烬中爬出来,却发现时间并不是线性的,而是迷宫般地再次把他们绑架在独属于他们的时间回廊里。

露齐娅究竟要什么?露齐娅为什么抛弃如今的好日子,而甘愿成为千夫所指的女人。露齐娅太让观众失望了,也许是的,一目了然的未来,和眼下已经没有悬念的结局。影片结尾,露齐娅和马克斯走出被饥饿和黑暗(被人有意地剪掉电线)困住的居所,在清晨的江边被人从身后用枪打死。

这个故事听起来三言两语的简单,但是影片背后的张力足够把人击倒在地。露齐娅为什么不按观众的意愿行事,或者不按常理常情，给自己一个圆满的人生。我们没有答案，因为我们不是露齐娅，可导演莉莉安娜太知道露齐娅要什么了。

集中营非人的身心折磨，不身处其中，我们就算是全力以赴地去体察，也只是徒劳地获得一种隔空的大是大非之感；那种每一个细胞都吸满的惊恐，在独自承担摧残与死亡的过程里只有当事者自己知道。露齐娅拿身体换取性命，从被迫到因此获得一种暂别苦难的庇护，那样的力量会让人错觉是一种生机，至少，那也是一种因性带来的超离现实的有效手段。露齐娅在那个把求生看作唯一方向的时期，倒获得了马克斯裹挟着暴力的意外的爱，这在她那段非常的生命里的意义就一定是任何情感、任何人都无法取代的。马克斯始终把露齐娅称作他的小女孩，这是一个庇护者对被护者的承诺。也许，马克斯与露齐娅从一开始就是彼此命运的暗流，在通往心灵的秘密甬道时，他们可以嫌弃着对方的同时，又彼此珍藏。战争的结束并未使他们获释，事实是他们已经被永远囚禁在内心的集中营里。

集中营里的露齐娅，分明就是在那个寒夜里一次次划亮火柴的卖火柴的小女孩，无助地等待着火柴划亮她稍纵即逝的世界。露齐娅成为马克斯性奴的时期，他们相互给予对方的，就不简单的是一种身体上的快感。这快感注定了他们不可能做出别的了断，因为在一种极端环境里被迫体验个体生命的存在感，这种浓稠而绝对的体验，甚至可以让一个人的生命质感发生蜕变，丧失经纬地存在于另一个时空，而这样的生命质感早已无法存活于和平年代。露齐娅如今优越的生活就像钟表的秒针单调的循环，下一秒也不过在复制前一秒的存在，生命对她来说，就像被稀释掉地丧失了它原本的形态。她或许已经无法找到一个佐证，来映照她的存在。因此，重现的马克斯,就是被露齐娅再次划亮的那根火柴。露齐娅温顺地放逐了自己,而不是继续沿着生活的轨迹往前,就好像,眼下这看得见摸得着的日子不过是一个易碎的梦。露齐娅也许更习惯在马克斯的折磨与爱之间感受生命的纬度,也许只有和马克斯在一起,露齐娅才知道自己在哪里,才能切肤地体验生与死、爱与痛这两对孪生兄弟般的吞噬。那个本质与死亡相拥的情感,就这样时而光明时而黑暗地在那间居所里等待着命运的终点。

这是一部开放式的故事,在露齐娅和马克斯之间发生的一切,直到影片结束都只是一个故事的起点,而向四周散发出去的无数的来自观众的猜测,就像一千人眼里有一千个哈姆雷特一样。只不过,所有猜测都是观众的一厢情愿,真相只有露齐娅会告诉你。但是如果露齐娅真的能告诉观众,她又会说出怎样言不及义的真相,我不想再继续纠缠下去。

《爱》

这部法国电影前段时间下载在电脑上一直没看,直到编辑部同事又提起这部片子。他说,抑郁症的人最好别看,是部恐怖片。我笑说,那更要看,试试我有没有抑郁症。

我知道他说的恐怖片与那些披头散发、血肉模糊的恐怖片不是一回事。

恐怖片是飞行在我们日常生活之外的不明物,是身在其中又与己无关的另一种超现实,是满足一种受虐心态的强心剂。观看过程中心跳加快,神经被刺激,在影片结束后松一大口气地为导演喝彩或者失望，然后归于平静。但同事口中的这部恐怖片却实实在在把我们拖进生命终结的巨大阴影里，让我们瞥见生命真相。

《爱》讲述一对老年夫妻，在妻子患上阿尔兹海默症后，生命滑向深渊的过程。在这个平淡日常的生活背后，讲述着一个关于爱、生命、衰老及死亡的重大话题。

片中老年夫妇的生活，和所有老年夫妻的一样，平凡、日常。他们一同去听学生音乐会；安妮惯常地为丈夫做早餐，有一搭没一搭聊着琐屑的话题……看上去，这样的日子像钟摆一样匀速往复。时间在他们身上堆积的白发和皱纹，似乎并没有妨碍这样的相守。老夫妻有着尊贵的社会身份，年老的妻子安妮依然有着优雅气质……直到一个普通早上，安妮猝不及防的中风瘫痪降临后，两人的生活像突然断电一样，立刻暗下来。这似乎是生活开的一个玩笑，不久，安妮如常，根本不记得自己瞬间的记忆空白。但几次三番的征兆，像雪球一样，越滚越大地在家里蔓延了，一幕幕让人难堪的场面，把一个人曾经活过的精彩统统删除，就像电脑突然黑屏死机，所有文件、所有系统都被清零。

失去最基本生活能力的妻子只能任由时间和病痛摆布，不知道此时她那张已经没有表情的面孔，还在思考什么。如何面对妻子的病痛，成了对丈夫乔治斯的考验。时间把两位老人继续往前推，生命向着看不到方向的未来继续前行，就像拐进一个陌生巷道，以为那里是通往生命的另一条路径，虽然不知道这路还有多长，但继续往前，或许会柳暗花明。但此时时间是唯一的知情者和永远的主角，生命在经过每一天的路上，不断呈现在面前的是一个又一个继续恶化的征兆，生的希望也不过是一个个肥皂泡，晶莹剔透地在空中破掉。在一个多小时的影片里，观者与剧中人一起经历着漫长的煎熬，弥漫着的死亡气息越来越浓重。

电影要说的这个关于爱的主题，不是轰轰烈烈、如胶似漆的年轻爱情，不是风平浪静里那份陈年老酒似的爱，而是讲述当平静生活被疾病破门而入后，爱如何继续的话题，是爱在经过死亡时的另一种诠释。

乔治斯独自承担这一切的同时，深切地明白，妻子的生命在走向尽头的边缘，垂危的身躯只能让她活得完全丧失尊严。丈夫知道妻子不愿让任何人看见她此刻的样子，包括女儿。女儿来看母亲，却完全是搅在她自己一团糟的生活矛盾中，除了在父亲面前发一通牢骚，对母亲的病痛，她似乎表现得有些冷淡。这其实不能说是女儿的错，我觉得这倒是生活的真相，人能触及的痛苦，唯有切肤的才是有感的，所以此时女儿的痛苦也没什么好指责的，因为她的痛苦也只和她自己相关，她也在独自承受她的痛，只不过，这样的痛与她母亲的相比，让观众也觉得无足轻重。一种生的痛和一种死的痛是不可同日而语的，是两种互不关联的痛。乔治斯明白的还不止于此，当安妮拒绝吃药、拒绝进食、拒绝活着的时候，乔治斯对无能为力的妻子动了手，他希望妻子活下去，哪怕妻子就这样活着，她的生命也是完整的。但越来越严重的疾病让乔治斯感受到已经失去表达的妻子求死的乞求，成全妻子还是继续让她这样活着，乔治斯必须做出选择。

电影里用一只鸽子来暗喻乔治斯的内心变化（虽然我个人觉得这个比方特别生硬和概念，但这样的表述仍然直抵人心）：一只迷途鸽子闯进家，乔治斯用毛毯抓住它，后又放走了它。鸽子此时就好比病榻上的妻子，乔治斯想抓住妻子生命的尾巴，履行一个丈夫的责任，照顾她，但当他放走那只鸽子时，他似乎明白了妻子需要的那种爱:让她有尊严地面对死亡。

晚上,乔治斯像往常一样,守在不能交流的妻子病榻前。一盏小灯让屋子变窄,又烘托出一种温馨的假象。乔治斯进入回忆,他给妻子讲他小时候一次夏令营的经历,无数的细节和过程就像正在进行时那样清晰,他在带着妻子去到他的童年。一位老人在谈及自己的孩提时,这种巨大的反差既残酷又虚幻。说完,乔治斯没有继续说下去,他突然把手边的枕头压在了妻子脸上。乔治斯用枕头捂住妻子的头,画面无声,直到妻子窒息,直到她完全停止微弱的挣扎……这个场面处理得异常突如其来,同时又异常冷静,静得和死亡一样无声无息。乔治斯麻木的表情让我看得心里发虚。这个让人无法接受的场面,只有当事人明白,他在用这样一种让观众触目惊心的方式表达着一个丈夫对妻子最后的爱。

妻子在还能思考和说话时曾看着一本厚厚的记录着两人一生的家庭影册喃喃自语,漫长的生命,漫长的生命……此时或许对她来说生命真的是太过漫长,没有任何时候比等候死亡的时间更漫长。

看完影片,心里被某种异样的东西搅动。生命,不过是一个在死亡路上不断前行的过程。这部关于爱的电影里,女儿对父亲说,她记得小时候听到过父母做爱,她觉得父母相爱着,给她安全和幸福。这样的回忆成倍地放大了生命转瞬即逝的虚幻感,生龙活虎的生命已成过往的泡影,有时甚至已经被遗忘。老人在给妻子说起他小时候夏令营的经历时,那些历历在目的真实场景也在时间长河里成了幻象。这样的描述反差巨大地把生命的意义和本质毫不留情地抛在观众面前,这不再是导演才气逼人的要观众喝彩的把戏,导演要你看到的是,其实你也在银幕里。

《一次邂逅》

"爱情这件事情是不存在的,存在的只是爱情的证据。"这话不是我说的,是让人脑洞大开的毕加索说的。法国电影《一次邂逅》里发生的爱情就是这样一种"不存在"。苏菲·玛索饰演的女作家艾尔莎邂逅了一位她心里一直"想躲进他的臂弯里的"有苦橙味的中年男人皮埃尔,抑郁的有如苦橙般的爱让她困惑。两人一见倾心,甚至他们各自心里对对方的期待都几乎是同步的。艾尔莎是三个孩子的单身母亲,她的原则是不做第三者,"已婚男人不是我的菜"。但散发着苦橙味道的男人皮埃尔却是个有幸福婚姻的男人,不过这并不能阻止他们相爱,这又是一个现实与情感较量最终两败俱伤的故事?

影片始终将现实与梦幻不断交织,梦幻出场时比现实更真,但镜头的转换和现实一样,快速落回人间,看似相向而行又似背道而驰,是坚守一人还是忠于自己这个永恒的命题被反复询问。"不要留下对方的联系方式为好",不节外生枝,这是男人自我保护的手段,观众也可以好意地替皮埃尔想,他们或许都不想把这样的爱情落实到看得见摸得着的现实里。所以,虚幻的,若即若离的,在心里晃晃悠悠的,忽明忽暗的,想起它时快乐又忧伤的,看不见抓不住的,或许才是爱情的样子?没有方向,没有终点,其实是应该没有开始。"假如爱情依然鲜活,是时候忘却,更准确地说是将这份无法实现的爱转化成更为包罗万象和更完善的事物,慢慢地,生活回到没有另一人的轨道。"艾尔莎说道,这是她对没有期待的爱情的自我宽慰,也或许是对"爱情"这个词的模糊性做一次开放的努力。影片最后两人终于在异国不期而遇,一种不再有干扰的爱情就要落地,影片却继续转向梦幻。两人相拥之时,女儿的一通电话把这一切又拖回到现实,皮埃尔无声地离开前留下字条:我希望我们能够一生一世。这就是爱情和生活的关系。在量子世界里,一个物体并不一定只固定在一个地方,事实上同一时间可以出现在不同地方。是不是也可以把爱情的现象做一次物理的解释,爱情是不存在的,让爱情现身的当事人,也是爱情的破坏者,爱情只有待在人心里,它才有其存在的空间,一旦裸露在人间,哪怕以爱情的名义相遇也足以破坏心里那个"爱情"的样子。

影片的最后一个镜头回到片头,艾尔莎和皮埃尔在人群里邂逅,他们的神情,看似一切都没有发生?一切都不会发生?也许他们都心心相印地明白,"一个物体并不一定只固定在一个地方,事实上同一时间可以出现在不同地方"。邂逅一次"胚胎"似的没有开始的、只是在各自心里的爱恋,想象一下这样的爱情,你要让它有多美它就有多美。

《黑暗中的舞者》

碰巧这两天连着看的两部电影都和母爱有关。一部是《我一直深爱着你》,一部是《黑暗中的舞者》。后者在叙事手法上跟《我一直深爱着你》完全不同,应该算是一部轻音乐剧,片中不断有女主角塞尔玛在黑暗中对音乐剧的迷恋,有很多连唱带舞的表意场面。这类电影让我想起小时候看的许多印度片,充满冗长的歌词和舞者千篇一律的肢体语言。但这部电影与印度电影其实有着本质的不一样,印度电影的歌舞已经成了程式化手段,就像导演把歌舞当水一样稀释着影片的节奏,如果有遥控在手,我是一定要让它快进过去的。而这部影片中的歌舞穿插却是有机的,片中的舞者——一个盲者对音乐的迷恋暗含隐喻,就像梦遭遇现实的碰撞,就像一个现实生活里的人突然走神。其目的,我猜测应该是用这样的方式来抛弃灰暗现实。在她自我沉醉的歌舞神话里,像一次次灵魂的出逃。生活是一个变数,充满未知的可能。影片中发生的事件,最终成为塞尔玛无法逆转的宿命,她的眼睛因为无法弥补的基因让她渐渐进入黑暗。塞尔玛为给儿子治病(因为基因遗传给她儿子带来的必将是如她自己一样失明的厄运),她没日没夜地挣钱,目标简单明确——要让儿子看到自己的孩子。疲于挣钱的过程中,任何声响永远是她舞动的节奏,只要听到任何节拍,就是工厂里的机器声也能让她起舞。在一次次闭上眼睛的旋转中,我们无法明白塞尔玛内心沉醉的世界,但那一定是干净、辽阔的。

命运安排了一场意外枪杀让她遭受不明真相的极刑,她可以为自己赢得一次申诉的机会免去一死,但律师的诉讼费正是她要为儿子治病花费的两千元,她选择放弃申诉,沉默地等着死亡的降临。向死而生,这是塞尔玛固执的内心唯一的道路。能够保住儿子的眼睛,对母亲来说也便是生的希望了。

影片的高潮是最后她走向绞刑台那段,这是撕扯观众神经的一段。她的腿脚无法向前迈出,瘫软在女看守身上,面对即将到来的死亡,任何人都会方寸大乱。她的眼睛是睁着的,那双盲眼里看不见惶恐,但脸上分裂的表情足够看清被死亡笼罩的黑暗。女看守鼓励她,并用自己的脚踏出节奏,听着女看守的脚踏声,她跟着迈出舞步。黑暗中的舞步成了此时唯一能让她暂别恐惧的稻草,但舞步带着她向前,也仍然是一步步地向着死亡靠近。塞尔玛在通往绞刑台的路上舞动起来,用这样的方式走向死亡,将影片推向了最悲怆的高潮……这是一个让观众不忍再睹的场面,我无法认同情节这样继续发展,有一瞬间我几乎想去按停止键,不能再忍受这样一个充满精神暴力的场面,但我突然有种隐隐的自我安慰,万一导演在此时大发慈悲,让塞尔玛重获新生呢。这也是好莱坞片子惯用的皆大欢喜的手法。抱着这种愿望,我忍受着片中越来越紧迫的死亡的脚步。但一切都在按照既定的情节继续推进,死亡的哀音已经唱响,在她最后的一百零七步里,她用这样一种飞越的抛弃自身的方式,抵达了死亡深渊更深的黑暗。

我从不孤单,
这不是最后一首歌,没有小提琴
合唱团那么安静,没有转圈,
这是最后第二首歌,
记着我说的话
把面包包好
把床铺好……

然而,塞尔玛没有唱完……

《罗丹的情人》

法国电影《罗丹的情人》,拍摄时间是1988年,导演布鲁诺·努坦,主演伊莎贝尔·阿佳妮。现在看来,影片拍得很写实,没有新意，但影片要表达的却是一个永恒的、不会过时的、关于天才和艺术异端的话题。

卡蜜尔的扮演者伊莎贝尔跟真实的卡蜜尔很相似，都称得上绝世美女。

卡蜜尔的漂亮没有被她拿来当筹码，用以换取美好婚姻和世俗幸福。天资极高的她从小只跟泥有缘，在殷实家庭里成长的她从小便非常叛逆，这让她母亲痛斥不该生下她。好在她有个非常爱她的父亲。

如果卡蜜尔没有遇到罗丹，她的命运是不是另一个样子，没办法假设。但就卡蜜尔的才华和她的性格来说，在她七十八年的生命里，三分之一是在疯人院里度过的，与外界为敌而自己承担后果，这点倒该与性格有关，就算她的生命里没有罗丹，结局也不一定会更好。如果她懂得妥协，识时务，她或许会活出另外一个样子，但无法改变的性格决定了最终无法改变的命运。还是应了那句话，天才与疯子一纸之隔。天才除了要孤绝地面对这个世界，并在这个俗世上头破血流，最后的结果都难逃宿命：要么疯掉，要么死掉。

卡蜜尔力图向世人证明她是天才，是艺术家，但是她命里注定要遇到罗丹。天才女性也难过爱情这道关，除非她既天才又强大，像波伏娃，在十九岁时就宣言"绝不让自己屈从于他人的意志"。天才的卡蜜尔在爱情面前却放下了天才。在与罗丹爱得死去活来的时候，她也想成为一个妻子，也有世俗女人的要求和痛楚，爱情让她活在罗丹高大的背影后面，她成为罗丹灵感的源泉；而罗丹对卡蜜尔的热恋，也不过是要为自己的艺术生命注进新鲜的年轻血液，与世俗的情爱无涉，卡蜜尔只能自己苦尝这粒永远青涩的果子。但是，她身上巨大的才华不肯妥协让她就此做一个庸常的女人。在她被罗丹覆盖之后，罗丹成了她沉重的黑色梦魇，她想挣脱，不想只是罗丹的模特儿或工具。满身才华的卡蜜尔想要向世人证明，她同样是一名有独立话语的艺术家。她的作品是她个人的心灵独白，她用个人的话语做出她看待世界的独到诠释。在17世纪的法国，卡蜜尔的雕塑不过是一种自言自语的表达，官方、民众都拒斥这样的作品。在那些恢宏巨制的作品面前，她的声音太弱小，她用作品大声疾呼，迎来的是嘲讽和谩骂，虽然有为数不多的伯乐愿意为卡蜜尔办个展，承认她的天赋，但那样的声音实在太微弱。好心的画商看到卡蜜尔的才华，也规劝她成为和谐音符里的一员。"你是唯一官方邀请与罗丹去访问布拉格的艺术家……你不能这样对自己不负责任，你要机灵地做出反应，而不是将自己活埋。你是在自杀。"好心的劝说对卡蜜尔只是羞辱，她的不妥协只有一个目的：只做自己认为对的艺术创造。虽然她的作品被那个时代唾弃，但卡蜜尔只坚定地说出她内心真正害怕的东西："我害怕被剽窃。害怕一直存在我心。我会妨碍到别人。他们不原谅我如此有天分。"

卡蜜尔在一次不成功的展览之后亲手毁掉了自己几乎所有的作品，然后消失在那个凄风苦雨的夜晚。

上帝之手造就天才，就是要让这个天才成为凡间迅疾而过的精灵，他们的命运由不得自己，他们的内心被魔咒一样的指令驱使，为凡间留下一声呐喊，便雁过留痕地消失。

我们永远都无法知道卡蜜尔真实的内心，特别是后来长达三十年之久的疯人院生活，又是如何加剧着对她已经千疮百孔的心灵的侵蚀。也或许她真的疯掉了，对她的才华、对她正经受的痛苦失去了知觉，这对她来说或者是最好的，但谁说得清楚呢。她在疯人院里给她弟弟写下一封信："你姐姐在流放中。……疯子待的房间，这里是精神病院。"

《空房间》

韩国电影《空房间》实际上是一部告慰内心的布满伤痕的成人童话。童话对于儿童是真实的世界，儿童深信不疑，这个世界就是爱憎分明、惩恶扬善的。是成长剥夺了这个世界，让童话的世界化成泡影。

《空房间》的故事很简单，也没什么更深刻的内涵，但看完后，我却久久沉陷其中，是什么东西让我不能立即忘掉？或许就是因为我在这里得到了童话的慰藉。

一个喜欢以游戏的方式进入别人房间的大男孩，在介入不同空房间的空间里，他似乎获得了一种漂移的生活、不确定的生活。别人都在自己的生命轨迹里按部就班，而他这个陌生的闯入者却在这些生活里获得了不为人知的心跳感、神秘感和刺激感。他进入房间，洗澡、更衣、做饭，把主人家的脏衣脏鞋洗净晾晒，看电视看到困得在沙发上睡去……别人的这些乏味而日常的生活在他这里却成了一场心灵的蹦极。

一次，当主人并没有在他的预料中外出，而是躲在房间的一角，他却意外地窥视到了这个房间里女主人的灰暗生活。于是，女人与大男孩一起出逃，一个人的游戏变成了两个人的。影片从始至终没有一句对白，全靠肢体语言来完成全部交流，从陌生到相爱，包括他们遭遇的不测都在无声里完成。有个场面很有意思，把大男孩的游戏心态放大变形，却让观者对大男孩遭受的不白之冤有了一丝的轻松感，也让观者不知不觉陷入童话世界，虽然这个童话世界伴有成人的恶，但童话的基调在主导这一切。大男孩关进监狱，却始终在游戏狱警，在狭小的空间里玩失踪，虽然换来一次次的痛打，但他的嘴角露出的笑在轻蔑着这个肮脏的成人世界,就好像这个世界与他无关,他所饱受的皮肉之苦似乎也是游戏的一个环节。最后一场戏是这部电影的高潮,男孩与女人一同回到让女人心如死灰的家,但男孩以一个"隐身人"的方式,自由陪伴在女人四周,女人的生活立即被童话世界唤醒了。这个显而易见的隐喻是成年人心里隐隐的期待,就像世外桃源的景象,明知它不存在,但是它在。

《女伯爵》

"女人最大的愿望就是有人爱她",这句出自法国戏剧家莫里哀的话在《尼罗河上的惨案》片尾从波洛口中说出,看完《女伯爵》我大脑里又突然跳出这句话。

可怕的是,这不是一句台词,而是指向所有女人。假设身为女人的我说这句话会被指责为对自己的轻视,我也得接受,我不想把自己完全撇清。我接受这句话,因为我不女权,我只认命地说,因为我也是女人。

《女伯爵》据说是真实事件改编,翻拍自1971年的英国恐怖片《德拉库拉女伯爵》,由德尔贝自编自导自演。我毫不质疑这样的事情的确发生过。

被美丽、权力、财富的外衣包裹的女伯爵伊丽莎白,她的冷酷和残忍是儿童期的种子生根发芽的结果。如果没有遇到贵族青年伊斯特凡,她的心是不是将一直处在冰冻状态?女伯爵的命运如此不是因为显赫的出身,也不是因为权力大厦里的养尊处优,命运不是手里的权杖,而是它在哪里你都永远是盲者,它降临,一切便由不得你。伊斯特凡就是那个从天而降的要改写历史的命运使者。权力、财富在爱情面前就是一个虚弱的假象,甚至遭到轻易的唾弃,物质在女人眼里也能幻化成情感的外化表达,比如《色戒》。所以大多小说里都是女人放弃财富与爱人私奔,爱情对于女人来说,力量强过一切,也能驱使一切,能让女人既天使也魔鬼。恋爱中的女人,美貌却是致命毒草,它在爱情的天平上高高翘起。失去美貌等同于失去爱情,失去爱情等同于死亡,这两个等式在命运的轨道上互相纠缠。恋爱让女人对年龄的敏感指数大增,一颗少女的心如何与一张迟暮的脸并肩?伊丽莎白用去数百名处女之血也没能得到她想要的青春不老的美貌,但她仍然以魔鬼的名声固执于对爱情的坚守。最终,她虽然没有被处以极刑,但被关在一块块砖墙修砌起来的黑屋里,是身体与心灵慢慢腐蚀的比极刑更可怕的监禁。她站在一块块砖墙修砌起来的黑屋里,转头瞥见伊斯特凡,四目里仍然能看到爱的火光微亮,或者对伊丽莎白,已是不朽。她不可能在这个黑屋里了此残生,最后她咬臂自杀。

伊丽莎白或许留下了令人寒战的坏名声,但她最不为人知的那一面美好被伊斯特凡怀念,这样的爱情也算是永生了。用一种极端的方式来爱,这是不是也是一种能力?虽然具有杀伤力,以摧毁的方式,极致的方式,像福克纳的《献给艾米丽的玫瑰花》里的艾米丽。在这些事件面前,我们有勇气对世人说是因为爱吗?

《密爱》

韩国电影《密爱》的女主角美京,守着丈夫和孩子,过着平凡的日子。这几乎也是大多女人都在过着的日子。直到有一天,丈夫的外遇找上门来。美京身心俱伤。她被击垮了。但最终她原谅了丈夫。这种原谅也是多数女人在遭遇背叛时对生活的妥协。还能怎样?也许她想过离开他的,但是她选择了接受。

他们带着孩子离开城市来到乡村,是不是准备开始一种新的生活也不得而知。新的环境并不代表因此能获得一种有希望的生活,但离开城市,至少可以远离那道伤口,用一种外在的形式来愈合或者遮蔽。但是美京失去了快乐,无所谓生活,在哪里都一样。世上有两种人对外界没有要求,一种内心极强大,一种内心死气沉沉。美京脸上的表情告诉观众,她内心的日子其实已经戛然而止。她依然照顾孩子上学,做饭,过着和从前没有区别的日子。丈夫带着赎罪的自责,放弃从前的好工作,想必是想挽回些什么。也许时间能愈合他们之间的裂痕。美京没有再指责丈夫,但是她陷入另一种困境,就像自己的什么东西被人偷走,虽然失而复得,但已经破损了。她没有办法走出阴影,她时时都能看见心里那破损的蛛网似的冰纹。她曾经全部身心去爱的丈夫,用背叛结束了一个女人对待爱情的圣洁和信徒般的虔敬。背叛是所有女人和自己签订的生死状,所以,她的生活可以照旧,但心已经朝着谁也不能把握的方向前行。这由不得她。她的内心一片死寂。邻居那对打打闹闹的夫妻,依然有着他们的快乐。而他们之间没有吵闹,连一句埋怨也没有。就像那场背叛只发生在夜晚,日出到来,生活依然风平浪静。

美京不得不去看医生,她或许也想让自己正常起来。毕竟她还年轻。她遇上了医生仁圭。仁圭有一张很有魅力的非常好看的脸。他的确很具诱惑力。想想生活里如果这样的男人出现,没有一个女人脱得了身。仁圭的出现极其荒谬,他甚至对美京提出玩一种成人游戏，就是他们之间可以像所有恋人那样，可以肌肤相亲，可以做爱，但是如果其中一人说出"我爱你"，游戏便结束。其实这是一场没有赢家的游戏，是一场飞蛾扑火的游戏。美京受着道德的约束，她拒绝尝试。仁圭的几次"偶然"出现，最终让美京进入了这场游戏。不知道美京是如何放弃道德而进入这场游戏的，是不是想通过这样的方式获得解脱？

游戏就这样开始。仁圭是这场游戏的主宰。刚开始，美京只是在配合游戏进行。

但是游戏进行得越来越艰难，美京几次想退出，她自责，因为这的确不是一件光彩的事。村里的人开始议论纷纷，恰恰这时候，美京已经沉迷其中。两人都知道游戏其实早就已经结束，因为他们都在努力地煎熬地守着那三个字，不让那三个字破口而出。他们强迫自己不要去面对内心真实的感受。他们只认定对方为性的对象。不难想象，仁圭照亮了美京的内心，就像黑屋子里的一束光亮。他们之间的感情在悄悄转化，化为人生情感中的致亮点。这种由肉欲转换成的爱欲，最终使他们陷入困境。仁圭欲先退出，美京却不放手。仁圭事先就知道这样的感情是不能放在生活里的，任何极致的爱都不可能在锅瓢碗盏之间存活。这样只能迅速地断送。这样的爱注定没有出路。

如果这种爱情真的在生活里发生，我们都是没有能力维持的。这样的完美让爱释放到了极致，这样的极致这样的高度不是一般人能消受得起的。虽然使人性得到彻底的解放，但是这样的爱情没有可以存放的空间。它可以在真空里尽情享有，而一旦放在生活里就会立即化为齑粉。这样的爱是前途渺茫的，当事人可以把它推向极致，却无力给它一个合情合理的存在。因为没有任何爱只燃烧而不会化为灰烬。爱情被人们用不同的方式加以描述和幻想，其目的就是要一种极致的完美。但是这样的完美是不是要用不给自己留余地也让对方无出路为代价呢？记得我一个好友曾对我说过，她要的一定是一种完美爱情，要自己和对方都是初恋，觉得这样的爱情才纯净。爱情是排他的，是独占的，任何身陷其中的人都认为自己有理由也有权利要求对方。因为我们是在相爱，相爱就必须符合爱的要求。其实不是，长大后才明白，那不过是一种谵妄。

看着片中的男女，我为这样的爱没有结果而担忧。幸好导演早有预谋，安排的结局想想也只能这样而别无他法。这是一个突发事件，仁圭带着美京驾车无目的地游走。他们没有了方向。不知道如何收场，走向婚姻不可能，继续相爱只会让这种爱的完整性遭遇破坏。在他们还来不及为自己命运做出选择的时候，命运早已站在路口。仁圭就在这次无目的的旅途中死于车祸。美京幸存下来，也不知道是不是幸存，如果两人都在这场车祸中死去或许更是另一种极致的完美。但是导演却残酷地把美京一个人留下来，让她独自承受苦痛，像是要留下一个可以为这段感情做出见证的活口。幸好美京真的爱过，所以她事实上是再次被拯救。美京与丈夫离了婚，一个人安静地生活在一个小城里，内心平静安详。她的脸上，看不出曾经经历过如此绚烂的爱情，而只有平静，但这种平静的神情里有着信徒般的皈依。她真实地活在世上，继续过着看上去与别人没有分别的日子，但是她的内心装载的那段爱情，足足可以陪她走完今后还很漫长的一生。

《史诗情人》

"带着爱情去旅行",这句话是看到电影《史诗情人》刚开始,乔治和缪塞前往意大利时突然从大脑里跳出来的。爱情和旅行都是离开日常生活的方式,不过爱情是以激越的心理姿态,而旅行是以身体的空间转换来实现。相对于那些被世俗葬送的爱情,《廊桥遗梦》的爱情算是修得了正果的。只要是爱情,就有世俗的一面,乔治·桑当然也不例外,但这部电影要表现的当然不止于此。

这是一部关于法国作家乔治·桑的情感传记电影。乔治一生情人无数,正像影片中缪塞说的,要消灭乔治的情人得有一个军队。在17世纪的法国,乔治是离经叛道的女权先驱,尽管那时还没有"女权"一词。

影片中疯狂扭曲的感情伴随着纠缠,理智永远缺席。如果要给自己寻条活路,和医生相敬如宾地相守是可以让乔治安静地度过余生的,没有燃烧的疼痛,心里如果真的可以放下一次次只跟爱情有关的歇斯底里,只做一个在生活里醒着的观者,也许是好的。但"盲目地把我献给你",乔治的女性特质让这个内心强大的女性也无所适从,两人分分合合,分离后的思念让爱卷土重来,"我想爱但不要煎熬,我想要永恒的爱情和永远不会打破的誓言"。但爱情是不会这样既剧烈又恰到好处的。

观看过程中,始终有种不明真相的情绪不断叠加,就像是要为乔治最后的那一场生与死的告别做足全部准备。尽管在观看过程中三番五次地几乎要忧伤起来,但仍然被某种不确定的感觉封锁。直到画面定格,堆积的情感才正式爆发。

爱情让两人相爱,又让两人分开。正像影片里缪塞说的:"这是爱情报复自己的方式。"影片最后，乔治说出了她从心里认出的爱情来，原来如幻的爱情在阴阳两隔之后被死亡照亮，心底刻骨的"那一次"，乔治说的那一次，我想应该就是荡涤内心的那一次，与任何一场别的恋情不一样的那一次。

重新想起那句话，带着爱情去旅行。如果外界是有损爱情的最不利的因素，选择带上它以旅行的方式出逃，是不是能够保全其实不得而知。如果外界是可以怪罪的原因，这也是让人能够接受的遗憾，因为遗憾是理想的另一端。但问题出在人性中不能超越的本质上时，除了毁灭，其实人是没有出路的。人用爱情把对生命和死亡的疑惑、恐惧当作逃亡的方式，其实是拿虚幻来抵抗现实，但爱情让人获得救赎的同时，也在加速着撕裂，它像一把利剑，可以把生活一刀一刀地划开。

风景

一位快乐的悲观主义者
——在文字里印象刁斗

"鼎丛书"第一辑包含了作家刁斗的长篇小说《回家》、中短篇小说集《发现》和散文随笔集《虚有》。在编辑完这三部书稿后,我大脑里跳出这样一句话:一位快乐的悲观主义者。

我不知道别人有没有这样评价过刁斗,我也不知道刁斗会不会对我提出抗议:"难道你要说我人格分裂吗?"但我又似乎清楚地知道,刁斗是不会计较别人如何评价他的。

不管他是否同意我这样说,我仍然感受到那些来自他文字里浓重的悲观主义暗影,以及反光在暗影里的快乐色泽,这些色泽潜伏在暗影里，静寂地发散着它们的能量……我继续对他进行猜测，像个能掐会算的盲眼人那样，通过文字这个雕塑他性格、为人、嗜好等等的特殊材质。

我想，通过以上三部书的文字来认识刁斗是绝对可靠的，因为我相信它们的诚实。

从《虚有》的许多篇目里，我窥视到的刁斗，表现出一种极为正常的样子，世俗的爱好拼贴出他的日常与大多数人无别：交友，聊天，玩牌，年轻时候踢足球，每年会有三五次出远门会友或无目的的闲游……早年，他做杂志编辑做到副主编，如果继续编下去，他是不是会拥有一个更高级别的职务？这样的可能似乎也没多少悬念。但是，"为了把自己逼进死地以强化自己与编辑职业分手的决心，使自己既不会在诸种世俗好处的诱惑下再瞻前顾后摇摆不定，又不会因所付劳动与所得报偿不成正比而问心有愧，我还辞掉了我当时担任的《文学大观》杂志的副主编职务……而在编辑部里，我只以一个低级工作人员的身份做一些单纯的工作，比如校对或下工厂……"（《向盛老师汇报》）。告别通行的生存铁律和约定俗成的所谓成功之路，我不知道他当时是如何为此掂量"得失"的。他的文字告诉我，在文学和仕途不能两全时，他只能听从内心，选择一种有小说的生活。"我不是刻板的二元论者"，刁斗这样评析自己，可另一方面，在文学的道德感上，他又表现得如此黑白分明、毫不含糊，不为自己留出任何可供左右逢源的灰色地带，这与大多数人比，又难免显得"不正常"了。

"几十年里，一直迂腐固执如堂吉诃德，自不量力地挑战着正常、习俗、规约、教条……"（《好玩》）的他，快乐出了一种不为人知的样子。我沿着他文字的蛛丝马迹，猜想着属于他名下的私有时间里，他是不是在用一种与世俗相矛盾的方式，回到他内在世界的规则里，用他的文学之眼去瞄准人性中那些黑洞般的渊薮，以让人产生不适之感的文字来揭示内心的秘密火焰。在小说集《发现》里，他以充满先锋意味的叙事策略，实现着对现代主义小说的一次次寻微探幽。他独特的视觉和感知，在人性深处的角落揭示着另一种"陌生"经验。而我在这些文字里获得的，却是关于自身的却又拒绝直视和触摸的体验。这些文字，像一面镜子，照出了所有人灵魂的样子。在这面镜子里，没有惩恶扬善的说教，呈现出来的只是心灵世界里的真相。

"小说家的道德是写好小说，而非判断他的小说人物及其行为是否'道德'，无论多么个人化的经验都具有了普遍的意义，都有成为公共经验的理由。"（《答王千马问》）这便是我在他的文字里看到的诚恳和道德。他推崇并信赖的现代主义小说，并不是用标新立异去哗众取宠，而是始终如一地恪守着他内心追寻的关于小说的道德，就像伍尔夫在《论现代小说》中所说的："如果作家是个自由人而不是奴隶，如果他能随心所欲而不是墨守成规，如果他能够以个人的感受而不是以因袭的传统作为他工作的依据，那么，就不会有约定俗成的那种情节、喜剧、悲剧、爱情的欢乐或灾难，……把这种变化多端、不可名状、难以界说的内在精神——不论它可能显得多么反常和复杂——用文字表达出来，并且尽可能少羼入一些外部杂质，这难道不是小说家的任务吗？"刁斗在《牛健哲再研究》一文中，回应着他的小说家的任务："就我个人来说，如果新异的日月和翻覆的天地只与别人的嘴而与我自己的心没有关系，对我它就没什么价值。……一个小说家的本领更在于，不论他对身边的物质生活与物理世界望闻问切到什么程度,落笔时,他的兴趣所指热情所在,也是那些物质生活里和物理世界中所匮乏鲜见的异样感受与独到经验。""有小说的生活,是一种道德的生活。对小说的阅读和写作,是高度个人化的内心体验,来不得半点粉饰与虚假。"(《有小说的生活》)我仿佛看到遁形于这些文字里的,是一个内心执拗却面带嬉笑的果决表情。

从刁斗的文字中,我窥测到的他,是一个在一张自己设计的临窗的床榻上(《一张自己的床》)"一榻萧然了此身"的对外部世界保持旁观的逍遥派。他的生活习惯是"赖在床上胡思乱想,天马行空地做白日梦",只肯与滚滚红尘保持一种适度并且有限的关联,"距离适当地打量、琢磨、猜测、判断,然后再喜欢或厌恶或没有感觉,而绝不会凑得太近挨得太紧,尤其不会取消彼此的界限"。床是一个象征私人性的隐喻,在这个私密的空间里,人所获得的自由也才有了一丝梦境般的缥缈,并让那些内心敏感脆弱的心灵获得暂时的庇护,这样的场所有时也足以成为人人身上那件抵御寒冬的棉猴。物理空间的狭小让心灵获得更多自由,内心的能见度更高,这是不是一种悖论?但我更愿意理解为,这是刁斗的一处为了躲避"遮蔽视线的巨大障碍物"(伍尔夫语)的场所,是一处内心的离群索居之所。跟随这些文字,从"北陵书房"到"汇宝书房"到"紫荆花书房",再到新近他刚刚搬进的又一处未知名的书房,我看见他带着他的书,在一个城市中一次次"迁徙",一次次地回到他内心的皈依之地。

在这篇"床"文里,包括其他一些文章中,刁斗毫不掩饰地表达出他的女权倾向。"不论情感还是身体,首先属于的都是自己,若太将其看作'许'的礼物,待价而沽也好果断馈赠也罢,都容易迷失于遇人不淑的困局窘境,或搁浅在始乱终弃的悲局绝境。"看到这里，我不由感叹，他的女权观竟然比女人还女权。在这面女权的"镜子"里，我感受到来自自身的一丝寒意。但是他在谈到女权时的平心静气，让我听到的又是另外一种声音，也许对他来说，高呼"女权"也是另一个层面的自卑在反抗的声音，所以他在《还是先人吧》里说："世界上就一男一女这孤单的两人，凑到一起挺不容易，现在趁彼此尚未不共戴天，不妨还是先人吧，然后再男女。不是有一个更属于'关键词'的说法叫人权吗？在它面前，女权也好，男权也罢，取的应该是攘外必先安内的合作策略。"用女性艺术的先驱者布尔乔亚的话补充一句：从某方面来说，我们都是男女性。

在刁斗的文字背后，始终有一个关键词在起伏流转：游戏精神。在他这里，游戏发酵出的是快乐，滋养着的是好玩。游戏拒绝恶与伪的大行其道，只以好玩为目的。在《虚有》这本书里，"好玩"的出镜次数达十七处之多，"'好玩'是我喜欢的词语，它的成分，包含了新颖独特惊悚危险等刺激性元素，在我的价值体系里，它是衡量一个人、一件事、一重关系及至一种活法好坏的标准。生命多局限，世事太叵测，不创造一些好玩犒赏自己，生活可就太没劲啦"（《好玩》）。他的"游戏"视角动摇了我对权力、金钱、名利根深蒂固的定义，在他的"好玩"里，权力喷溅的血腥也不完全是恐怖，金钱发酵的铜臭也不仅仅是贪婪，而名利助推的文字也能够舞蹈得婀娜翩跹……在刁斗的游戏精神里，我看到的是一种超拔的生命态度，它过滤掉了庸常的欲望，发展出了本原的快乐，我愿意将之理解为一种价值观。对于有着充分的"一榻萧然了此身"思想准备的刁斗来说，作为法度规则的"游戏""好玩"，无疑是他观世的特殊视角和入世的特殊方式。

因为编辑这套书，我也翻看了刁斗未收入这三本书中的一些文章，在一个外媒采访他的对话问答里，他如是说："对我来说，我的兴趣指向哪里，哪里就是我的现实。所以，我一向愿意把奥威尔这样的，尤其是我更喜爱的卡夫卡这样的荒诞曝光者与荒唐解剖师，把他们对于荒诞荒唐那种冷酷的寓言与预言，视为我写作小说的灵感源泉。而之所以占据了我小说的皆为中国故事，那只是因为，我恰巧生活在这里，熟悉这里，并且，中国社会的历史与现实，也恰巧能为我那发育自卡夫卡们的文学想象，提供最为准确和生动的印证与支持。"这是不是恰好呼应了弗洛伊德所言，艺术是一种社会性的精神游戏？

对了，卡夫卡，一个把文学的私密化个人化做到极致的作家。一生都在与生活交战的卡夫卡，在他最后一篇与外部世界决裂的《饥饿艺术家》里，为自己的无法与外部世界和解做出了总结：因为找不到适合我的食物。编辑过程中，我大脑中几次跳出卡夫卡那个"德国向俄国宣战。——下午游泳"的著名句子，并拾人牙慧地把它复制粘贴过来，认为它可以呈现"一榻萧然了此身"的刁斗的内心痕迹。显然，我再次主观武断地给我在文字的猜想里认识的刁斗贴上了标签，而这种感觉，来自他与他的文字所散发出来的相似的气息，它们像彼此的灵魂之树抖落的树叶，在飘散过程中的不期而遇。克里玛在一篇名为《刀剑在逼近》的文章里这样描述卡夫卡："卡夫卡强烈地专注于他自身、他自己的经验和他存在的意义，……使得他创造出这样一种作品，它可以将我们的注意转向我们存在的最基本的问题，从那些影响外部世界的变化转向我们精神的变化……"有意思的是，我在编辑过程中，大脑里复制粘贴过来的那句话，竟然在刁斗的《窗外事》一文中回应了我对他的猜想："'德国对俄国宣战——下午游泳。'这是卡夫卡的一则日记，也是我为我与'窗外事'建立的关系模型。"

刁斗文字所呈示出来的，既是关于文学的，更是有关生命的一种态度。如果他的文字有时艰涩繁复，那并非他在刻意与读者脱离关系，而是他无法顾及和讨好读者的需要。他不是在修筑一幢能装载众多读者的故事大厦，或者建造一辆激情与速度的时尚快车。但如果读者能潜入他文字的内里，用一种主动丢弃成规的阅读模式去靠近这些文字，定然能获得一次被这些文字所搅动起来的不安体验，成为主动的读者。而这，必将是一件更有趣的事情，就像伍尔夫所说的，"成为作者的合伙人和同谋"。

刁斗那些不安的文字，总是不喜欢给读者讲一个主题鲜明的故事，甚至混沌、飘浮，连叙述本身都排斥着读者的味蕾。在《小说阅读一得》里，刁斗说："阅读小说，就是为唤醒我心中的不安，……只要你仍能感受到不安，哪怕你读过的小说已经失去了踪影，你也并没有把它最后读完，你和它就算是结了缘了。可一旦不安在你的心里边消逝，尽管这部小说可能正被你捧在眼前，但事实上它已经远你而去。我只好对你说你们无缘。"这就是他的小说的意义，这点我完全同意，并且无话可说。作为这三本书的编辑，作为这三本书的第一个读者，我很希望把我的感受告诉这三本书的读者，刁斗诚恳的文字说出了人人心中不能示人的秘密，因为，他用忠实于内心的文字赋予了文学应有的尊严。

刁斗不是一个可以和人一本正经说话的人，不对，我又在对他妄加评论。"我跟他很熟吗？"但是，这种强烈的感觉让我不想改正我对他的评价，我还想加上一句，他还是个不正经讲故事的作家。当然，我要在文字里找到他"不正经"的佐证。《五魅娘》一文里提及的弗吉尼亚·伍尔夫、安·兰德、汉娜·阿伦特、西蒙娜·德·波伏瓦和苏姗·桑塔格这五位女性心目中女神级的人物（至少对我），她们的书排在我的书架上，面对她们，我的内心是正襟危坐而不敢轻慢的。刁斗这次好脾气地对我解释说，"为了能'中国特色'地把她们引见给我的听众，我就玩了个小小的文字游戏，拿人们更熟悉的'武媚娘'武则天当钓饵，帮我的'五魅娘'登堂入室"（《紫荆书话》）。在《紫荆书话》与朋友的对谈里，他继续对他的不正经进一步说明："其实我不敢轻薄她们，可这讲座，听众并非专业人士，而我们文化环境中的女性角色，又只流行'甄嬛''芈月''杜拉拉'，我便担心，听众对我推荐的五位'最强大脑'因为隔膜而没有兴趣。可她们，都是有能力影响全人类的文明瑰宝呀……"

厌倦"正经"的刁斗，在讲爱情故事时也不想好好讲。短篇小说《我所享受的如此丰富的爱情》，这个小说题目终于有些吸引人的意味了——"丰富的爱情"。但是我又一次误读了他的丰富爱情。这篇关于爱情的小说里，并没有一个让人期待的"正常"爱情故事，爱情在调侃戏谑的叙述里变形变质，这样的爱情裸露着生命的一种混沌苦涩的荒谬和灵魂深处的凄楚。我触摸到的是，讲述姨妈丰富爱情的刁斗脸上堆积的嬉笑和嬉笑背后的怜悯。在刁斗的词典里，"爱情"一词没有缥缈的光环，抽象的爱情附体于具象的生命，幻化成了不同的面孔和表情。"在我的写作中，我从无'定义现代的爱情'的奢望，更从未否定过爱情是一样美妙的东西。我甚至认为，除了小说，也就只有爱情才能让我活得津津有味了，若它不好我何至于这样。我在小说里对爱情进行的剪鼻毛修指甲工作，其实只是表达了如下意思：爱情不是一个冠冕堂皇的定义，而是一个五味杂陈的事件。"(《答王千马问》)总之,这是一个让人产生审美障碍的爱情故事,是刁斗的"爱情不是一个冠冕堂皇的定义,而是一个五味杂陈的事件"的具体呈现。爱情的面孔不再被我们所熟悉,包裹人性真身的爱情外衣被这篇《我所享受的如此丰富的爱情》给剪碎了。爱情仍然美好,是精神的春药,但也是最惨烈的一面镜子,它是塞壬的歌声,是生活的面纱,是人性真相里无法探测的深渊。

刁斗的小说有好几篇涉及性爱,在被隐喻的意义里,性爱代表的是生活中最私人性的领域,人在性爱中寻求庇护或者逃离,同时性爱又在突如其来之中加剧着人的不安全感。在长篇小说《回家》和中篇小说《发现》里,性爱的象征意义虽然指向不同,但它们都在精神层面上拥有着相似的悲观主义底色。这种悲观主义底色,像不动声色地通往人人内心的泥泞。

《小说》是一篇关于小说的小说,是一篇向后现代主义小说家巴塞尔姆的"碎片小说"致敬的作品,这篇作品所有材料都是传统的、具象的,却用碎片拼贴的方式以新的形式重新组合,使文本被赋予了说不清道不明的抽象意味。

长篇小说《回家》2000年发表于《作家》杂志,2002年由时代文艺出版社出版单行本,当时即有评论家认为,这是一部不容忽视的现代主义佳作,"是一部中国文化背景下的《尤利西斯》"(张赟:《我读刁斗——来自边缘的坚持》)。《回家》共分五个章节,讲述了"我"在一天的时间里,从下班开始,在回家的过程中所遭遇到的种种羁绊,使得"回家"的精神意义,在一次次的困窘与难堪中扭曲和坠落。这部小说也是一个充满形而上意味的社会寓言,它呈示出的是现代人的共同困境:对于那个能更好地养育我们、提升我们的精神家园,我们既渴望它,又逃避它。

编辑完三本书，漫游在庇护着刁斗的虚有世界里，我看见了"虚"的缥缈与神奇，"有"的超逸和自由，埋藏了虚无的黯然与消极。虽然"先锋写作，也只能是一场找不到出口的个人突围，是一次走不到边际的自我放逐"（刁斗语），但我同样也能听到，在一个诚实的小说家那里，在悲观中快乐着的是对自己的承诺，在快乐中悲观着的仍然是对自己的承诺。

李玉端印象记

"与艺术无关"是艺术家李玉端一次个展的名称。我一下就被这个名称打动了,并决定用它作为这本不知如何分类的图书书名。这个用"与艺术无关"命名的展览,我理解为,它可以与艺术无关,但必须与个体生命体验有关,与"一种自我激活和生命的自在快乐从一个边缘的地方静静地开始"(李玉端语)有关。

这当然不是一本正襟危坐的画册,我不知道该如何给它一个更专业的命名。在我看来,也许它更是一个艺术家的心灵档案与情感历史,是在过于喧嚣的世界里,一个艺术家若有所思的喃喃自语。

"虽然这个世界充满了喧嚣,但对我来说这喧嚣却始终和我隔膜着。这个现象从什么时候开始的,我已经记不清了,我唯一记得清楚的就是有种叫困惑的东西一直紧随我,软绵绵地长久纠缠着,让你所有的力量任由这软绵绵的东西吞噬消解。时间长了你会发现,你所有的力量像羽毛般轻弱。我知道这是一种无能……于是，我选择了出走。我仿佛觉得人世让人既熟悉又陌生，出走的方式竟是如此地徒劳。更多的时候便是自己和自己相处，在静静的空间里。时间长了便开始冥想和神游，时间长了也就开始了自己白日梦的世界，时间长了发现自己竟然离喧嚣那么远……因此无数的坚韧和无尽的激荡唤醒了整个的精神世界，一种自我激活和生命的自在快乐从一个边缘的地方静静地开始了……"这是李玉端在他名为"影""温度"等个展上的自序。从这些只言片语里，我窥见了一个艺术家在踽踽独行中的无奈与困守。"所有的力量像羽毛般轻弱"，这句话透露着持久的疲惫和不易觉察的严肃情绪，这种情绪是不是也暗合了他选择易碎的陶瓷作为创作的原材料呢？不得而知。虽然用他自己的话说："我用陶瓷材料是带着偶然性的，每一个材料可以带来它们自身的美感，它依附在你的作品中，比如我的想法产生之后，我会思考用生命产品表述最贴切、最符合想法的属性，所以之后在景德镇发现很多陶瓷材料可以做成另外类型的东西。对材料我没有特别介意或不介意，从触碰它的那天起，我就想它可以变成什么样有趣的作品。"但我却主观地认为，这并非偶然，而是某种神秘的相遇。尤其他的早期作品《枕头》《小床》《花》以及《秀色》等，似乎有种非陶瓷莫属的贴切与默契。

我和李玉端虽然已经认识三十年了，可多年里，他留给我的只是一些碎片化的印象，这些碎片拼凑出来的具体形象即是，一名不折不扣的赌徒，但愿我这样说没有冤枉他。当年，我看到的这个赌徒形象是狭义的，虽然过于平面，却是活生生的，印象很深的是，在他们家那间昏暗的烟雾缭绕的小屋里，年轻的时间释放着一种颓唐的气息。那时，沉醉在赌桌上的他是不是因此获得了一种自我破坏的力量，而夜深人静时又有种很深的虚脱感？他是否在一个又一个昏天黑夜里作如是想呢？那是一段用年来挥霍的日子。三十岁的他，固定在过早就定性的身份与角色里——大学教师与青年艺术家。这是一条令人羡慕的坦路，也被人定义为一种正确的人生道路，当然也是一种心照不宣的顺从，顺从命运之神的眷顾。于是，就这样在时间中积累着越来越高的身价和社会地位。

在大学任教，这是一个不可谓不高的人生起点，但是有一天，这个赌徒走神了，从这条坦路上溜走了。他先是去北京圆明园画家村，后来又辗转到景德镇。前两天和他聊天，我问他是哪年去的景德镇，他想都没想就回答我说，2004年9月28日。我吃惊这个日子他怎么记得如此清楚，就像说出他的出生日期而没有半点迟疑。就这样，他离开学校，离开本可以在此拿着课时费、接一些挣钱的雕塑活、获得和周围人一样安适的日子……如今，我重新梳理了他出走之后的艺术轨迹，我仍然坚信他具有着赌徒性格——宁可血本无归，也不要一成不变的风平浪静。在这种性格里，我能看到一种宿命，即他的赌徒性格决定了他不可能只满足于在一种与别人一模一样的、被赋予的日子里了此一生。但是，出走这一行为具有很大的冒险性，这会因此丧失人生的第一级台阶。从自我摒弃到重新寻找，前途像行走在能见度只有几米远的狭路上，前方是浓雾弥漫的蜿蜒山路，这个比方与多雾的贵州正相契合。走这种险途并不高尚，也不英雄，我也没想把出走的李玉端美化成一位勇者，我只是把这种冒险视为他要把自己的一生都押上的、与他的赌徒精神相一致的一次行为。当然了，从这一出走行为中，我还看到了他的一种姿态，即：不顺从既定的生活法则，违背着自己对自己的期盼。但正像他自己所言，"出走的方式竟是如此地徒劳"。以我的人生经验来看，这种徒劳是必然的，只不过我们都得经过时间与实证，才能说出"如此徒劳"这样无可奈何的慨叹。"更多的时候便是自己和自己相处，在静静的空间里。"因此，无论是行为上的离开，还是宅在内心的世界里，和自己相处才是唯一的、行之有效的方式。

李玉端待在离景德镇市区约十五公里的一个小村庄里，住在一栋他自己动手改建的依山临河的房子里，过着深居简出的日子。据说周围只有六七户人家，用他自己的话说，要熬得住才可能待得下来。有很长一段时间，我几乎没听到关于他的任何消息，只知道他会定期回贵大美术学院上课，上完课又离开。他的教师身份一直都在，只不过这身份的存在除了提供给他一份薪水，与他的生活不再有丝毫勾连，就像被他盘点过后扣除的那个部分。他多年都是助教身份，如果职称与艺术成就是正比的话，他的职称便和他如今的成绩达到一个让人莞尔的效果（2021年底，他的副教授职称终于公示，从助教直接评为副教授，我戏称他是跳级生），这是懒于在晋级上花时间的人的代价，职称职务在主流价值上是重要的标尺，如果甘愿放弃或不愿为此花费精力，就得忍受面对与职称职务连带着的红利时内心的失衡。这一点，他应该是清楚的，否则他也不会因此拖累自己这么多年。

近几年，李玉端每次回贵阳都会约上几位他口中的老友。他烧得一手好菜，杨安迪两手插在裤兜里，耸着他的瘦肩说，他如是个女人一定要嫁给李玉端。他大声感慨，太有口福了。李玉端做饭从头到尾旁人都插不上手，在他眼里，别人的手脚都显得不麻利不专业。有一次，我试图帮厨，他一脸看不顺眼地把活从我手中夺了过去，我只好乖乖回到朋友中去。因此，每次我们都是聊天喝茶坐等吃现成的。他做菜的水平不会比他做雕塑作品业余，当年在北京做

"三个贵州人"餐馆的名气也不是浪得的虚名,那时,"三个贵州人"是京城演艺界、文化名人常聚的场所。

他常说,他回贵阳觉得孤独。我说当然,你不孤独才怪。融不进任何一个圈子,也失去了各个圈子里的语境。这是你离家出走的代价。他不语,似乎认命了。这里面有他的主动选择,也有被动的远离。他独自走了一条岔道,越走越远,想重新回到大道上早就物不是人也非,游戏规则里也没有了他的一席之地。

"时间长了便开始冥想和神游,时间长了也就开始了自己白日梦的世界,时间长了发现自己竟然离喧嚣那么远……"要说李玉端一辈子都在做白日梦,这不是一个比喻而是事实,他的赌徒素质既顽固又坚韧,在他的词典里,也许白日梦才是真实的世界,而现实的生活倒显得如此虚幻,包括他爱听的歌手、窦唯、许巍,以及对他的精神质地有着深刻影响的崔健……他在他们的歌声里、在自己的艺术世界里啜饮着容纳存在的另一种方式。"画面中有各种各样的围墙、铁门,还有那种像洞一样的门,就感觉人是逃出来的,一直是在寻找一口自然的清新空气。这种感情状态与当时我们身处的外环境有关,就像崔健的音乐一样,在那个时候他就是在唤醒你对自由的一种希望,实际上那是一代人的一种整体精神。在我的那段经历里这个对我就显得更重要了,可以说崔健对于我来说在那个时候就是一个很重要很重要的声音,他的声音告诉了我,至少人还有一种力量。那种力量让你向前走,当时觉得是很模糊的,但是那种力量就在你的身体里。"这种遥远的记忆如今还如此清晰,多年来,他一直用实际的行动悬浮于生活之外,无不是在一遍遍地回应他永远心怀诗和远方的白日梦。要说他"所有的力量像羽毛般轻弱",不如说他从这种轻弱里获得了力量,这似乎成了他命途的悖论。他从生活中逃了出去，违背了庸常日子的本意。

"因此无数的坚韧和无尽的激荡唤醒了整个的精神世界，一种自我激活和生命的自在快乐从一个边缘的地方静静地开始了……"这是自我放逐之后的抵达，要获得内心的自由，代价是昂贵的，但回馈也是丰盈的，他在艺术中寻求表达的内心路径非常明确，从他不同时期的作品中一目了然，他作为一个艺术家的诚实本色显露无遗，因此，任何世俗的快乐都会侮辱这份独一无二的快乐——艺术的自我呈现。所以，我并不猜测李玉端在面对被世俗接纳时的欣喜，我只接收到，他在实现自由表达的过程中是诚实的。

前两天我和他去朋友的茶场，路上雾霭缭绕，他一面开车一面不止一次说，好想停下车来拍照，他说，直接画下来就是一幅好作品。这点我深以为然，客体永远是一个不能被共同命名和定义的对象，只负责反射出内心的影像。

几乎每次聚会，都会有一张新的女孩面孔，再次孑然一身的李玉端对爱情的渴求也是始终如一地固执，有时我会给他泼冷水，有代沟。他说，没有，代沟不是问题，年龄才是。我经常被他自我消解的聪明弄得无话可说。但我不服，继续打击他。哪个女孩敢和你流浪？会迷路的。他用不回答来结束我们的对话，继续低头做菜。

如今，大多数同龄人都已在积攒的日子里找到了依傍，年轻时的轻狂、迷茫和狂放，也已和脸上的皱纹、发福的身体和解。李玉端却仍在四处游走，精神上的浪迹永远在路上，他已经无法栖息在常人轻易接受的一种日子里，虽然他渴望这种平稳，本能又在力图挣脱。在他的赌徒精神里，他对爱情与自由的热望从来没有停歇。对所有人来说，这两样东西都是昂贵的，并且往往劳而无功，可他偏偏把所有的赌注都放了进去，他的神情里有一种无畏的笃信，要么获得,要么什么都没有。有时,看着从他脸上滑过的孩童般的神情,我不由慨叹,也许,本能属于上帝,顺应才属于尘世。

附记:临近过年,所有的事似乎都成了一个句号,等着年后另起一行。我答应李玉端年前把访谈做了,但不断被各种琐事中断,我给他打电话,其实是想给他说,要不就等年后做吧。但我还没来得及开口,他便说,他不能再在这里继续待下去,无所事事。他的声音听上去有些沮丧,我很能理解他现在的状态和无所事事,他不能停下来,他需要一直在路上,也许那才是他永远无法固化的栖身之所。

人活着就是为了表达
——《李玉端：与艺术无关》之贵大南苑访谈

时　间：2022年2月3日（正月初三），2022年2月18日
地　点：贵大南苑
受访人：李玉端（以下简称L）
访谈人：黄　冰（以下简称H）

在路上，我们永远年轻，永远热泪盈眶。
我在黄昏的血色中踽踽独行，感到自己不过是这个忧郁的黄昏大地上一粒微不足道的尘埃。
不过没关系，道路就是生活。

——凯鲁亚克

人活着就是为了表达

H：我写的印象记，你认为有哪些不妥或需要补充的？

L：我觉得挺好的，我们之间建立在一种比较熟悉和相互了解的基础上，写得特别中肯。当然有一点，关于赌的事情，我知道你的意思，就是我在人生许多事情上带有一种赌徒心理。我没看得这么狠，只是觉得这是我选择的一种生活，选择一种不断向前的、在路上的感觉，没那么较劲，其实挺轻松的。我选择这样一种自我认可的方式后，我就应该这样去做，倒没有故意去拧着一股劲的那种意思。

H：我明白你的意思，所以我说你不是在意识层面上，而是在潜意识层面上要这样去做。我写这篇文章时，还是想落在这样一个具有"赌徒精神"的角色上，是说因为你的这种性格，导致了或者说成就了你后来的选择。

L：我现在比以往更放松一些了，因为我这样的年龄，在接近六十岁的年龄，还能有多少有效的生命时间，我只是因为这个会产生一定的惶恐。在知道自己还有多少生命长度的时候，你会比以往更加坚定自己选择的道路。因为人嘛，活着不就是为了表达？当你有各种表达，表达不出来的时候，那么找到一种方式，沉浸在这种创作当中的时候，会给我带来缓解的力量，让自己处于一种自由的、自然的、很松的状态里。不是那种有意而为，有意而为让我很讨厌。

H：嗯嗯，同意，不过我也保留对你的猜测，坚持我的主观感受。

好，现在开始我们的正式话题。这本书当初策划时，我的设想是，图文并列的构成方式，即我们之间随性的对话、你的画家朋友、批评家的专业评论文章，这部分我称为文字的雕像。在文字中间嵌入你的雕塑作品、展览活动以及你的日常生活，用文字与图片组成的碎片拼贴的方式来呈现你的艺术轨迹。我们就以时间为线索，从你最初是从什么时候开始画画说起吧。

L：应该是初中时就开始了，也是很偶然的。在那个年龄段，人嘛，很多时候都处于所谓的迷茫、无所事事的状态，画画呢也没有刻意，就是找到了一种乐趣，觉得好玩。因为好玩和乐趣而开始迷上绘画。迷上绘画以后，越往前走，不知不觉就会有一定程度的积累。时间久了，这种积累好像与画画这件事情便分不开了。后来就考上了艺校（贵州大学美术学院前身。编注）。进了艺校之后开始系统性学习，这种系统性学习也包括自己青春期对人的一种反思，就觉得这里面似乎和你的思想情感有一种关系，可以通过绘画的途径去表达自己所想的一些事情，呈现一种联结，体验到艺术带来的、与生命相关联的不可分割的一种感受，一直到今天。

H：那时你有没有启蒙老师？

L：有。他是当地歌舞团的美工，姓何。他对我早期的影响很大。我知道的一些俄罗斯的画家，像列宾、列维坦、苏里科夫，还有希施金、谢洛夫等等，都是从他那里了解的，包括这些画家的身世。比如列维坦画的《深渊》《金色的秋天》《静静的农舍》，还有《墓地上空》……何老师通过这些画，把人的那种精神情绪用语言的方式来告诉我，从这些画家的作品里，慢慢了解了一个人深邃的思想情感和表达。

H：画册？

L：是一些零零星星的图片。后来上大学，逐渐接触到一些西方艺术家，像古典主义的，印象派早期的，印象派之前的德拉克罗瓦啊，库尔贝啊，到后来的梵高啊，高更啊，等等。从这些艺术家那里又获取了不少营养，尤其是从一些艺术家的自传里感受到生命和艺术的一种关系。

比如高更，他的那幅作品《我们从何处来？我们是谁？我们向何处去？》对生命的质问，让我也慢慢开始了学习对自己的质问。

H：那时你就确信以后要成为艺术家吗？

L：我也没怎么确定，觉得这是一条自然而然的路，就是在不知不觉中成为了你的一种生活惯性，好像离开它你会觉得很别扭，而在这种绘画的思绪中呢，就会显得很自然。是在那种潜移默化的过程中，慢慢地，包括自己的各种情绪啊，就都与绘画息息相关了。

H：你的成长环境对你的性格形成有哪些影响？

L：我觉得有巨大影响，包括到现在，在一些场合我都会显得腼腆和拘谨。包括访谈呀，我都特别害怕，本来有好多话想说，但一面对话筒，别人把录音笔打开的时候，我就紧张得难以顺畅地表达，就有一种畏惧感，这和我童年的生活有关系。当年，我们家在都匀的城郊，我父亲是当地化工厂的技术骨干。因为化工厂对城市的污染，所以都建在远离人群的郊外。我们生活的环境很狭小，周围只有几户人家,从小就没看过城市的那种喧嚣。直到后来,我父亲到城里工作,我们也搬到了城里。那时候,我突然融入一所一千多人的学校,就觉得特别惶恐,胆战心惊。因为从小没见过那么多人,所以就造成了我这种在特定环境里和人多的时候所表现出的拘谨。但是在人少的场合,几个熟悉的朋友在一起,却能打开自己。就是说,环境和对象对我来说是可以信任的时候,我就容易倾泻而出,话就特别多,几乎有些忘乎所以,包括可以做些忘乎所以的事,都很自在。

H:直到现在,你这种性格都没改变?

L:我觉得基本没改变,我觉得唯一改变的就是,作为人,对于生命的思考,我觉得有巨大的改变。

H:那天开车经过一个小镇时,你说你对这种小镇特别怀念,它让你想起了什么?或者说,它唤起了你的什么情绪?

L:我经常有这种体验,其实是个陌生的地方,但是常常唤起我一种熟悉的感觉。用今天的话讲就是,时过境迁,物是人非。其实很大程度上,人是生活在过去,未来是不可知的。过去是你经历过的,熟悉的,所以当一个景象和你过去的情绪有一种重叠的时候,就唤起一种叫乡愁的东西。这种既陌生又亲切的情绪让我有种醒不过来的感觉,像我们熟悉的民谣里的一些挽歌,实际上是对过去的一种追忆。包括我在景德镇待了这么多年,我觉得那里和我从小生活的地方特别相似。当初,我第一次开车到景德镇的时候,一点陌生感都没有。按道理景德镇是一个对我来说完全陌生的生活场域,但是我一到这种场域里去，包括墙角开的一些花啊，旁边的人家种的一些植物啊，还有建筑的样式，人们生活的方式啊，都唤起了我的童年时光的感受。所以我觉得我和景德镇是一种缘分，一点陌生感都没有。我在北京经常找不到方向，用北京话说，找不着北，东南西北分不清。但我一到这种规模相对小一些的城市，它整个的那种样式就让我感觉不会被排斥，好像我曾经生活在这个地方。所以在景德镇，没有多久我就把任何一条街都搞得清清楚楚，特别熟悉，完全没有隔膜感。

H：我记得你是先去的北京？

L：对。1989年大学毕业以后。那时候，整个人的精神是处在一种很压抑的状态里。我们有一段很封闭的历史，改革开放之后，就有了一个可以去畅想你未来的路的契机，那个时候就想去远方，这个远方与你生活的这个熟悉的城市造成了一种冲突和矛盾。当时找工作也比较困难，我正处在一个三无状态。毕业后我对自己没有交代，要去何方也很迷茫，所以，一毕业就去了北京。

当时在北京有一个叫圆明园（圆明园画家村，下同）的地方，聚集了好多有情怀的来自不同地方的朋友。我把他们叫作远方的朋友。加上几个发小哥们，他们也在圆明园，所以自然而然地，我就去了。

到了圆明园没多久，就接到通知，说我留校了。我就又回到学校。

H：你在圆明园待了多久？

L：待了小半年时间。许多圆明园的老艺术家在谈到当年的圆明园时,都把我归到这个群落里。我经常给他们开玩笑说,我只是一个过客,蜻蜓点水,我说我是小憩了一下。当时我觉得圆明园最有意思的是什么呢,这帮人不为名也不为利,就为一种青春期的那种叛逆和梦想,有一种乌托邦的梦想。

H:圆明园当时有哪些艺术家?

L:当时有陈逸青,就是画《出青海》的陈逸青,还有郭健,摩根,方力钧,最早的就这些人。

H:圆明园什么时候解散的?

L:大概是(20世纪)90年代中期吧。

H:在圆明园的这半年,对你有什么影响?

L:我觉得对我的影响还是挺大的。这一群应该是志同道合、趣味相投的人,都对自己的未来充满了各种各样的幻想,艺术总得要靠这样的幻想来实现。我觉得那半年很有意思。回到贵州之后,贵州就要封闭一些。当时我的绘画相对来说,在思考上会比较超前,我当时就已经很少去关注色彩的关系呀,所谓的冷暖关系呀,所谓画一个人的比例关系呀,完全从我的心里出发,带一点心理的后表现主义时期的绘画特点。当时的贵州绘画还处在一种平静的水面上,相对而言呢,周围好多朋友就不理解,我究竟在干什么。所以那几年我就有点彷徨,是我比较迷茫的一个时期。那个时候我处在找不到一个所谓共鸣的状态里，然后我就跑到山间，开始一个阶段的钓鱼生活。

H：你在谈到自己的创作时说："画面中有各种各样的围墙、铁门，还有那种像洞一样的门，就感觉人是逃出来的，一直是在寻找一口自然的清新空气。这种情感状态与当时我们身处的外部环境有关。"你能详细谈谈，当时外部环境给你带来的这种情绪吗？

L：我觉得当时是一个集体的处境，而不是某个人的处境。因为我们所接触的文化是单一性的，直到（20世纪）80年代后期，改革开放以后，你会接触到各种信息，自然而然地就会有一种文化上的比较，你会经常看到各种各样的展览，当各种画派出现的时候，你内心会选择沉默。尤其是在各种文化相互交往的过程中，难免会对我造成思绪上的混乱，那时，我就想，我该如何解决自己的问题呢？所以那时候大部分的情绪是处在一种低迷的、对自己来说是压抑而对外部来说是一种压制的状态。那时我就会想，如何把这堵禁锢心灵的墙给凿开，所以那时候的画都是这种情绪的表达或者说释放。比如我有一幅画里的路灯，把它画成一只眼睛，好像随时随地都在窥视着你。还有一扇门画成门洞，就是一种想向外逃离的情绪。

H：我在写你的印象记时，想起美国"垮掉的一代"代表作家凯鲁亚克的长篇小说《在路上》，这部作品被公认为是20世纪60年代嬉皮士运动和"垮掉一代"的经典之作。在这本书里，凯鲁亚克有一句话，我觉得特别能回应你当初的那种状态。他说："我还年轻，我渴望上路。带着最初的激情，追寻着最初的梦想，感受着最初的体验，我们上路吧。"当时你决定出走，是不是也有这样的一种不可抑制的情绪。刚才你也说,你并不是有意识地、自发地这样去做,而是顺应你内心的一种情绪。我这样理解对不对?

L:我觉得再一次离开的原因,有一点是比较清晰的,就是我所处的这个环境,如果想用一种今天叫当代艺术的方式来思考作品和你的虔诚的时候,我就觉得我身处的这个环境给我带来一种制约感,在文化上的那种制约。贵州当时和一个一线城市,或者说和一个有文化交往的地方比,它有一种相去甚远的感觉,像一个纯天然的平静湖面,不受外部风波的干扰,而是保持着一种惯性。所以当时我就很清楚,如果我在这样一个环境中待下去的话……一个人嘛,你没有一种比较,这是一种很可怕的状态,包括自己对心灵的一种照应,一种关切,和获取外部信息的一种力量,如果我选择继续待在贵州这个环境里,我终将无所事事。所以我第二次出走,就是因为,我再次强烈地意识到自己的这种需要。

有时候走一些歧途,对自己反而是件好事

H:第二次出走是哪年?

L:我是2002年再次离开贵州的。当时离开贵州也挺荒诞的。离开以后,又觉得生存是个问题,生活上非常拮据,就在北京开了"三个贵州人"。

H:"三个贵州人"当时在北京做得很有名气,是北京文化人和

演艺圈的吃饭打卡地。如果不是因为人的因素终止,你会不会继续做下去?

L:我觉得这个餐厅是做到一定的时候自然结束的,这是它的必然归宿吧。因为我们三个人都是搞艺术的,都怀揣各自的艺术梦想,当初之所以开餐厅,是因为当时的经济状况不是太好,希望通过开餐厅来让自己活得不那么纠结,稍微活得自然一点。但是慢慢地,大家就感到需要耗费很多精力和时间在这上边,再加上我们三个人都不擅长商业管理和对市场的判断,实际上从某种程度上来说是缺乏这种经验的,因此走到那一步其实也是一个自然的结果。

H:你离开贵州之后,学校一直保留着你的工作籍,这点对你还是很重要,学校对你也挺好的,看得出学校对艺术家的一种爱护和包容。

L:是的,我多年来便是在北京、贵阳和景德镇三地往返。在学校上完课,又可以向外走。

H:现在,你再回过来看在路上的这些年,是什么样的心情?

L:一言难尽,五味杂陈。人嘛,选择所走的这条路,虽然漫长,但对生命来说是很短暂的,现在回想这个过程,其实有好多时间是自己糟践了,如果换成今天我的这个态度来对待以前的我,所谓的成功可能早就成就了。但是,这是不能假设的,很多时候每一步都要靠自己觉悟着往前走。在这个觉悟过程中,会拉开一个很长的距离,让你长期处于比较低迷的情绪里，所以会去干一些荒唐的事，也浪费了很多时间。我年轻的时候是没有时间观念的，也很放纵自己。

H：开句玩笑，我觉得凯鲁亚克有句话就像是对你说的："世界旅行不像它看上去的那么美好，只是在你从所有炎热和狼狈中归来之后，你忘记了所受的折磨，回忆着看见过的不可思议的景色，它才是美好的。"是不是这样呢？

L：我觉得是这样的，当初你有一个方向，但在走向它的时候，你会有许多的孤寂和茫然。但是，当走过长长的这样一段路，你仍然坚持的时候，最终走到一个相对而言的你的人生低谷，算是一个小憩，把它叫作一个暂时的终点也好，再回过头来看，你穿过的这些时光，会觉得是值得的。因为你看到了别人看不到的东西，你会从这里面感受一种生命的存在。所以我觉得每一个成功的人，他的每一步不一定都是正确的，有时候走一些歧途，对自己反而是件好事。

H：对对对，所谓正确，是别人眼里的标准。那么又是什么原因导致你去了景德镇？

L：因为从北京回到贵州以后，这一段时光里，有好些年，我没干任何事情，包括我在那些山川湖泊里钓鱼的时候我都在想，时间很漫长，觉得自己是滞留的，整个人处在一种止而不前的状态里。经常感到很惶恐，作为人嘛，总该有所表达。一直有这种情绪在心里，特别强烈。我觉得我老这样下去可能就完蛋了，所以我2002年又回北京了。回到北京以后，那一段时间我没做任何关于艺术的工作，但是我脑子里一直在想，如果我即将要做的时候，我是在什么样的维度上，我和今天艺术的距离在哪点。

后来有几个艺术家朋友从国外回来，原来在圆明园都挺好的几个艺术家。回来之后就经常在一起聊天，他们说老李，你原来挺有才气的，画的东西也不错，也挺有想法的，你怎么会停这么长时间。但是，我没有开始这个工作的时候，我就不愿去谈自己将来会如何如何，或者抱负呀什么的。后来，因为他们也比较关心我嘛，我们三个人就共同思考了一个作品，这个作品做到最后，落实到具体用什么材料来呈现它的时候，有个朋友说最好用陶瓷，我们就因为这个事情，要把它变成一个陶瓷的作品，所以就到了今天。一直到了景德镇之后。

有时候人的这种路特别好玩，你的理想好像在一个充满沼泽的远方，你必须要穿越这个沼泽，然后越走越远，越走越远，就没有了回头是岸的这种情况。走到一定的时候，你反而觉得靠近彼岸的那条路比回头是岸还要更加让人坚定，所以你就义无反顾地向前了。

我在景德镇待了这么些年，大概就有点类似于我说的这种情况。

H：在北京和景德镇这么多年的经历，是不是帮你明确了艺术创作的一个定位和方向？

L：人在没有认识自己和这个事情发生之前，除了迷茫，对我来说一切都是未知的，但是当你可以去表达自己的时候，你就觉得这个比任何事情都重要。我从表达自己的角度找到了一种未来的方向。作为人嘛，你的很多喜怒哀乐，找到了一种倾诉的方式，我就觉得为这种倾诉本身去活着，我觉得这个意义就大于任何作用于人的其他那种别人认可的意义,我觉得这才是作为一个人为之付出的意义,我是这么认为的。

H:我们假设,如果你一开始就留在艺校一直教书,从来没离开,你能不能设想你现在是什么状态呢?虽然许多事情是没法假设的。但是我认为这个假设是成立的,因为你是主动的,而不是被动地选择。

L:我觉得可能生活会好一点,会稳定一点,趋于一种眼前的安逸和不需要太多的付出。但是精神上可能还是会走向更加黑暗和痛苦,因为精神上你得不到舒展自己的那种姿态。我觉得人必有失有得嘛,也就是说,你得到的可能就是人们所能够得到的,但是作为一个个体生命,可能缺少心灵的一种安慰,我觉得可能会缺失得更多。

H:所以,出走这么多年,对你是有回报的。

L:我觉得至少是一种心灵的慰藉,找到了一个方向和路径,不再让你感到迷茫,当然寻找本身也是一个迷茫的过程,但是它会让你不至于一辈子迷茫。

H:那么到现在,你在这条路上这么多年,你那种我们讲的艺术的道路,你觉得是变得更清晰了吗?

L:肯定是更加清晰了,因为你从没有经验开始到具备了经验,你经历了从一种浅认知走向一种深认知的那个过程,这本身就像大浪淘沙一样，通过淘洗，让自己变得特别澄明，然后你要表达的那种东西，你就会用一种极简的、极纯粹的方式呈现出来。

其实艺术是充满泥泞的一条路，但就是在这么一个过程里取其精华去其糟粕，让你越来越明晰，你的一个意义可以通过一个方式去呈现得这么清晰，这么让人觉得舒服。

H：我看你在一篇文章里说，崔健在那个时候唤醒了你对自由的一种期望。在你那段经历里，崔健对你是个很重要很重要的声音。我认为，对我们这一代人来说，崔健都是一种精神上的启蒙。你觉得崔健他对你最本质的影响是什么？

L：我觉得不止崔健对我有影响，包括像窦唯呀，包括像酷玩乐队呀，包括像U2呀，包括平克·弗洛伊德呀，还包括贝多芬、莫扎特、勃拉姆斯呀……好多好多音乐家。所以我现在，基本上是每天只要醒来，不管我是在工作或是不在工作的时候，我都要听音乐，我觉得音乐和生命有一种自然的切入，然后再形成一种流淌的感觉，在身体里循环和滚动。崔健的摇滚乐当然是很强的一种力量，摇滚本身讲的是自我精神的一种解答。我们处在青春期的时候，他那种非常坚韧的东西，当你在走上这条路的时候，像一个鼓励你的新生力量，让你勇往直前的一种力量。当然今天摇滚乐对我来说依然是不一样的。

H：当时崔健的歌带来一种真正的力量，一下就把人给打醒了。

L：对对对，就是充满力量的东西，它永远让我们处在一种觉醒的状态里面，我就觉得他的意义非常重大。之所以说每天都喜欢听音乐，是因为音乐给你带来不同的东西。当然，古典音乐和现代音乐，包括摇滚乐它是不一样的，它给人的心理上构成的那种力量是不一样的，但是我现在习惯去听每一种音乐。

H：崔健那句"我不知道我要什么，但我知道我反对什么"，唱出了当时人们的思想处境，有种醍醐灌顶的震撼。我觉得他这种摇滚的精神现在慢慢地失落了。对你来说，他的这种力量现在还在不在？

L：对我来说依然在。当然是对于某些人而言，人嘛各取所需，需求是不一样的。但是我现在不会刻意地去选择什么音乐了，一个人不能久久地活在一种选择的挣扎里面，这样会特别累，年轻的时候有必要这么来做，而现在我对音乐的态度就像偶遇一样，在不经意中感觉到什么声音更接近此时此刻的心情就顺着来，以自然的方式去感受和接纳。我现在更偏向于电子音乐，因为它和你的幻想关联着，当你闭目之时它会带着你无边无际地神游，仿佛离开人间似的，那种神游和幻想让你忘了你自己，忘了现实的一切不堪，一种灵魂游荡的舒服，偶尔还会让你感受到很多超现实的画面场景。

H：还有窦唯，这么多年像一名隐士，始终不在公众的视野里，只是偶尔听到他的新曲子。

L：窦唯对中国传统文化，具有一种比较深入骨髓的东西。我觉得他带有一种出世精神，有点像道家的东西。他这种精神上出世的艺术家有点参禅的那种意味。

我个人不太喜欢那些太明确的东西

H：对，出世精神，这种说法挺准。好，我们接着下面的话题。说说你创作时的习惯，你是如何构思一幅作品的？

L：当你刻意去想，你要形成一个风格和作品的时候，此路不通，基本上没有打开智慧之门的这把钥匙。我经常在一种不经意当中——哎，有一个东西突然跃入我的脑海里，就觉得那一分钟控制不了自己，我就去追回这个进入脑海里的东西，被它瞬间所感动的那种力量，我如何让它延长下来？我经常在一些交通工具上，比如说我从贵州开车去景德镇的路上，又从景德镇开往北京的路上，我经常在速度和音乐，还有景象不断闪烁的这种景况当中，猛然间就诞生一个想法。这个想法虽然是瞬间的，但是它和你的经历、体验会产生一种关联感，所以我经常在这里面产生一些所谓的做作品的念头。然后过一段时间，这个东西在你心里还会不停滚动的时候，于是我就会把它给做下来。它开始于一个非常感动的瞬间。

H：灵感迸发，然后沉淀，由此导致作品的产生。

L：对对对。

H：你认为你的雕塑语言能够完全呈现你所要表达的内容吗？选择陶瓷这种材料对你的创作意味着什么？

L：到景德镇后期以后，我开始对这个材料进行了真正的思考。

初到景德镇的时候，我是在借用这种传统材料，还有一些工艺，再加上我自己赋予了一个主体性在里面，最早的作品大概基本上是这个情况。后来我就抛去了这种依附于固定材料的形式，而是在寻找材料的边界，也就是说，通过这个材料本身去诠释一个新的意义。我反复对这种材料进行一种化学性和物理性的研究，所以到后来，我的作品和过去的作品又不太一样。完全从材料上来说，它最大的承受能力在哪一点，它可以盛开到哪一步，打开到哪一步，我最后再对这个材料进行一种追问。

H：比如你后来的这些作品？《风景》系列，还有我暂且把它叫作《泡泡》的作品？这种边界的尝试，它诠释的意义是什么？

L：早期的作品借鉴和应用了各种各样古代传统工艺，像粉彩以及一些手绘，然后和自己的一些想法相结合，通过各种各样的方式，多种工艺的考量，让它的综合性形成一个你思考的作品的方向。比如我刚到景德镇，以及到景德镇之后相当一段时间内，都在做这样的作品。但是时间长了之后，你就会发现这个材料本身它可以解决问题，所以就自然地回到材料本身上来，去掉过去传统工艺的部分，以一个很纯粹、很直观的方式，通过材料本身来传递你自己的想法，这是后来的作品。我自己也倾向于后期的作品，因为它没有过多的那种需要介入的载体，它是直接和材料本身相关的一种纯粹的体验。因此后期的作品，我花了很长时间探索材料性质的边界，寻找它可承载表达我的想法的最大的可能性。通过反复的试验，最终找到了可以形成这个作品的支点。

H：你如何评价自己的作品？

L：我觉得我一直是一个……我不想自己形成一个作品风格之后，永远在这风格系统里，这样我受不了。因为我觉得生命是无止境的，就像一条路一样，你想通过这条路走到一个穷尽的地方是不可能的，这是一条遥遥无期的长远的路。但在这条长路上也会不断地有生命的感悟，我是顺从这个意义来做作品，而不是在一个风格里躺下来，就一直是这个风格了，我觉得它是无止境的。

H：美国作家福克纳在接受"巴黎评论"的访谈时，人家问他如何评价自己的作品，他说，他会把最使他心烦、最使他苦恼的一部拿出来作为依据，就好比做娘的固然疼爱当上牧师的儿子，可她更心疼的，却是做了盗贼或者成了杀人犯的儿子。我觉得他的这种说法很有趣。你会以哪种心态对待你不满意的作品？前提当然是你有不满意的作品，如果没有，这个问题就跳过去。

L：有很多不满意的作品。其实作品在你的灵感产生的时候，那也只是一瞬间，而一件作品真正实现，要靠很多理性的行为去完成。比如有时候，冒个泡你就马上去做这个泡，这个作品很容易就灰飞烟灭了，它不会久住在你的心里。有时候你冒一个想法，你后面要对这个作品有那种追问感，它是否有那种长时间驻留在你心里、让你感动的东西。所以说灵感固然重要，但是后面的理性的、推动作品的这种东西也很重要。我有过很多不好的作品，对我而言，这些作品到今天我都不愿意多看一眼，但有些作品，每次看到我都会产生不一样的心境，我就觉得这种就是好的作品。尽管那个语言形式很固定，但它呈现的那种东西，却可以余味深长，每一次看它都会让你产生不一样的感觉，我觉得这就是好作品。

H：我印象比较深的是你的早期作品，当时我在《山花》"视觉人文"栏目给你做的那些作品。我觉得这里面有一种自我解剖的力量，在那些作品里，我看到一种透着绝望的微笑，比如你的"小床"系列、"秀色"系列，有一种不可言说的言说，就像你所说的那种"所有的力量像羽毛般轻弱"的情绪。我可不可以这样理解，那时的作品，陶瓷材料是手段，而不是目的，与你这几年寻找边界的作品完全不一样。你自己如何看待那个时期的作品？

L：我觉得思考作品是这样的，早期有几件作品我自己也比较喜欢的，包括《噩梦》，有时候你思考作品的时候，和人生的这个时期的经历有很强烈的关系。也就是说，你穿越在荆棘的路上太久以后，最后突然发现你寻找的东西其实是那么简单和单纯。我们走这么遥远的路，就是为了看天边那一抹彩虹，以及心里的一种感动，好多东西你原来有一种朦胧感，你叙述不清楚，但是你走了一条长长的路之后，它让你澄清了心里的这种幻象，用一种特别有效和纯粹的语言把它呈现得特别清楚。你刚刚谈到的更早期的那些绘画作品，它给人一种压抑和迷茫的感觉，但这个思绪本身也有一种混沌感，就是我们行走穿越这么多路程，就是为了把这种混沌感给消除掉，更有效地让一个作品一下子就呈现出你和观众之间所能产生共性的那种认识感。我觉得做作品，就像做人一样，是要把这个事情做明白。当然我们讲的这个混沌感，很大程度上我是指一个人辨别事物的这种能力。有些人他模模糊糊地表达这件事情的看法，但是并没有表达清楚。

H：我明白你的意思，通过一个混沌甚至是迷茫期之后，表达的方向会更清晰，就是那个痛点，它会越来越清晰，越来越明确，其实就是我们所说的那种独一无二的、无法抗拒的体验。这个过程挺不容易，首先要剔除掉不知不觉被固化的一种思维模式、表达模式。但是反过来，在表达的时候却又不能做得太明确。我个人是不太喜欢那种太明确的东西，就是一眼看到头的那种明确，我喜欢有混沌感的作品，而不是清晰感。包括你后来的作品叫——就是好多泡泡那个，《泡泡》？《蝉羽》？我看它时，觉得它呈现的就是不明确，或者说它的雕塑语言并不是具象的。当然这件作品有一点是清晰的，就是你说的，材料的边界。除此之外，它观看的维度其实很多。所以，我自己的感觉，只要作品给我带来一种冲击和被搅动的情绪，我就会接受，也许这种冲击和情绪是无法用文字还原的。

L：实际上这个泡泡作品到今天我也没有个好的名字赋予它，我主要想表达的是一种重生的感觉。

H：所以回到我刚才讲的这点上，你这组作品就特别有意思，就是让人产生了一种混沌感，你无法用文字更准确地表述清晰，你到底要干什么，但是看到这件作品的人，会有一种心照不宣的回应，它不需要更明确。但是你把你的意图说出来，你想表达一种重生的感觉，我甚至都觉得你把它固化了，而对我来说，我看到的恰好是一种易碎的生命状态。用一句很文学的表达就是，我们的生命薄如蝉羽。这是我省一位作家曹永的小说名，我觉得很贴切。我这样说好像也不对，我也给它贴标签了。

L：这些作品产生出不同情绪，这是结果。比如我在思考这些作品的时候，我不能混沌，我必须要把生命那种痛和重生的力量呈现出来，对我来说是清晰的，我不能混沌，如果我有一种混沌地、模糊地知道这个作品可以这样的时候，作品做出来是有问题的。但是我们在读这个作品的时候，这个作品给了很多倾向，不同的人对生命的体验，接收到的那种信息是不一样的，但是我在做这个作品之前我必须要想清楚。从某种程度和意义上来说，你讲的"生命薄如蝉羽"的表达也是对的。

H：对对对，你当然是清晰的，我们讲的不矛盾，我讲的混沌，是作品造成的这种混沌的观看效果，是它呈现出的效果，但是创作的时候你不能混沌，你是清晰的。所以我认为，这种作品呈现给人的才是一种多维的，就是每个人看到它时，他的阅历、认知等等，决定了他所感受到的是不一样的东西，而不是一种统一的、明确的、标准答案的作品。

L：就是一种痛感和脆弱的生命的东西，会有破茧而出的一种伤感在里面。

H：所以无论什么主义，写实、表现还是抽象，好的作品都有一个共同特质，就是它是否能搅动观者的情绪。我不知道这样说是否太狭隘，但艺术还是要回到人。贡布里希在他那本著名的《艺术的故事》里如是说：没有艺术这回事，只有艺术家而已。

L：这个话要看怎么理解，我觉得今天的艺术和以往不太一样。

以往的艺术它技术上的成分挺多的,就是没有技术,基本上形成不了艺术。但今天人们已经进入了后现代主义的那种语境,好多东西它再也不是过去那样要通过技术才能实现的。

H:你在整个创作过程中,心里会不会有观者?就是你在做这个作品的时候,会不会想到别人会如何接受你的作品?

L:我更大程度都不太关注别人怎么看这个作品,我更大程度关注自己会不会被这个想法感动,如果这个想法你自己都能感动,我想也能感动别人。如果你首先去考虑别人的观看,或者说别人的感受,我觉得,作为一个艺术家来说,他就没办法向前,没有办法做作品了,这个基本的立场和态度应该具备,审视一个作品之所以能够感动人,是因为它独一无二,它是每个人独立的心灵碰撞出来的一种内心的东西。我觉得考虑自己应该是第一要素。

H:我懂你意思,就是你只直面你自己,把你最真实的、最强烈的东西,通过你的作品呈现出来。但是在这种表达过程当中,你有没有顾忌或者禁忌,也就是说,在创作过程中,毕竟还是要面临比如说发表、做展览,都会面临一个审查,那么在这个方面,你在做的过程中,会不会对自己的作品先做一个自我审查呢?

L:尽管我用个体的方式呈现我自己的想法,但是我已经和社会有一种融入的关系,在融入的关系里,实际上它有一种共性在里面,有一种大家认可的意义在里面,但是我必须通过自己这个个体来提炼出这个作品的一种态度。如果我只是用普遍的态度来看世界的话,我这个个体就没有意义。所以对我来说，我同时是一个社会的人，也是一个个体的人，我如何从社会的这个角度来看待自己的认识，来看待社会的问题……所以我通过这种积累来体现出个人的观点，这个个人的观点本身就涵盖了个体和社会的关系。

H：我觉得作品，当然也包括其他门类的艺术作品，应当回到关注人性上去，诚实地表达是一个艺术家的道德。金斯堡有一首诗《嚎叫》，他自己就说，他在写这篇作品的时候，没想到要发表，他觉得这个顾虑随着作品真实性的形成被忽略了。他说他作品面对的是这样一个读者群，"是为那些不从道德角度去评判，而只是寻找人性的证明、隐秘的想法或坦率真话的人写的"。我觉得这就是艺术的一种本质价值，我是这样理解的。

L：他说得很对，说得非常准，我也是这样来做这个事情。本身你作为一个生命，你从出生那天开始就走向死亡，在这个过程里你肯定有好多爱与痛。我们的思维里还会有一种诗化的幻想，我们必须要把这种东西彻彻底底地呈现出来，其实我的出发点和你讲到的这个诗人的观点是一致的，我觉得通过一个个体的生命的挣扎，让人看到鲜活的生命的一种态度，或者是一种样式，一种呈现作品的样式。我非常赞同这个诗人。

H：在你的理解里，你认为的艺术法则是什么？

L：我觉得没有法则可言。唯一有的就是你生命里头的那种经历，你如何去表达这种经历，也就是生命带给你的这种感受，你怎么去表达它。我觉得只要把这个东西解决了，就所有的法则都解决了。因为法则是一个学理上的问题，但是艺术更应该是遵从生命的体验本身，如果你没有经历过生命中那种阵痛与狂喜，没有各种各样的对生命发出追问的那种东西，所有的法则都是没有意义的。

以一种固定的方式界定一个艺术家是荒谬的

H：现在很多艺术家都会把他的艺术和金钱挂钩，在你看来，你觉得艺术和金钱之间是什么关系？

L：对我来说艺术也没那么神圣，它就是你喜欢的一个东西，但是，我也没有刻意要把这些东西变现，变成财富，我从来就没这样想过，如果这样想的话，你也做不了，也坚持不下来。也就是说，变现这是另外一个事情，当然我会有一些合作的机构，他们来做这个展览啊，销售啊，但我是干不了这个事情，我觉得还是因为迷恋，是对这个事情本身的那种迷恋。

H：你不会考虑市场？

L：对我来说，如果还能够糊口，我觉得这个事情就意义不大。

H：那天聊天时聊到的这个话题，我有必要继续追问一下。你会不会接受命题作品？纯粹挣钱的活。那天你说，会，有钱的活你也不会拒绝。这是句玩笑还是认真的回答？如果是玩笑，今天严肃地回答一次。

L：这种事情是这样，如果对方信任你，给你一个空间让你去做你的作品的时候，我当然会欣然答应。但是，如果对方有一个要求，他有一个命题，让你去完成他的命题，一般这种事情我是不会去接纳，因为这里头挺复杂。

H：如果钱很多呢，哈哈哈……

L：钱很多当然就是另外一回事，但是往往都并不是钱很多的情况。

H：好嘛，上面的回答，"钱很多"不在此列。那么，继续假设，比方说一个钱很多的命题作品，前提是"钱很多"哈，你接了，你觉得对你的创作会不会有伤害？

L：我觉得是耽误时间而已。

H：你认不认为经济上的自由对艺术的创作是一个前提和保障？

L：当然，起码要有个吃口饭的这种能力才能去做艺术，如果你失去这个能力，你做艺术的话也挺荒诞的，你连饭都吃不起了，你去做艺术，用一句我们通常说的好玩的话叫：情何以堪。就是基本的物质保障要有。

H：嗯，情何以堪，嘻嘻。你认为好的艺术家应该是什么样子？

L：我觉得好的艺术家挺多的，因为艺术家已经没有办法用一种类型来呈现他的价值。在当今，特别牛的艺术家、特别好的艺术家特别多……你刚问的是什么？

H：我的问题是，你觉得什么样的艺术家是好艺术家？这是个小学生问题，你也可以不回答。

L：好的艺术家太多了，我比较喜欢的艺术家像罗思科、培根、里希特，还有很多很多艺术家，包括梵高啊，德拉克罗瓦啊，因为他们是个历史递进的关系，所以从历史到现在都有不少优秀的艺术家，特别让人迷恋和喜欢。

H：有没有偏爱的？

L：好的优秀的艺术家挺多的，但是我觉得，艺术最终还是得从自己的心灵出发，艺术就是一条永远在找寻自己的旅途，好的艺术家就是终其一生都在路上寻找自己。

H：在你熟悉的艺术家里，你觉得哪一个艺术家和你的这种精神气质比较契合？

L：我觉得挺难的，每个艺术家他作为一个生命的那种独特的特质都是不一样的，好像我也从来没想过这个问题，我只想作为我自己来说，我觉得特别难回答。因为我觉得艺术家之所以好，是因为他的不重样，每个艺术家都是好的艺术家，都是独特的一种生命个体，很难找到一个重复性的东西。但我觉得，我和王小波的经历有点类似，所以每次聊到他，我就觉得我是特别理解和了解他的人，虽然我们是跨越一个年代的不同的人。他在云南当知青的那个阶段，太寂寞了，当时，面对那种背景下的知青生活，如果他不把他的后脑打开一下，产生一个想象的空间，我想那时光会令他窒息的，就是那种活着的无趣。而正因为那种活着的无趣，让他产生了一种对小说对人性的那种幻想，所以他就写出了特别好的小说。但是我和他在不同的时光里，我们特别相似的在哪里呢？我后来跑到景德镇的村子里，自己盖工作室，在那里自己做作品，我就特别理解王小波那一段基本是孤寂的时光，虽然旁边有人，但是那些人和他的精神世界不连在一起，那种孤独感，我就从这个意义上理解了他。小说和艺术的相似点在哪里呢？有时候它不是一个真实的东西，它是一种幻想，它是一种打开你幻想的方向。比如他那篇《寻找无双》，其实无双不存在，他假设有一个无双，假设有一段爱情，就是因为这种假设，这个人就能够活下来了，里面有了一种念想。我觉得我在景德镇那一段时光里，在村子里做作品的那段时光，实际上，和他的这个境遇很相似，也是一种念想。

H：对，它不是一个真实的东西，它是一种幻想。用克尔凯郭尔的话说，艺术类似于信仰和孤独，最终指向虚无。在王小波这里，你更深地体验到一种情绪和内心的处境，能在这种情绪里投射出你的心灵图像，找到一种回应，我觉得这就是精神上的契合。

L：人在生命的时光里会经历各种各样的情绪，有些会让你难以忘记，有些转瞬即逝。这些情绪对艺术家来说它本身很重要，有些会让你蔓延出无边无际的、跟你的生活相关的那种经验，而这个经验本身它可以转换成一个很有效的东西。

……

H：作为商品的艺术，最具有代表性的就是美国当代艺术家杰夫·昆斯，他的作品经常刷新拍卖纪录，同时他又是一个特别有争议的艺术家。有些人就认为他把波普艺术的逻辑推向极致，成功地解决了艺术和商品之间的这样一种分裂，他的艺术拥有最高的认可度。艺术这种精英文化，是一般老百姓看不懂、也不会去接受的文化，杰夫·昆斯则是对精英审美的这种颠覆的代表，有人认为他是个特别狡猾的商人，在商业上特别会运作，就是说，他用庸俗的作品满足了中产阶级的这部分人群空洞乏味的想象力，并且彻底败坏了艺术的趣味……不过，不论对昆斯如何评价，昆斯实际上他真正完成了艺术的这种商品化，完成了艺术家向商业家转换。你如何看待像昆斯这样的艺术家，以及这样一种艺术现象？

L：像杰夫·昆斯，包括朗姆霍斯特，像这些艺术家，他们的设计感太强了，他们实际上有点像搞建筑设计的那种感觉，就是出一个新的样式的那种东西，这类艺术家不太是我喜欢的那种艺术家，因为他们解决的是一种娱乐化的、消费文化上的东西。就是说，他们有预谋和设计，但这我是不太喜欢的，因为他们从消费文化的意义上来说，解决了一种类型的东西，这是没有问题的，但他偏离了人类的好多哲学命题，人类精神的好多追问，这种艺术就是比较娱乐化的一种方式。

H：但他同样也迎合了大部分人对这种艺术的需要和定位。

L：当然啊你想，这么多人种，这么多人群，层次不一样，他们的喜怒哀乐都不一样，所以他迎合了一部分人的这种喜好，我觉得这个也没问题，但是我觉得，艺术它还是带有一种对生命意义的那种追问在里面，我喜欢这种类型的艺术。

H：对艺术你始终怀有一种虔敬心。

L：对，我觉得就像一个宗教徒一样，他们永远朝向寺庙行进的那种虔诚心，我觉得这种心态也比较能让自己平静和安慰，任何人都干扰不到你向这个方向去的那种坚定的意志。

H：对，艺术的信徒，还有一个比较有意思的"题目"也想让你来做做。英国的多栖艺术家约翰·伯格，他是画家、批评家和诗人，他在文章《原始艺术与专业艺术》里谈到了原始艺术与专业艺术这两种阶级划分的概念。他认为专业艺术是欧洲"文明的"统治阶级所定义的，或者说具有话语权的阶层定义的。他的这个话题我觉得在21世纪的今天也很有现实意味，当然他在谈到这两种艺术领域时，身份的界线是清晰的，即"大部分的职业艺术家从年轻时就开始他们的训练，而原始艺术家则大多数是在中年，甚至到晚年才开始从事绘画或雕塑的工作。他们的作品通常来自丰富的个人体验，也（是）累积了丰富人生经验的深度与强度所形成的结果……专业艺术家和统治或渴望统治的阶层之间的关系是复杂且多样化的。训练,他才成为专业者,传统的训练教了他一套惯用的艺术技巧,这些惯用手法是如此密切地和他本身所效劳的阶层的经验与社会态度相一致,被视为记录并保存永恒真理的唯一途径"。当时的原始艺术和专业艺术靠阶级来划分,原始艺术家它是划分在另外一个阶层里。假设,我们按文中所界定的阶级,就是说,你受过专业训练,从这个概念出发,你应该被划到"专业艺术"这个阶层,但是从你个人对艺术的选择来看,你又不是在使用传统的艺术法则,或者说不在专业艺术的游戏规则里,即你在有意离开一种既定的经验和公认的社会角色。这当然是我对你的一种主观猜测。虽然现在这两种身份都在相互交叉,但我觉得有一种本质性的、隐性的区分是继续存在的。所以,我觉得这个问题也是存在的,那么,你如何在这个概念下界定自己?也就是说,你认为你属于原始艺术家还是专业艺术家呢?这个问题有点缠绕哈。

L:这个问题挺好玩的。我觉得今天是一个多元化的时代,所以我们今天来回答这个问题的时候,本身就跨越了一两个世纪,所以他的话语在当时可能有一些针对性,但今天来说,全球化时代已经是一个网络时代了,它这个话题可能也要被颠覆,或者说它存在的意义也不是太大,因为当一个新的艺术产生以后,它肯定极具批判性,它如果不具备这种批判性的力量,也承接不到新的艺术。所以今天这个多元化时代来讲,我倒觉得这个划分稍微有点粗暴,因为任何信息的来源,任何获取灵感的地方,都是让你想象不到的,它获取的知识渠道的途径,也有让你想象不到的。所以用一种固定的方式界定一个艺术家属于哪种类型,就显得荒谬了。我有过学院的这种训练,然后学院之前我有过青春期的叛逆,有那种孤独边缘的城乡的一种心情,然后从那种地方到学院，从学院又到反学院，然后回到自己。靠真正的人性和自由去传达一种你的所思所想的时候，我觉得在艺术上，便没有一个恒定永久的真理，它只是看你呈现的是不是你自己，是不是真正来源于你关注的一个点上。我觉得划分自己属于哪一类艺术家的时候，这种东西就显得很有问题。

H：这个话题我也想过要不要讨论，毕竟正像你说的，现在是个全球化时代，信息的获取已经不可同日而语，但是，我倒觉得可以把"原始艺术家与专业艺术家"替换成"体制内（学院派）艺术家与体制外（非学院派）艺术家"，我指的不是你的工作、饭碗，而是作品的取向和选择。约翰·伯格的文章在谈到原始艺术家和专业艺术家的时候，提到一批原始艺术家，比如卢梭、舍瓦尔。我觉得这段很有意思，这些第一批出现的原始艺术家的作品出名之后，人们却以他们原本的职业名称来称呼他们，比如海关员卢梭、邮差舍瓦尔。这个前提是，所有的艺术的表达都必须历经一番阶级的转换。当然如今他们名字前的职业早已经拿掉了，所以我想和你开个玩笑，如果要给你的名字前面加一个称呼，我们不一定就局限于职业，对你来说，你觉得应该叫什么？

L：我应该算是自由表达自己的人，简单来说，其实我到现在都没办法陈述自己属于哪种类型的艺术家，我一直在寻找自己。我在这条路上，比如说我今天做出一个小小的人们认可的作品，但也只是今天，明天即将发生什么，等待我的是什么，我可能就是不确定，可能要到明天那个新的作品出现，我才发现我的情感又可以那样盛开，所以我没有办法确定自己属于哪种艺术家。可能到死的那天我都回答不了。

H：好，那这个问题就暂时打个省略号。从你早期的作品《小床》《枕头》《秀色》，还有后来的《大脑》《噩梦》《骷髅》等等，都可以看到你的艺术生命的轨迹实际上非常清晰，你认为是什么原因触动你选择它们作为你作品的主题？

L：这些作品一旦成其为作品的时候，它已经是过去的时态了，实际上接下来我都不太关注，就是说在今天我都不太关注过去的作品，其实更大的程度，我还是又开始关注一个新的作品，关注何时何地能诞生一个新作品这个问题本身，即接下来将要发生什么，或者是我将呈现出哪种作品，我一直在心底里头，就是说期待，同时也是在准备这些作品出现。而像《小床》啊，《噩梦》啊，《大脑》啊，包括"泡泡"啊，这一系列作品，一旦它到了一个终结点的时候，我的思绪就不再在这上面了。

就像你们写小说一样，你写了一个故事，这个故事写完可能你要去想新的故事如何诞生，你可能在思考新的话题。

H：你现在不可能回到你的《小床》时期了。

L：其实你永远都是处于一个生命的告别阶段，就是说，迎来送往的一种告别。

H：你的作品大块面来分的话，就是关于情色或者我们讲的性和死亡这两个主题，你自己是不是这样认为。

L：我觉得也挺对的，因为人嘛必须是一个活着的生命形态，他可以隐藏着人的各种各样的欲望，情色它本身也是一种欲望，我讲的这个情色还不是一般意义上的，很大程度上我是把它美学化了，作为一种人活着的意义和一种比较愉悦的情感，而不是简单意义上的，我觉得它赋予了诗化的那种精髓在里面，所以迷恋它，就如同迷恋一个美好事物一样，我倒觉得是这样的。

H：性和死亡，其实就是关于人存在的两个最本质的话题。张建建在谈你的作品的时候，他说你的情色主题主要是由个人性且私密性很强的意象来实现的，就是在日常生活的情态下，对于相关的身体及困境所进行的反思。他认为你的作品是身体的事件，直接构成了与权力、文化、身份等等相关的遐想。你觉得他这样诠释你的作品准不准确，或者你自己同不同意这种说法？

L：我同意他的前半部分，后半部分附加一些社会性的那种说法，我并不认为我是这样。我也没这样想，就是说一个作品，在它开始形成的时候，我肯定会在做它之前形成一个对这件具体作品本身的思考，但这个思考是让我知道这样做的意义，其实我的出发点是相当简单和单纯的，但是……

H：其他的，那是留给批评家来说的。

L：对对对，他后边加入一些社会学的观点，生存的困境啊，我觉得也有道理。但是作为一个，怎么说呢，就像我饿了，特别想吃一口食物，渴的时候想喝一口水，我觉得艺术家还是比较纯粹性的，他的创作应该是来源于这种动机。

H：我看这部分作品，我觉得它其实是不明确的，我只看到一种两性关系，但是两性关系里它是纠缠的、混沌的，它并没有很明确的一种指向。借张建建的话说，色情的这种成分，由此构成了一个巴塔耶所说的"色情赠予"乃至价值交换的场景。

L：其实我觉得我做这个跟情色相关的作品，很大程度还是受到中国传统文化现代春宫画的一些影响。我看春宫画的时候我觉得特别干净，特别纯粹，虽然赤裸裸的，就是男女之间身体上的这种交融，但是这种交融特别美，你感觉不到它有一点点弱的那种东西存在，我就觉得是来自于身体最彻底的一种纯粹的美的东西，特别干净，特别阳光，特别美，就是这种东西。所以我觉得我在做这些作品的时候，我有意识地向这种单纯去靠近。

H：所以其实你对两性关系，并不持一种悲观的态度，我觉得这也符合你对情感的一种定义。我不知道我这样说讲清楚没有，你的作品，你刚才讲到的这点，我联想到你对于情感的渴望，对于婚姻家庭的渴望，可能和你的作品是能够呼应的，你觉得是不是这样呢？

L：我觉得应该是这样，但是当然特别明确的一点就是说，我在这种情色上赋予了理想化的色彩，比如说像日本也有这种类似于房室春宫类型的画，但我就不太喜欢，因为他把生殖器那些局部描写得比较过分，这个是第一。第二个呢，他在描写时特别用力、特别狠，让人感到动物性特别强。实际上这个在我看来，它和中国的春宫相比呢，就缺乏一种对人本身的温情性，就是特别狠的那种东西，所以我还是特别喜欢中国古代的这个春宫。

H：在张建建那篇文章里，他讲的第二个主题是死亡。他列举的包括你的骷髅系列，还有现场直播，包括盘子里的那些陶瓷动物，他觉得是一种象征腐朽而奇异的生命的艺术作品，都可以放置在那个金鱼骷髅的死亡场域中被解读，是你迈向死亡诗学的特殊角度与震惊效果。你如何看待他这样解读你这部分作品？

L：我觉得他描述得挺好的，尤其是对于骷髅这个作品的描述。其实有时候我在想，做一个作品的时候，我没有像批评家他们想得那么明确，但是我有时候在意象性地想，人的生命其实就这么几十年，在世界上，你就像划过的流星一样，一瞬而逝的那种感觉。对生命我实际上还是带着一种悲观情绪，它就是灰飞烟灭的一个过程。在这个过程里，你如何让你的生命像萤火虫一样在黑暗里划过夜空时发出一丝丝光亮。我想做的工作，是划过夜空的闪亮的这种感觉，你又留不住生命，但是生命又让你充满了各种各样的奇思异想和欲望，所以能不能让这些东西存留下来，这个是我的初衷。

H：那么对你来说，艺术它的作用是什么？

L：对我还是心灵的一种安慰。

H：你如何看待别人对你作品的反应或者评价？我说的是普通观众，而不是批评家这样一种专业的身份。

L：每个观者，他看作品的那种方向是不一样的，因为每个观者各自的经历也不一样，所以他们带来的问题是各种各样的，然后我只能有一种标准答案，只能按照我对这个作品的真实感受告诉他们，这个东西我为什么这样去做，为什么形成这样的视觉效果，我只能用一个方案解决所有人不同的愿望，因为我不能把他们各自不同的愿望给我自己，我只是提供了一种观看的可能性，至于他们每个人如何解读，那是他们的权利，所以我很大程度上不太考虑这些，我并不想强加于别人。我在论述一个作品的时候，也不能把它说得太具体太清楚，因为它是视觉语言，你真要把它弄得很具体很清楚以后，其实你也没办法展开这个工作。

H：对。反而限制了观看性。不但是视觉的，也是触觉的，尤其是雕塑。

L：所以它有很多意象性的呈现，我尽量告诉他们，这个意象性的可能性是什么样。

H：如果你自己选择的话，你偏爱自己哪个时期的作品？为什么？

L：我觉得我现在很难在这个点上来回答偏爱哪个时期的问题。因为不同时期的境遇不同，就会做出不同的作品。每个时期不同的作品都是那个时候我的生命处境里要思考的问题，是那个时期我的一种心境。当然今天做的作品更倾向于材料本身。我觉得，每个人每个阶段思考的问题是不一样的，因此会看到很多艺术家，一生当中会形成各种各样的风格和作品,这是流金岁月给他形成的对生命本身的认识,是他在不同的人生阶段里形成的对生命本身的认知感悟。

H:你现在创作的热情是否随着年龄增长有所变化?或者这样说,你对艺术的敏锐度有没有衰减?

L:我觉得之后,你会越来越对这个事情有一种浓厚向前的兴趣,因为你越向前走,你就越觉得它像一个神秘的陷阱,你越走这个口径越大,这个路就越深越长。我觉得最遗憾的是生命太短暂,你打开自己总是这么有限,但是无限的这种想象的空间对你来说是一个无比巨大的场景,所以,越向前越想表达,越向前越充满着各种各样的吸引力。所以每个阶段的作品,对我来说它都只是一个阶段性的东西。你从狂野走到你的生命终点的时候,其实你只是表达了生命的一个部分,但是,你的愿望和思考可能是无休无止的一个过程,我觉得艺术家应该是这样的。

H:我想说的是艺术的生命力、创造力的问题。中国的艺术家和西方的艺术家相比,不管是在文学上,还是在绘画艺术上,为什么在西方艺术家里,那种一辈子都保持着旺盛艺术生命力的人更多一些?虽然不能一概而论,但大体的状况是这样的。

L:这是一种思考的力量。

H:这会不会还是一种文化上的差异所导致的?

L：我觉得也不是。比如说我创造了一个风格，形成一个风格以后，然后市场就特别好，关注度特别大，然后卖得也还不错，在这种前提下，很多艺术家他们会安于这种利益的现状。很多中国的艺术家有这种情况，但是对一个好的艺术家来说，其实你所有的作品，这个作品特别牛，然后特别好，它也只是一个过程，是你要做很多作品的一个过程中的作品，而不是一个终点。所以思考本身便产生了巨大的魅力，就是因为有一种不确定性，所以我不想，我也不愿意过早地停在一种风格里，我觉得这个意义不大。

H：嗯，对，所以思考的力量也是创造的力量。

有人评价贾科梅蒂的作品反映出战争背景下人类的怯懦，人们心理上普遍存在的恐惧与孤独。这是把他放在二战的大背景下来解读，但贾科梅蒂的作品之所以到现在仍然震撼，仍然能有回应，我想还是因为他所表现出的孤寂，表现出人是注定要孑然孤独的，人是不能被了解的信念，等等这些永恒的话题。你怎么评价贾科梅蒂的作品？

L：我觉得贾柯梅蒂在美术史上——我不想说西方美术史或者中国美术史，但我看到有些评论文章在谈到他的时候，就把他归在现代主义美术史的范畴，我觉得他们对贾柯梅蒂有种误读，我觉得实际上他是一个很具有当代性的艺术家，他是完全超越于当时那个时代的一个人，他表现的是人的内心里的一种影子，那种现实，你都没有办法用艺术去呈现，因为生活本身太真实了，艺术需要一种幻想，一种精神的幻想。

H：可不可以把你的这句话理解成，在这种精神幻想里呈现内在的真实面貌。

L：贾柯梅蒂作品的意象是呈现那种内心孤独的幻想，他通过一个影子的方式，呈现人的心理上对生命的一种感受。我说贾柯梅蒂是一个非常不错的艺术家，很优秀的艺术家，我自己也很喜欢他，而且他所有的手法都是和传统意义上那种技法相去甚远的，已经毫无关系了，甚至不叫雕塑，它是个艺术作品，用雕塑来界定他的作品，我觉得稍微把他缩小了，他应该是用一种材料或者是一种方式塑造了人心里的那种孤独和忧伤，还有那种寂寞。

H：对，其实他一直都是用他的作品来回应他自己的理念：人永远不可能被了解。

L：其实人看上去大致都有相同的眼耳口鼻，但是我们内心都是千差万别的。

H：所以人是孑然孤独的。

L：那种距离是很遥远的。

H：所以当时有批评家把贾柯梅蒂放在二战以后那种人的创伤下来对他的作品进行解读，这种解读是不是太片面了？

L：有一点关系，但稍微牵强附会了一点，是有一点，我觉得和二战以后那种人们重建家园，还有家园凋零的感觉的伤感性，有一点关系，但是关系不大。我觉得艺术家最有意义的就是，每个艺术家他那种像梦魇一样看世界的方式，这种差异是很强的。

H：他是超越时代的。

L：对。

我可能会永远都在这条路上

H：换个轻松点的话题，我觉得钓鱼很神秘，不知道是什么样的状态？我猜，这种状态是不是类似于比如说瑜伽里的冥想，就是把自己完全放空的一种全神贯注的状态，因为我知道你钓鱼很多年。你现在还钓没有，钓鱼对你来说，对你的生命体验来说，有哪些不一样的启发？

L：人嘛，总想找事来做，否则你就会很迷茫，就是不知所措、不知所云的那种感觉，人最怕的，就是困在这种状态里，钓鱼就跟下棋一样，但是我好像比一般的棋手或者是钓手更过分地沉迷于这种东西了，或者说沉醉。我这个人有个缺点，一旦喜欢某样事情，可能就比一般人要更加专注一点。钓鱼最主要的动因是什么呢，就是从圆明园、从北京回来以后，感觉到地域那种和内心期待的距离太遥远了，不知所措，不知所依，就找个事情来混日子，事实上"混日子"这三个字我觉得比较准确，就是当时我那种无所事事的状态。所以，钓鱼让你感觉有个事情一天一天就过去了，这样挺好的。而且在钓鱼的过程中你就发现，这里头有很多细节、有很多东西值得你去沉迷。后来钓呀钓的，就发现山色呀，朝暮落日呀，群星满天的夜空里各种各样的思绪，就在这个时候开始泛出来了。实际上我后来回到艺术这条道上来，也是因为钓鱼，在那种奇特的夜里，或者那种群星灿烂的夜里，然后，这个时候你就会想起好多事情，包括情感啊，还有在那种夜色里，就思考自己嘛，是不是继续这种沉迷和混沌，然后你就想，还是要表达自己……在无数的这种黑夜里，慢慢地就想明白了，要有一种方式来改变自己。钓鱼它是一种快感，它和做艺术的快感是一样的。艺术的快感引起你精神上的愉悦，钓鱼的快感是此时此地的快感，过后呢，其实会特别惶恐。

H：就是等它上钩，是一瞬间的快感。我想，每个人都会经历这样一个无所适从的迷茫期，都会选择一种逃避的方式。

L：钓完之后就会特别惶恐，好像在大把大把地浪费时间。

H：理解。其实很多时候沉迷其中时是不自知的，以为那只是一个暂时性状态，等醒过来想要"重新做人"的时候，大把时间已经荒废了，比如像我。所以我很理解你那时候的状态。好在，你"浪子归"了。你现在还钓鱼吗？

L：基本上没钓，因为到这个年龄了，到了这个阶段，生命告别青春，你进入另外一个阶段的时候，你能感觉到自己生命的长短。

H：你前前后后钓了多长时间？

L：钓了十多年，而且是痴迷了十多年。有时候从春天一直钓到冬天，特别荒诞。

H：这段时期大体可以归结为你所说的弯路。钓鱼时独自长时间地感受着一种隐秘的快感，也很奇妙吧。

L：很兴奋，不会枯燥。因为水很神秘，里面有各种各样的鱼，然后你要钓哪种鱼，这里面有很多专业性的东西。

H：具体说下嘛。

L：风和日丽，阳光灿烂，不同季节，钓什么位置，湖面有多大，水有多深，然后你要观察鱼的密度，就是一阵风吹过来，你感觉这个鱼腥味进入你的鼻孔的时候，你就能够大致判断这个鱼的密度好不好，厚不厚，然后在不同的季节用什么料，你在哪个位置钓，都很有讲究。

H：还是很让人兴奋。

L：是的很兴奋，几乎所有的水库湖泊都处在山川很美的地方，沿着国道、县道、乡道你会穿行在不同的景致里面，不同的季节和气候都会在你内心愉悦出不同的快乐情绪，顺着这些情绪向前向前，直到你忘乎所以地到达希望之处，当你见到水面的那一刻，被一种陶醉入迷的状态深深吸引着……

H：一直在湖边？那么一个星期你会钓到多少鱼呢？

L：有一次我们两个人半个月钓了一千多斤。

H：钓了鱼后怎么处理呢？又放回去？

L：有时候送朋友，可以卖的时候就卖了。

H：还可以有一点点经济效益，有哪些好玩的经历？

L：钓鱼的过程中，我遇到过两个很有意思的故事，如果当时我带着摄像机的话，可能是最好的纪录片。

H：讲来听听。

L：我第一次去杜鹃湖的时候……

H：杜鹃湖在哪里？

L：在长顺，贵州长顺高原上的明珠杜鹃湖，之所以叫杜鹃湖，是因为它周边有很多杜鹃花。我们以往讲的杜鹃花都是那种低矮的灌生植物，杜鹃湖的杜鹃花树是一种特别粗壮的植物，像大腿一样粗，开的杜鹃花特别大，它的周边有很多这种植物。我第一次在杜鹃湖钓鱼的时候……要讲呀？

H：讲呀。

L：哪天我单独写一个。

H：好。那么这个话题就先放过你，但你记得写下来，这就好比是提问的一个外延，不光是围绕艺术，还要围绕你的生命状态本身，我觉得展开一下比较好玩。
你认为还有哪些想补充进去的？

L：贵州对我来说是一个诞生之地，现在回到贵州，我有种既熟悉又陌生的感觉，我熟悉是因为我的生命在这里开始，然后我陌生的是什么呢，就是说今天整个社会，整个城市结构，那种变迁，让我感觉闯入了另外一个城市，而不是故乡的那种感觉。然后所遇到的熟悉的朋友，好像也就是那种熟悉，一种记忆中的熟悉，不是真正的可以在一起特别亲和的那种熟悉。

H：没有真正的能够回应的朋友。

L：对，就有点像熟悉的陌生人的那种感觉，贵州成了一种乡愁，它就是真正意义上的那种故乡。所以从这一点来说，我就感觉，每次回来都特别难受，就这种感觉。因为大家的价值观啊认同点啊都不在一个点上了，所以大家实际上已经貌合神离。我讲这些话，可能有些对不起朋友们，但是不得不这样去面对和承认这个现实。因为大家都是趋于一种比较温暖的生活，基本把这个世界都忘却了，把自己活在一种温暖的利益的温情里，很少对生命啊人啊提出真正的一种态度，或者说作为一个人作为生命的一种，咋说呢……所以每次一回来就觉得有很多愿望，但这个愿望好像又变成了一个比较陌生的东西。当然你想想也挺自然，比如说十多年二十多年，或者更长一段时间的这种分离之后，其实呢，人在分离的时光里就开始产生变化。

H：这种东西其实也挺矛盾，这是你的出生地，然后你离开，你现在回来，你觉得和你现在好像关系不大，但是你又不可能彻底和它割裂，那也是你生命的一个阶段。

L：对，包括亲情也好朋友也好，每次回来，有好多想说的话，最后一句都没说出来。然后原封不动地又走向远方，所以说这是特别难以言说的一种情绪。

H：如果现在让你选择，北京还是你最愿意待的城市？

L：因为北京挺多有意思的朋友，大家在一起聊天啊特别舒服，有时候不一定要你说出来，但是每一个细节，每一个朋友之间相处的方式，你还能够感觉到人与人之间那种特别温暖的东西。真的。

H：人毕竟是精神性的动物，需要回应，没有人能够交流，宁可自己跟自己玩。

L：可能是物以类聚吧，这一类型的人会聚在一个空间里，然后会从这里面得到很多，不仅仅是温暖，还有很多互相之间的激励啊，或者是向前啊。

H：那么你有没有想过，随着年龄慢慢大了以后，不可能一直在路上，有没有想到回来？

L：你讲的这个问题首先是两种类型的问题，因为人离开自己的出生地之后，他就向自己的精神故乡在寻找自己的将来，我可能会永远都在这条路上，因为这样你能够安慰自己，你去一个你曾经好像熟悉的地方，但你过去以后，你处在一种孤寂的情感状态的时候，你那个时候比任何时候都难受。

H：不愿意把自己固定在一个地方。

L：你想啊，好多不错的人，好多做出很多成就的人，其实他们最后都是在别的地方，而不是故乡，故乡只是一种记忆。

H：嗯，对你来说，精神的故乡，永远在路上。借凯鲁亚克这句话祝福你：在路上，我们永远年轻，永远热泪盈眶。

《尘世的鸟群》和两个人的记忆

时间,在东拼西凑的记忆里丢失了线的形状,呈现着块状与点状。时间有没有颜色,之前我从来没想过。在这倒叙的一年里,对我来说,时间是白色的,也是黑色的,是有棱有角的,是锋利的,刺痛的。2021年是个分水岭,确切地说,是2021年的4月1日,清明小长假的前夜。朋友来家里聊天,聊到十二点才离开。我以为,接下来的三天将是一个放纵的假期。凌晨两点五十分,卧室里的座机清冷地响起,把漆黑划开一个口子。戴冰轻轻地推我说,接电话。他仿佛早就认定,这个电话与我有关。电话里,母亲带着哭腔说,你爸爸动不了了。我们翻身狂奔向父母家,一路上"动不了了"在我大脑里凝结成一个个巨大问号。至今,这声音仍然寒冷地刺激着我的神经。父亲的病像一把锋利的刀,把我的时间、心情切成了一块块的碎片,它在一天又一天奔走于单位与医院的路上飘荡,而我不知道如何收拾它们。父亲的病成了我生活的巨大背景,彻底把我们一成不变的生活打捞上岸。好在抢救及时,住院三个月后,父亲痊愈回家。以为生活再次将我们放回熟悉的水域,不想,一月后,婆婆病了。那天是8月1日,周日……

几年前,戴冰的《穿过博尔赫斯的阴影》出版后,我写过一篇小文,叫《一本书和两个人》,文中我爆料说:"2003年,戴冰眼睛受伤,这是个多年来我们都在本能地回避着,谁也不敢再提及的话题。这个看似日常的遭遇,似乎因为博尔赫斯而充满了寓意。那时,我被迫地怀疑,这是否就是某种被交叉的命运,回应着他说过的'似乎带有某种神秘成分'。他是不是也要被命运挟持,以堕入黑暗的方式,去更深切地体会博尔赫斯,体会一个眼盲的老人在关注生命的本体存在的过程中,别人无法触及的'孤光自照的夜空'(戴冰语)。那时,对于他来说,或许博尔赫斯不再是一个站在人类哲学的最前沿的智者,而是潜行在'失明是孤独的一种形式'(博尔赫斯语)的只看得见黄色的盲者。博尔赫斯隐忍的文字,此时是更模糊还是更清晰地潜进了戴冰的内心……其实,这些不过是后话,是我在写这篇小文时的'为赋新词强说愁'。那时,我为他读的,除了一部帕特里克·聚斯金德的长篇小说《香水》之外,其余的都是身残志坚的励志文。我们全身心关注的,是世间最平凡的衣食住行。小小的半导体收音机,在不同频道里搜罗着天底下最接地气的各种新闻,张国荣自杀、伊拉克战争、SARS病毒……我们待在白色的病房里,倾听着远至天边近到眼前的热闹,似乎发生的一切与我们无关,但那时的我们又多么希望这一切都有我们的参与。坐在医院楼下的草坪上,看见远处的万家灯火,没有一盏与我们有关的灯,灯下的平常日子,如此让我们向往。常常恍惚,我们已经被抛在了世界的边缘。我们以我们的方式逃避着眼下前途茫茫的困境，博尔赫斯始终不在我们任何时段的任何话题里。至今，我都没和他讨论过，当时的处境下，他是否想起过博尔赫斯。当这段非常的光阴日渐远离之后，我们像逃难似的快速翻过这一页，就像我们盗取了一件本来就不属于我们的物件。多年来，我们总是警惕着，小心翼翼地绕道而行……"

回想这篇小文，恍若隔世。那时，年轻的我们也在经历病痛，但生老病死依然是个遥远得没法谈论和触及的话题。2021年8月1日之后，这个话题重新来到我们面前，并赤裸裸地占据一个又一个深夜，病痛并非如我当年以为的那样，"盗取了一件本来就不属于我们的物件"。父亲的病，婆婆的病，让我们直面，我们并不是生活的掌上明珠，没有人可以例外，生命的真相是没法绕道而行的。我们严肃得如同两个"哲学家"，讨论生，讨论死，讨论宗教，讨论信仰……在无数个彻夜的讨论里，戴冰细如发丝的内心纹理也因为越来越深的夜而粗壮有形。我体会着，戴冰孤零零的话里，有多少我能共情的成分。他说，他常常感到四处不靠，没有任何抓手。此时，我虽然全力以赴，却无法变成一剂治愈他的良药……酷热的八月我满身寒意，深夜里书房的灯光如同白昼。

8月8日上午十点三十四分，戴冰在微信里给我发了一首诗《八月八日上午十点零五分》："妈妈，此时此刻/我无助得就像/你刚把我生出来//你把我带到这个世界/现在又要把我/丢在这人间//如今你的病痛/被我捧在手上/我祷告/但不知道向谁祷告/妈妈，我该把你/托付给谁？//我无法做到视而不见/黑色的大海上/那接你的帆船已经启航"。我不敢猜想，在我早出晚归的时段里，他独自一人，四处不靠地经历着什么。这不是他与诗歌彼此相忘于江湖二三十年后的第一首诗。早在4月，我父亲突发脑溢血之后那些支离破碎的时间里,他便开始用诗来填满时间的缝隙,但这首诗是分水岭,仿佛是与过去的自己分道扬镳。不记得从哪天起,几乎每天,他都让我读他的诗。回到家,他对我做的第一件事就是递过他的手机,他对我说的第一句话便是,这是我今天的诗。我进屋的第一件事便是读他的诗。在他沉郁内敛的诗句里,我也被黑暗抚摸,与他一同深陷沼泽,慢慢消化语言也无法抵达的旷野。"黑夜比我更早睡去"(海子)也许便是那时戴冰无时无刻不在经历的状态。"我领受/我独有的那份/黑暗/它坚如磐石/我每走一步/都只能拖着它/在土地上/犁出深深的沟/就这样/我朝向那盛开的虚无/当我敬畏于/它永无餍足的空洞/我想给它至少一种颜色/和我肉身的沉重"。(戴冰《领受》)

王家新说,我们一直就处在语言的永恒的庇护中。这话此时用在开始写诗的戴冰身上再贴切不过。身处幽暗的生命洞穴中,独自经受阴郁、惊恐与无助,没有信仰的绳索可以借助,我们无疑只能在没有任何护甲的硬着陆中粉身碎骨。病急投医是本能,用文字承载最柔软的疼痛同样也是一个作家的本能。我无从窥见戴冰内心变化的历程,但作为与他朝夕相处的见证人,我看见他每天的诗作慢慢堆砌成有了重量的国度。有人认为,文学太虚无缥缈,但正是这虚无缥缈的看不见摸不着的绳索,如同上帝之手,让我们在坠落中获得了返回人间的力量。有些疼痛的疗愈是物质世界无计可施的,但我看见了缥缈的文字可以疗伤,可以建造一个人的庇护所。戴冰说:"《尘世的鸟群》的写作过程,现在看来,是诗歌在帮我渡劫。"此话不虚。

作为这本诗集的责编,从责编的角度而不带私心地说,《尘世的鸟群》的价值是独特的,是一个人在特殊境遇下的极致而隐忍的表达,是用诗歌这一文体,完成了王家新所说的,"诗一开始就肩负了'生命的还乡'这一'天职'"。更是因为诗歌,托住了一个又一个沉落的日子,用诗歌给存在与体验命名,用不可言说说尽了生命本体中那无人能够企及的孤寂。如何呈现这本书的气质,在我从事了多年的编辑工作中所形成的思维模式里,自然想到封面要用画来呈现(不知不觉中,历数我编辑的图书,大多沿用了这一模式)。在我开始编辑这本书稿时,董重的画就已在我的大脑里固定下来,并且越来越凝固。董重发来数张作品,我在使用哪一件的取舍上三心二意起来,觉得好几幅作品都适合,为了顺从我的三心二意,便决定把这本诗集做成图文书。于是,董重的画,戴冰的诗,成了这本书的最终形式。

现在,我和戴冰都没有再仔细讨论过这一年的过往,但我们都默契地明白,对于戴冰,那个最柔软的疼痛已经获得自救,婆婆的痊愈也是对戴冰的豁免。但愿他的《等待》也因此得以蜕变。"多么阴郁的/一个下午/我在窗前等待/我也不知道/会等来什么/但我确信/我等来的/不外乎就是/我所亲历、眼见/所闻和所能想象的/这尘世的一切/它们如约而至/只是不分时间和场合"。

熟悉的陌生人

在写这篇文章时,我只在李革发来的邮件里看了他整理好的作品,而没有马上去读专业评论家的文章。我想先把自己这种说不清道不明的读画感记下来,而不想受到别人的影响。我想一点点如盲人摸象那样,走进李革的画。也许,我所写下的这些文字离李革画作真实的寓意甚远,但我只想从我出发,因为,一切艺术的阐释都是一厢情愿的。

如果用时间来定义,我和李革无疑称得上老友。但是,这么多年,李革对我来说,依然是位陌生的老友。老,无非只是时间久长。友,如以混得烂熟、称兄道弟为准绳,未免太轻率。我这样说,并不是因此要疏远这种被时间牢固起来的朋友关系。我这样翻来覆去自我解释老友这个概念,其实是想进一步说明,人性的复杂多面,不是时间可以洞穿的,对朋友的判断也不应粗暴主观地钉在一厢情愿的认知上。我倒以为,朋友,并不一定要知根知底,恰好相反,正是他们身上那些我不熟悉了解的东西,才是引起我关注和兴趣的点。因此,我更愿意将包括李革在内的老友们,称为我永远的"熟悉的陌生人"。

陌生,意味着总有一张别人永远看不见的面孔,意味着一种惊异和遥远,意味着每个人都拥有一个别人无法企及的内在世界。在李革的画作里,我窥到的便是一位艺术家的灵魂独白之夜。我之所以用"夜"而非别的字眼,是因为李革作品呈现的调子和气质,呈现出一种在意识与梦魇、现实与非现实之间的混沌和迷蒙。而这种混沌迷蒙又在表现技法上如此明晰,把所要传达的情绪诚实地呈现在画布上。所以,从绘画语言上来说,李革的画似乎并不难懂,但在面对他的画时,我还是感到了一种阻碍。这种阻碍也许是来自那些直逼内心的东西,呈现着试图走近却走不近,又死死把观者的情绪困在某种真实里的游离感。

"没有一位艺术家的作品可以被简化成一件独立的事实。"从约翰·伯格的这句话展开即是:画作是一个人内心的表情,是经历、体验、认知的总和。一切艺术皆不能外。看李革的画,有一种直接的却拒绝被人了解的孤独和不安,有一种隐蔽的疼痛与伤怀,让人无力直视又无处逃匿。

用文字表达我读李革画的感受其实很费劲,就像一团缠绕的线团,线头藏在迷乱中,始终无法准确地梳理它。也许这就是一切艺术的本质:混沌中的巨大张力。

在编辑之初,李革多次与我沟通,并斩钉截铁地强调,他不求数量,不好的一律拿下。当他把挑选好的画打包发给我,我将排好版的文件发给他时,他又删掉了十余张作品。作为编辑,我尊重作者的选择,可以不求甚解地依从作者的意思;但我在删掉这些作品的过程中一次次感慨，多可惜。于是，我不甘心地向他刨根问底。

李革在电话里对我的质疑一一回答："这张虽然意思好，但画得不好"，"这张太直白"，"这张太浅薄"……

"那这张从技法到意思都好，干吗不要？"我仍想保留一点自己粗浅的判断。李革决绝地说："我承认画得好，但太学院派。"最后他说："你要喜欢，这些作品都给你。"他连说了几次，我没敢接。不得不说，我被李革删掉它们的理由折服。

提到李革，第一时间总会把他跟酒联系起来。熟识的朋友都收集得有大把他与酒的故事。当我在写这篇编后记时，也条件反射地把他固定在酒桌上声嘶力竭、歇斯底里的形象里。他那张因宣泄而激昂、血脉偾张的面孔，与平时的他有着巨大的冲突。我调侃他，一个人怎么可以如此分裂。我想，泡在酒里的他一定是无法与平时的他和平共处的。这样的时候，我只把他当作被酒蛊惑的陌生人，并不想把他从酒精里打捞上来辨认。

有一段时间，李革酒前酒后，言必博伊斯。被称为具有以赛亚精神的德国艺术家博伊斯于他，是其精神高地。但李革告诉我说："其实博伊斯对我的绘画没什么影响，我只是很崇敬他的那种精神力量。是一位神秘而充满历史感的艺术家，他是那种能从人生中获得所有经验并将之转换为艺术的人，是个使命感很强的艺术家。"李革说："我也愿做一个有使命感的艺术家，去感知生命的痛楚，去尽力走向内心深处的那种画家。我认为尤其在今天，这是种难得的品质。可惜，我做得远远不够。"我相信，这是李革酒醒后的真言。

李革向来拒绝任何主义，现实主义、表现主义、抽象主义……他曾果断地把自己与任何主义切割开。这点我深以为然。一切艺术只有高低之分，任何流派都无法弥补这个本质的标准。

这本画册按时间划分出不同阶段。最早一批是20世纪90年代的作品。这组画与他后来的画无论技法还是气质都有很大不同，如同一个人成长中留下的叛逆轨迹。李革早期的画情感炽烈，有一种宣泄、惊慌和无所适从，那是一种向外的情绪。如今，他的画风与之前相比，有了完全的改变。如果说他早期的画是有观者的，那他后期的作品就是观者不在场的独白。他全力以赴地表达，潜入黑洞般的内心，用画笔蘸取颜料，一点点地触摸，探寻。这些画在我看来，不再有宣泄，但仔细看，无论哪个时期的作品，内在的精神质地又是一致的，就像一面多棱镜，同一个主体折射出来自灵魂深处的不同表情。这种无法掩饰的表情，都跟孤独和不安有关，我仿佛窥见到一个人生命的底色。画里的不同皮囊，是他面对的诚实的自己。而他在酒精作用下的亢奋，似乎拥有着一个相反的表情，但那也不过是他掩人耳目的余波。

就我个人而言，我更偏向他后期的作品，《岸边》《潜》《幻》《精神病人》系列、《鸟语》、《彼岸》、《征兆》等等。那是一个与世界背道而驰的游荡的身影，是孤零零的灵魂在通往无人之境的惶惑。"无人"是李革在喧嚣尘世下体验内心的极端状态，这种状态正是现代人之间关系的底色，隔膜让疼痛在人与人之间毫无征兆地绝迹。我尤其喜欢他画的各种水，李革似乎偏爱水的方式。我没和他讨论过，但我主观地认为，水是另一个无法抵达的深邃世界，深不见底的水正像一个人游向未知世界的无所适从的心理暗示，契合了他所要表达的那种不可言说的无声的尖叫。培根就曾说过："我想画尖叫，远超过恐惧……我也希望我能像莫奈画日落一样地画出嘴巴的景象。"李革的尖叫是无声的，是惊骇之后的失语转变成画布上的形象。他说，有一天他像往常一样去河边游泳，那里每天人满为患，奇怪的是那天竟一个人都没有,他孤零零地站在河岸疑惑。后才听说,前一天这河里有人淹死。那一瞬间的恐惧不是来自一个漂浮于水面的死者,而是由那条吞噬生命的河展开的对死亡的渊薮般的想象。在他的画里,这样的元素很多。面对一场车祸撤离现场时,让他战栗的是地上那个用白色粉笔画出的人形,这种随意的图形远比一个真实的人躺在那里更撼动他的神经。艺术就是拂去表层的尘埃,触摸不同质地不同纹路的痛点,用具有生命维度的视觉语言去呈现。

无论在画里还是在酒里,所有的诚实都被定义成"被看"的本质。这对于李革来说,是否也是一种切肤的陌生?他是否能清楚地确认出,哪一个角色才是真实的他?对于他来说,他是不是也是自己的熟悉的陌生人呢?我不得而知。

写到这里,我想起约翰·伯格说过的一句话:"我们都是生命中的难民,深受疾病、寂寥、赤贫、孤寂、流言,特别是死亡之苦。"

素描父亲

父亲要出画册了，作为责任编辑，更作为女儿，我开始在电脑前一一浏览已经编排好的几百幅油画作品，其中包含了父亲各个时期的画作。别人也许只能看到一个结果，我却仿佛看到了父亲倾注一生的激情。

跟画打了半个多世纪交道的父亲，给我的全部记忆就是画，任何场合、任何话题都离不开他的画。父亲的画室用壮观来形容一点也不夸张，大大小小的画沿着墙壁、沙发、桌子见缝堆砌，只留下一条必须侧身收腹才能勉强通过的过道，使我常常担心年事已高的父母成天在这屋里来回走动会不会伤了腰腿。三年前刚买这套居室时，我曾替父母设想，好好装修一下，但父亲早就拿定主意，把他的画当作唯一装饰。所有墙面都挂着画，石板寨、花溪黄金大道、威宁高原、赶场的人群和牛羊……如果拿掉所有家具，整个屋子无疑就是个展厅。

父亲从小给我的印象就是成天笔不离手，别人聊天时他就开始速写，见什么画什么。家里来客，父亲一边速写一边跟人聊天，也不管客人是否感觉怠慢；过年走亲戚，大家拉家常，父亲找定一个角落坐下来，仍然是掏出小本子来，看一眼，画一笔。等公车的时候画；出远门，待在候车室画；上了火车还是画……那时父亲在剧团工作，他的速写本上总是画满身着戏装的男女老少，也就是说，上班的时候他也还是在画；随团去外省演出，带回来的也仍然是大大小小的写生作品……可以这样说，在我的记忆里，父亲除了吃饭睡觉，都在画。母亲常戏称父亲是画痴，我完全同意。

画画在父亲的眼里，是一个无处不在的存在，是他整个世界的背景，是他最日常的生活形态，也是他最愿意凭借其度过光阴的唯一方式。画画从某种角度来说，甚至变成了他的一种价值判断：天底下的人都是应该画画的，不画画至少也得懂画，再退而求其次，不懂画起码也得喜欢画。谁要不画画不懂画不喜欢画，那差不多就等于是不可救药的"愚人"了。想起几年前，作为贵州师范大学艺术学院客座教授的父亲，受学院之邀举办个人画展。虽然父亲做了无数次个展，但每次展览在我们家仍然是一个非常重大的事情。画展当天不但美术界的同行都应邀到场观展，亲朋好友也纷纷前去祝贺，但我的舅舅却缺席了。这在旁人看来无关紧要，但父亲却为此生了大半年的气，每次提起他都缓不过气来地对我说，你舅舅怎么就对画画不感兴趣呢？我和丈夫劝他别这样想，开导他说，每个人都有自己的兴趣爱好，他不懂画，自然没兴趣，你这样要求他就是你的不对嘛。父亲不认这个理，他想不通一个人怎么能对画不感兴趣呢。丈夫说，我每一次出书送朋友，就是留个纪念，也不强求别人一定要看呀，爸爸，我相信我的书你也一定没看，不过这很正常，因为你也不感兴趣嘛,这我是完全能理解的。父亲似乎被丈夫的这句话说服了,他一句话也没说。我们舒了口气,想着他郁结在心里的这个疙瘩终于被我们打开了。谁知过不了几天回父母家,父亲一本正经地对丈夫说,戴冰,你的书我这两天可是认认真真地看了的呵。我和丈夫哭笑不得,当场就有种前功尽弃的感觉。父亲的世界就是这样偏执,偏执到不可理喻。也许一个人长时间痴迷一件事情,最终就会被那件事情异化,成为那件事情的"原教旨主义者"。

父亲对画画的痴迷也自然影响到我和妹妹,不是说我们像他一样痴迷,而是说,在父亲眼里,我们画画是天经地义的事。小时候母亲曾试图让我或妹妹学医,母亲在医院一辈子,自然有她对医生这个职业的偏爱,但父亲的执拗让母亲在心里悄悄打消了这个念头,直到多年之后,才偶然表露出来。

我和妹妹最终虽然都继续按照父亲的愿望考上了美术院校,但是画画现在对我来说只是记忆中的往事。我不知道父亲看到我放下画笔时,他是什么感受,我始终在这件事上不敢面对父亲,我也不知道这会不会是父亲终生的憾事。所幸妹妹这么多年来,虽然不断被生活琐事干扰,但始终画着,于父亲一定是莫大的安慰。

父亲因为出身不好,影响到上大学,影响到找工作,所以他常说,他是吃过苦的人。我曾想,如果父亲不是这样单纯的性格和始终保有对艺术的理想主义,他所经历的一切或许已经让他过着另外一种消极的或者我们都无法设想的生活了。所幸的是,他心里装着画,是可以抵御外界的侵扰的,这点我从来没和父亲交流过,但就我对父亲的了解,我觉得应该是有点道理的。

在这本画册里,有好些竟是我从未见过的作品,看画面上的日期,竟是父亲十多岁时的画作,其中一张十五岁时的作品,画不大,但构图、笔法都成熟到让我惊讶。我回想自己如父亲这般年龄时，还在画静物素描和色彩，并且一点也看不到成为一个画家的苗头。不由感慨，父亲画画的天赋可见一斑。

如今，父亲虽然年过古稀，对画画的激情不减当年。写生是父亲多年养成的习惯，常年肩负很重的画箱，手提一两米的大画框，坐一两个小时的公交车到他熟悉的山村去，他说他要去捕捉大自然里那些神秘的光影，去与大自然对话。父亲画里的田野、山峦、村庄，已经浸淫到一个艺术家的血脉，为他的作品打上了"乡土"的符号。

这本画册远远收录不下父亲全部的作品，但我已从这些画里看到了一个完整的父亲的内在。画里饱满的激情，是自然的呈现，也是他性格使然，他的画直抒胸臆，用一个艺术家最真实的感性的直觉去捕捉那稍纵即逝的认知。在他画里流露出的心灵世界中，不论是阳光的石板寨、苍老的大树还是雄浑的山野，自然的法则在父亲笔下的对话关系都显得非常紧密，不由得让我从画里感受到一种对自然的敬畏感。他的《石板房系列》《干庄系列》《花溪黄金大道系列》虽然数不清画过多少次，但那些相似的景致，其实每一次都有着不一样的令他着迷的言说。这些带着泥土味的画作，是一个艺术家执着的坚守构筑起来的个体生命体系。在看父亲的画时，我就有种感觉，其实他的画比他不善言辞的解说打上的"标签"具备更多内容。也许，这更符合艺术的本质。

在我眼里，父亲永远是强大的，强大到我这个做女儿的很少想到去理解父亲，也觉得自己无法进入父亲的内心去体会，好像一个人因为强大便可以把身边的人都覆盖了，也可以因为强大而对身边人的需要变小，甚至不需要了。

常年的远途负重写生，让父亲的膝盖过早地衰老，使原本精力旺盛的父亲突然显出老态来，父亲结实有力的形象在我心里变得虚弱，当我看见父亲蹒跚的步子，多年来我心里可以依靠的那个强大的力量一下子消失了。

但其实我不过是为父亲一个外在的表现过分伤感了，让我觉得惊异又觉得安慰的是，父亲虽然年过七旬，从他的画作中仍然能看到他内心的激情一如既往。每次回家去，父亲都会兴冲冲让我去看他的新作，在这些新作里，父亲的激情仍在，精力如初，我便欣然感到，父亲没有真的老去。

补记：2017年，我借休假时间陪父母去希腊、土耳其旅游。除了几件换洗衣服，父亲二十六寸的旅行箱余下的空间都留给了无数张三合板、油画颜料等一堆外出写生的必备工具。我说旅游就轻装出行嘛。父亲固执地回我说，如果不带上这些，我出门有什么意思？我知道无法说服父亲，也理解他在外出的近二十天时间不碰画笔的空虚和寂寞。

但是麻烦也随之而来。到达伊斯坦布尔机场，在转机去往雅典的安检口，同去的人都顺利通过安检并迅速去往登机口，只有父亲被安保人员拦了下来，看着那些消失在人群中的同行者，我却不敢挪动半步地陪着父亲。安保人员把父亲随身的那个敷满各种油画颜料的黄色帆布包扣了下来。安保人员指着包咿咿呀呀地说着"鸟语"，父亲主动打开帆布包，把包里的画箱取出摊开，我想，安保人员一定没想到放在他眼前的竟会是些奇形怪状的东西。他用手在颜料里翻来覆去地判断。毒品？化学燃料？我在心里猜测着他大脑里的猜测。完了，我想，如果他认定那是违禁品，在这个语言不通举目无亲的地方，我们如何向他解释？他拿起刮刀疑惑地细看，在他眼里那无疑是一把凶器，虽然它体单形小，也并不锋利，但它不锈钢的刀形外貌让警惕的安保人员不往血腥的方向去想象和猜测都不行。我赶紧用我有限的英语说，artist, artist, drawing tools……安保人员似乎听懂了，可仍然不肯放行。他一定在反驳，画画不是用笔吗？好在安保人员并没有继续为难我们，他把画箱里的颜料、画笔都翻了个底朝天。我想，他一定是看见了油画颜料管上的英文名称，以及那些残留着颜料的画笔，才终于确认父亲的画家身份。虽然他没有继续对父亲进行盘查，但还是没收了那把在他看来十分可疑的刮刀。

离开安检口，被收了刮刀的父亲气呼呼地说，上次去美国都顺利过关的，别人也没有收嘛。父亲很有经验地认为，既然上次都幸免，这次没收刮刀无疑是这个安保人员的反常行为。

有了这次经验，我劝父亲把画箱放在旅行箱里托运。这样做能少了许多不必要的盘查，但我们还是猜错了。从雅典飞往伊斯坦布尔的安检果然非常顺利，父亲也不再掉队，可到了伊斯坦布尔，我们拿到行李箱，父亲发现箱子被人打开过，托运的油画箱里那管调色油不见了。

当然，一路上被不同的安保人员搜查盘问没收，并没有影响到父亲随时随地的写生，每天一张甚至两张画作。他像一个风景搜集家，把异乡的蓝天大海一张一张地插进他的画箱。每到一个景点，父亲就选定一个落脚处坐下来，支起画箱舞动画笔。异乡的古迹不在他的兴趣里，画画才是他愿意出来旅行的唯一使命。

与人既相似又不同的动物们

在《物书》这本关于动物们的书里,有"黑得像优雅女子的长发;黑得像一场流动的大火;黑得危险,犹如已经和即将释放出一个个黏稠的黑夜"的乌鸦,"复仇的信念在它们豆粒般大却老虎一样凶残的眼睛里燃烧,它们要持续和人类的永恒搏杀"的鼠,"被动地被掷下旧的生命因而开始新的生命的故事仍然令人振奋"的鹰,"一种美得总让人想入非非的鸟儿"孔雀,"生活在规矩之外。它的獠牙,发绿的眼睛,令人毛骨悚然的嗥叫,与其说是丑的,毋宁说是美的"狼,"庞然大物却不伤百畜仅以草木为食,可谓尽得佛缘佛法"的象,"不断曲线流动而又时常凝固起来的沙海中一尾古怪的大鱼"的驼,"有太多的理由博取人的敬意"的马,"明知朝生暮死,所以只要有光就开始一刻不停地忙碌"的蝇,"组织性严密的群体活动的昆虫"蚂蚁,"比真理还要顽固"的虱虫……在动物们的身上,动物所具有的自然本性与人如此相似:高兴、恐惧、好奇、友好,还有仇恨。

同时，动物又反影着与人截然不同的某些"异常"秉性。通过动物，我们看到了人与动物之间那种既亲密又疏离的关系。

玄武曾住在太原一个叫狄村的地方，这里有他在成长中与动物们有关的诸多记忆。在这些文字里，作者变换视线的角度，在移动里呈现着人与动物之间永远暧昧不清的关系。在各种动物的习性里，作者似乎窥见到人与动物之间的一个隐喻角落。所以，在"无意中写下这本似乎与自己、与时代无关的关于动物的书"（玄武语）的这些文字里，我嗅到了一个人固执的内心发散出来的与动物对话时置身其中的强烈体味。

我们毫不怀疑地相信，人类是有别于其他物种的灵长类动物。我们似乎拥有更多智力上的优势，人用自身的情感经验研究和解释动物们的行为，以让人类能立于自然界的不败之地。但当动物们一次次对人进行冒犯时，在动物们深渊似的眼神里，看似友善又敌对的矛盾关系打破了我们观看动物的视域。就像观看格兰维尔的《等客上门》里各种兽头人身的令人不安的画面，像个预言式的噩梦。

在这本书里，人与动物之间像一场没有终结的博弈，又像是一次动物界的狂欢；或者这一切都不过是一种隐喻。这种把动物生命借给了隐喻的能见度足够清晰，以至于在隐喻与物象的空隙中，又暴露着一个问题：人与动物究竟有着怎样千丝万缕的关系呢？

动物们在神话里被赋予神性，在人的生活中扮演不同角色。动物们出借自己的名字，无辜地被人安排、阐释或者比喻：说出上帝秘密的蛇；十二生肖和黄道十二宫里的动物们被我们对号入座；希腊人以动物来代表一天中的十二个小时；印度人甚至想象地球承载于一头象的背上，而象是站在龟的背上的……被寓言化的动物和生物学上的动物之间到底有多大的距离？这样的距离让人对自身也产生质疑。

玄武在一个个动物的故事里,用他个人化的方式解密着生物界的密码。在这些文字里,隐藏着动物们脸上的神情、内心的活动,以及动物们与人对峙、凝视的眼神,我甚至想象着动物那既熟悉又陌生的表情——警惕又排斥。

这本书里有许多让人惊骇的和动物有关的事件,比如:发生在村里的1983年的那场鼠灾,寻仇的狼,以及那个有着苍白单一命运只配成为人类餐桌上食物的物种——猪。"杀猪的手艺很好,这头白毛大猪被他拾掇得利利落落,支在夹子上。猪是一副站立的姿态,鼻孔里插两炷香,浑身上下干干净净,精光发亮,那尾巴还向上翘着。这猪几乎是庄严的。我生平也是首次见到这么漂亮的猪。我已经忘了它刚才怎么尖叫,以及如何在自己粪便里打滚。杀猪的还拿来一挂鞭炮,两人才能合拢那么大一盘,噼里啪啦放了好大一阵。猪应该满意了。"在这篇文字里,猪的命运变得混沌模糊起来,有种关乎生命的、滑稽的却让人笑不出来的庄严感。这些文字里,无不透露着作者对于生命的敬畏和忐忑。在《温小刀》一文里,作者不惜笔墨地记录着这只名为温小刀的狗身上具备的温和、敏感、多动、胆怯、仗义、沉默的性格特征。对于濒于死亡的温小刀,作者倾其所有地挽救着它的生命。对于这个"人有六道轮回,也许下一世,他会是我的兄弟,无论做狗还是其他"的温小刀,我想,作者便是在看到死亡濒临温小刀时,"一只兽对人的改变,从生活习性,到人内心"(玄武语),从而体会到了唯有死亡能让我们相通的"人类化"处境。

关于死亡,让我想到另一则动物的故事。表姐家养了五六只不同品种来自"五湖四海"的狗,狗们在表姐家上演着一出《百年孤独》的故事。其中的一只博美狗活过了等同于人的高寿。在它弥留之际,表姐那天正好出门,晚上回到家,就见它尚存一息地趴在门边,见了表姐,无力地抬眼看了她一眼,便闭上眼睛,呼出了最后一口气。表姐当晚打电话给我,还没开口早已泣不成声,电话里哭得死去活来的她,边哭边说,它一直就趴在门边等我回来,它撑了一天,什么东西都吃不进去了,就一直在等我……这个弥留之际的场景,是不是太让我们熟悉了。死亡打破着我们与动物们的疆界。约翰·伯格说:"动物的生命不会与人互相混淆而被视为和人类生命平行。只有在死亡状态下,这两条平行线才互相交叠。"

《物书》的写作始于1996年,像作者一连串记忆的集合,也像是他的心灵和精神的成长笔录。通过动物,作者将所思所想及盘绕不去的幻象置于其中。在《第十九只飞鸟》中,"这最后一只鸟儿,在写作者的时间中隐身。写作者匿去它的名字、事迹,匿去它柔软的黑羽,匿去它冰凉的指爪、委婉的叫声,匿去它留下的深刻爪痕。它只是他一个人的飞鸟,是他内心的隐痛和渴望,与别人无关,于别人而言也毫无意义"。我仿佛看到的是一个沉湎于冥想、与世界格格不入的诗人。

这些包裹在散文外衣下的文字,有一种内在的诗性,这种诗意沉重却不阴郁,这样的文字气质是明朗的,像一个人站在太阳底下注视着那些轮廓清晰的阴影,在这些阳刚的文字里,在作者隐忍的叙述中,为读者指认出那些我们心里熟悉的角落。

当书稿完成编辑后,玄武发来一首诗,替换《燕》文里的诗句。"燕子们都回来了,它们不栖落,有云无雨,高高翻飞,如快乐一词本身。我爱燕子带领整个春天的飞翔。五岁时房梁上的燕子,排泄弄脏了我的连环画书,我挑了它的窝。这个错误惩罚了我四十年。

每次看到燕子我都希望,它是那一只燕子的后代。"这首诗的画面正是在我整个编辑过程中,《物书》呈现给我的作者内心的表情与姿态。

  关于动物的话题,我知之甚少,还是回到《物书》,看作者为物立传,在这个用文字构筑的动物世界里,让动物带我们跨越成规的小径。

被艺术编织的人生

　　《野风——董克俊六十年艺术记》画集是董克俊先生这位艺术家立体多面的艺术生命轨迹，承载的不仅是时间的长度，更有一种艺术生命的厚度。

　　《野风》是一本个人文献集，是一部浓缩的中国版画发展史，也是一本记录时代和记忆的图文集。这本按照线性时间脉络来梳理的图书，涵盖了董克俊先生一生不同时期的大量作品。这些刻上不同时代爪痕的作品，就像是另一种形式的个人履历和心迹。我清晰地看到一位艺术家的生命轨迹，像一株枝繁叶茂的艺术之树。在时间灌溉中结出的一枚枚不一样的果实，是董克俊先生求变求真的果实，不断地刺激着我观看的"味蕾"。

　　董克俊先生虽然已经是八十高龄的老人，但是看他的作品，让人感受到的是他艺术生命力的强健，以及他在艺术语言上的离经叛道，就像一个任性的孩童在挑战着那些成规的世界。

在董克俊先生不同时期的作品里，画风在多变形式上寻求表达的自由度，既饱含着理性又充满了激情，在理性之中始终有一种充沛的元气向外扩张。在专注内心而纯粹的艺术心态下，他创作出不断腾越着自身的作品，让人感动于这种向外展开的生命姿态，在不断地阻隔着物质生命衰微的同时，获得了艺术生命自由生长的力量。通过这种自由的表达，用董克俊先生自己的话说，"获取的是艺术家内心无形无极的流露"。特别是那些涂鸦画风，一位艺术家内心要如何单纯和敏锐，才可能在这些涂鸦中体验到自由的表达和快感，就像董克俊先生说的："在追寻表现性的过程中，我无法摆脱更彻底放开的诱惑——'涂鸦'画风，这是最纯粹的无标准可寻的艺术方式。"

在这本画册里，时间以一种空间的维度，编织着一位从艺六十年的艺术家立体而多面的生命经纬。在这些风格变化跨度大、材料丰富多变的作品里，看到的不再是现实世界的图像，而是一位艺术家诚实的灵魂居所。对应了英国画家弗兰西斯·培根所说的："我想要做的是歪曲事物的外在，但是在曲解下却呈现事物真实的面貌。"这"真实的面貌"或许就是艺术家笔下所蕴藏的思想纹理，以及他内心诚实的意外之果。

在这本书里，早期那些素描和速写作品，让我获得的是一种亲切感和熟悉感。在这些画作里，一种记忆的温度蔓延其中。那些远去的日子，像被烛焰反射在墙上的光影，既温暖又模糊，被时间冲淡的记忆，又以饱满的形象重返当下。我们的父辈艺术家们用这种笔不离手的速写习惯收集素材，就像一幅一幅图像的日记，一切日常的、瞬间的都被记录。在没有相机的年代，这样的方式充当了记录影像的功能，同时，这些画作不可替代地在一笔一画中蔓延在日子里，捕捉着人的体温。打个不太贴切的比方，那时的父辈艺术家手握画笔和速写本,就像今天的我们在任何见缝插针的时间里掏出手机……艺术对他们来说是一种日常状态,甚至很家常,像一种与生活交融和渗透的血肉关系。这部书里有董克俊先生的一篇《我画速写》的文章,他说:"大千世界是我的老师,世间的一切都是我依样模仿的对象:街上走着的人,公园茶馆的茶客牌友,黔灵湖游泳的男女,都是我眼于模拟的对象;公共澡堂的那些泡澡客,青年强健的肌肉,肥胖老者挺着的大肚子,都是我观察心记的实物。"

速写在渐行渐远中成了记忆中的宝贝,因为现在的画家都慢慢没有画速写的习惯了,好像这是属于上一个时代的压在箱底的旧棉袄,但是在远去的记忆里,在这一幅幅速写作品里,我仍然强烈地感受到,这是父辈艺术家们通往艺术之途的内力。

在序言里,董克俊先生说:"我追寻的'放野涂鸦风'彰显的是生命原初纯粹本性的那一瞬间的状态。在作画中,激情地撒野一番,这是我暮年的艺术向往。"

董克俊先生瘦弱单薄的身体,却洋溢出激情撒野的状态,让我强烈而偏执地认为,唯有艺术能抵抗衰老。在那些斑斓的色彩里,在那些张扬的造型里,见证着生命始终在以另一种秘而不宣的形态鲜活着,创造着。

写在后来的话

刘灵的《刘灵小说选集》终于出版了，附录部分的"众说刘灵"，让他的那帮文友们以一种"纸上"的方式再次聚首。大家又像二十多年前那样，各自搜罗着关于他的一切，不论他在不在场。

认识刘灵究竟有多长时间，漫长还是短暂，我有些恍惚。他于我，从来只是一个侧面，有时甚至是一个背影或者一个名字而已。在这帮文友不分昼夜以文学之名频繁往来时，我只是一个旁观者，有时连旁观都算不上，因为好多热闹我都没凑上，只是听朋友们在各种场合说起他的轶闻趣事，才对他有一个抽象的概念。但对他的外表，我是第一次见就印象深刻的：那双躲在眼镜背后永远笑着的眼睛，还有那张因为笑而挤得全是皱纹的脸。

作为《刘灵小说选集》的责编，当我把整本书稿看完后，另一个刘灵却因文字鲜活起来。他所经受的，所遭遇的，"生活"在文学之外的那些日子，似乎就是为成全他而堆放在面前的这上百万字的文稿。一个被生活的泥沙裹挟着的生命，是有理由放弃最初理想的（刘灵在自序中说他当年偷偷写小说，被母亲发现，一把火烧个精光），没有人会指责他的"堕落"。但他从来没有放弃。在读完这本书稿时，我不得不感慨，在那些我无从想象的日子里，幸好他有文学作伴，才没有被生活压垮；而如今，他的这座生活的"富矿"终于派上用场，给了他一次"重返人间"的机会。

注定一生被文字"绑架"的刘灵，从他听说要为他出书时表现出来的兴奋就可以断定，他不得不宿命地要皈依在文字里。他"虚度"的那些光阴，似乎就是要在一个适宜的时候，向我们展示一个从未有违初衷的自己。

年轻时的激情是一种荷尔蒙发酵后的爆发，但当日子把激情化成灰烬，生计可以是摆脱理想的绝佳借口；人到中年的我们天天都在用这种借口偷懒，我们一脸的疲乏就是明证。谁在这个年龄还在兴致勃勃地谈论小说，激情不减当年？而尘满面、鬓如霜的刘灵，脸上却有种对生活的耐受力，好像他担着生活的重负，就是为了做一次有关飞翔的梦。

刘灵是个很奇怪的人，过着如此世俗艰辛的生活，却很难在他的言谈中感觉到一丝功利的东西，他的内心是不是飘浮在世外，我不得而知。听他如当年那样痴迷地谈论文学，听者或许早已走神，但他的神情不由分说，文学对他的意义单纯如初。有时候我想，在刘灵的这种生存境况里，文学到底起了什么样的作用，是救命稻草，还是致命毒药？如果他不是如此执迷，而是懂得放弃，与生活迅速妥协，会不会又是另一种命运？但他在自序里说："这是个没有多少人读小说的年代，我还真不知道把书送给谁。非要送那就送我儿子吧！让他知道，这些年我是在干正事，不是混。我穷，不得志，过得不如人，但我努力过了……"

　　这就是他为类似的问题预先准备的答复。对一个用日渐微弱的希望和仍旧日日夜夜的劳作来维持理想的人，我除了心生敬意，不可能再有他想。

看到生活的另一种真相

　　散文集《荒谬的眼睛》由五个部分组成,其中最让我惊心动魄的是那些千奇百怪的死亡,而且竟然都发生在一个少年的眼中。所以在编辑这本书的过程中,我时常会有一种隐隐的不安:作者的人生是否因此被堆积成了沼泽?在我看来,那也许是一个人一辈子也无法承担的重负。这些经历,在作者成长的过程中,一次次给他烙上粗糙的纹理,似乎在告诉他,无论怎样的命运,无所谓好也无所谓坏。夹杂在这些冷酷事件中的,是成长的烦恼和快乐。我不知道作者写下这些文字时,是不是在用文字去安慰当年那个惊骇的自己。

　　这些经历,对于一个作家,几乎是立命之本。因此,作者有了一个无法被人"兑换"的宝库,便也有了一个不一样的起点。或许,这恰好是生活对他的馈赠。

　　但在对事件的叙述里,对那些骇人的心悸场面,作者从不议论,更不渲染,他用一种日常惯用的说话方式,吝啬地节制着他的情绪和他的语言,似乎怕任何多余的东西都会伤害了事件本身带来的撞击。他总是如此这般,直到戛然而止。就像他朝着空旷抛出一颗手雷,然后等待着巨大的回声。他似乎早就勘破叙事的秘密,那就是没有什么比事件本身更有力量。

《我的水电之家》里,作者写父母的婚姻,只用了短短的四行文字,但其信息量却足以勾勒出一个时代的侧影:"母亲说,他们的婚姻是组织安排的,此前父亲有过对象,父母的财产婚前分别装在两口炸药箱子里,结婚那天,工友们把两口炸药箱子搬到一处,再用卡车篷布在大工棚里围个小桌,便是新房了。现场每人喝杯糖开水,他们便成了夫妻。"

我与作者是同代人,所以许多时代氛围让我感同身受,但这感受又是格格不入的,因为我的经历过分简单,看这些文字,就如同浏览别人家的泛黄老照片,获得的只有一些软弱的想象。《刘婆婆》里的麻风病人,被人算命说他这病要治,得和女人睡觉,于是半夜潜入刘婆婆家,直接脱了衣服,上床睡觉,睡完觉起身走人。下半夜刘婆婆的丈夫回来,把刘婆婆弄醒,刘婆婆问,才回家?刘婆婆的丈夫回答,是呀。刘婆婆"哇"的一声哭起来……这如是小说,就算原封不动写下来,也不过是一种离奇想象,但当它们作为生活的本真出现时,就有了不可言喻的力量。在《左邻右舍》里我找到了童年的记忆,"将面粉加工了当孩子的零食吃,加工方法很简单,把面粉直接放在锅里,炒至微黄,出锅即食。吃的时候,加入白砂糖,或冲水吃,或干吃……"这种零食我小时候也常吃,现在想起来,那扑鼻的香味好像就在眼前。但这篇文章里的炒面却写尽了那个年代里的心酸和残酷。"忽闻隔壁大婶哭声瘆人,很尖厉。追出门一看,只见隔壁的大婶死死抱着自己的小儿子哭……但小弟弟坐在妈妈怀里若无其事,不哭。那个小孩刚吃过炒面,小嘴白乎乎的,胸前围兜上还留有许多面粉末。如此伤心,大婶哭什么?原来,小男孩用板凳垫脚,爬到他们家柜子上,把白砂糖倒入他父亲的骨灰罐里,把骨灰拌着当炒面吃了。"

吴同学的父亲从漏斗里漏下去,而吴同学被火石炸飞脑袋,直到埋他时,脑袋也没找到……拾了横在地上的一根电线,被当场电死的除渣班的老区,躺在地上,脖子硬硬地昂着,当时老区一身都是稀泥浆,触电从架上掉下来,一根钢筋从他的下巴戳进去,又从嘴巴里穿出来……掉进溶洞活活饿死的老歪……坝基出事故,被弄上来的人胳膊人腿,太平间摆不下,停放在医院门前的水泥坝上,医生要把零散肢体拼装还原成完整的人,奇怪的是,怎么拼都不对。有人出点子,管他谁是谁,只要是个人形就成。按一头一躯干四肢的要求,拼出四个人,加上两个完整的,一共六人。拼完了,多出一条人腿……

这些千奇百怪的死亡事件,在作者童年的人生池塘里,犹如倒影,清晰地给作者上了一堂天地不仁的大课,同时,作者习武的快乐并列地行进在他成长的道路上。作者的父亲是远近闻名的武医,几个孩子每天习练、挨打、嬉笑……这种快乐像浮于生活之上的泡沫,遮蔽着死亡那块过于浓重的阴霾。在这些文字里,每一种体验都在显露着生命存在的本质。也许,作者写下的这些文字,就是要说尽另一种生活的真相。

亲爱的邓君

刚认识邓君时,她给我的印象极淡,但这么多年,倒从没有淡出过记忆。我们的交往也是淡的,她给我的感觉是不善交流,有时聊起什么话题,她只拿一个很轻很浅的笑应酬一下。

和邓君往来得多些,是开始编她的散文集《明天已成今日》,那时她常来我办公室谈稿子。有一次她满脸红扑扑的,一进办公室就从双肩包里取出两双手工编织的拖鞋递到我手上,我愣了一下,邓君轻轻一笑说,是她一个亲戚做的。还有一次,满头大汗的她刚从水城回来就直接从车站到我这里来,也是还没坐下就从包里掏出一只苹果塞给我……邓君的表达直接干脆,不做任何铺垫。其实不然,她的直接背后让我感到她的心通往别处,这样的表达其实比言辞更多义。

和她在QQ上聊天,她用文字表达时,除了明朗还有些平时不会脱口而出的话。记得一次我俩闲聊,她在对话框里直言,你不好接近。我赶紧解释,我和人打交道有心理障碍。她却敲出一句让我下台的话:喜欢你的状态,保持现在的样子。如果她把我当成朋友的话,我不知道邓君接纳朋友的尺度,但她这样说让我觉得她有一种包容和宽大是我没法比的。另有一次是她来办公室领校对费,她在稿费单上签名时我笑说,字如其人。她自嘲说,一看就是个胖子。其实我的言下之意是,邓君的字像她的人,宽厚,沉着,有内力。

《明天已成今日》的书名刚开始看似乎有些拗口,甚至有读者生出疑惑,我自作主张替邓君解释,今日是童年的明天,童年的今日已成往昔。不知道邓君听了我的"诠释"是不是会宽厚地轻轻一笑。

这是一本关于成长记忆的散文集。关于成长的书很多,这不过是其中一本。但当你读到其中的文字,你会发现,那些我们似曾经历过的事件,在作者的笔下具备了一种穿透力,残酷的真相通过一个孩子的眼睛,向我们扑来。

在编辑这本书的时候,作者亲历的、耳闻的、眼见的一切,让我有一种永远无法触摸到的"隔世"的疼痛。从小泡在浓度极高的亲情里长大的我,对于邓君的经历,只能睁大眼睛旁观,而无法感同身受。《戏班子》《赤脚医生》《钱的故事》《红领巾》……记忆被时间埋藏的同时也被时间灌溉,也许童年经历不过是一粒种子,就是要让明天已成今日的记忆根深叶茂。印象极深的句子太多,因为每一篇都是作者独一无二的触觉。"父亲躺在门板上,门板下面一盏灯。我跪在父亲身旁低声抽噎,不知被什么哽得喘不过气来。父亲去世让我体会到最大的悲不是恸哭,是哭不出来。"这种质朴的背后有种压抑的情绪,"最大的悲不是恸哭",但邓君却让我几次三番湿了眼睛。在编辑过程中,我生出一种奇怪的心态,总担心这个过程太快,会迅速结束我待在邓君文字里的时间。

哀而不伤的叙述,从头至尾。作者时时以躲在某个角落里无所依靠的大眼睛,看世间百态,人情冷暖,不可捉摸的人性……她隐忍的无助散发着那些岁月的苦味,家人,朋友,一只小时候和她做伴的羊……这双眼睛背后,是一个孩子羸弱而敏感的内心。孩子眼里的透彻不是分明的,却有一种席卷的力量。时隔多年,那些人与事,仍在作者的记忆里,而此时,她用文字将那些最隐秘的角落,做了一次苦涩的回放。

邓君的叙述带有强烈的诗意和敏锐的观察力,能把一种日常说出非常的意义。在冷漠、狭窄的生存环境中,作者试图酝酿自己的另外一种高远生活,却又在这过程中透出淡淡的忧伤。正像她诗里写的那样,"爱明天遥远之极,它望着你,隔着一晚的距离"。

邓君的文字元气充沛,传递出一种精神气质上的纯粹,这或许和她写这本书的初衷有关,和她一直以来心灵中最隐痛的那个部分有关。那种隐痛,在我看来,像心底的一束小火苗,不知这束火苗是温暖了一处角落,还是照亮了周遭更大范围的黑暗。

明天是一个永远无法到达的日子,也因此我们才有足够的活下去的期待。书名原本叫《不久以前》,后来邓君跟我说,书名改成《明天已成今日》。我似乎明白了,她是要把这种无法抵达的时间和一种恍若隔世的童年并列起来,强化流逝掉的不只是时间,更是从时间指缝里滑过的那些生命个体。

读完书稿,一个小女孩从我的大脑里闪出来,她应该是这样的,我拿起笔画下来。后来,这个小女孩就成了封面上的主人。

通往内心的风景图像

在电脑上看到彭承军发来的几张作品时,说实话,丝毫没有打动我。

前一段时间正巧参加贵州几位"大腕"画家的展览开幕式,彭承军的作品也在其中。

走到彭承军的画作前,看了他的原作,才发现相机和电脑的欺骗性大得让我失色。

虽然在我问到彭承军他是想通过这样的表述来传达怎样的情绪时,他语塞得不知如何回答,但我已经从他的作品里看到,他眼里的风景,正是一位艺术家耐人寻味的内心诉求。

除了个别艺术天才,大多艺术家必会经历某位大师对他作品产生影响的阶段,有的艺术家甚至从事一生的创作依然逃不掉大师的影子。对于从事艺术创造的人来说,走出大师的巨大阴影,寻找自己的面目,是艺术家最大的困惑和难题。所以,当我走进彭承军的画室，面对他的一幅幅风景作品时，似乎也想从其视觉语言中找到某位大师的蛛丝马迹。我问他："你最喜欢的画家是谁？"言下之意是，哪位大师对你的影响最深。他沉吟半天，对我的问题认真起来："要说影响，×××（'伤痕美术'的代表人物之一），应该说，早期受他影响很深。"显然这已经是一个旧话题，因为放在我面前的这些风景画，已经看不到那位早年对他产生过影响的艺术家影子。

如果要给彭承军的风景画下一个定义，"风景图像的内心观照"是我看完他大量风景画作后的第一感受，我不知道这样定义是否有悖于他的初衷，但这种感受是强烈存在的。

我问他这些作品是实地写生的还是依据照片进行的二度创作。他听了这个问题笑得特别奇怪，他为他的笑解释说："因为你不是第一个问这个问题的人。"他直言，这批画是实地写生的。"从前我待在画室依赖照片进行创作，很多第一感受已经衰减了，去实地写生的最大好处是有现场感。"

我理解的风景画有两种概念，一种是现实主义的纯客观表现的风景写生，另一种是所有对象都服务于创作者，由创作者的个人情绪、独立特质来决定画面的阴晴圆缺，是一种去客观化的主观创造。彭承军的风景画显然属于后者，他的画面呈现着一种对他自己并不认同的主流风景的疏离。

为什么以风景作为表述的对象？在和他的交谈中，他坦率地说："风景画总的来说极自由，是一种开放性的表达。我喜欢风景，更重要的是适合情绪表达，这里面包括我的喜好。写生的乐趣在于，我可以主观地处理，随意改造造型关系、透视关系、色彩关系……原来不是这样的，原来我特别强调三维关系，但现在对我来说，分布得好看比真实地还原更重要……"我顺着彭承军指向的那些作品看去，他正在努力向我阐释的已经在画里了，阐释在这里反倒是无力的，甚至带有一种为表述而表述的可疑。

我想，或许自由的表达就是他选择的初衷和理由。乍看，他的风景画是写实的，但又是去形象化的。不再客观的色彩关系，降低的纯度，压缩成二维的透视关系，等等，这些不再客观的"关系"集体地拼贴出他内心情绪的符号。"还有更重要的一点是，在画的过程中是我被画面带着走。"他说。我突然想到他说的这种状态，好比一个小说家在创作他的人物时，被故事中人物的命运带着走（托尔斯泰在创作完《安娜·卡列妮娜》时就说，他真的没想到她会死）。彭承军恳切地说："这些感受原来完全体会不到，而现在的状态是画面引导我进入一种体验，跟随画面抵达一种情绪。这是我对风景画的认识。"

彭承军的风景不是刮刀和大笔触与布面的亲密接触，也不是精致的古典主义写实风格，看不出这画里的风景出自贵州山野的哪一处，找不到这些"地域符号"，所以，看他的画，风景既是一个客体，更是一个通往内心的路径。

彭承军的画面细节处理得很"细腻"，这也是在很多古典主义画家那里可以看到的手法，但走近画面，才发现这些"细腻"的局部不过是一种假象。那些"细腻"的部分非常松弛和写意，有明显的中国文人画的特质（他透露说他非常喜欢元代的画），画面近处的几只鸟，直接就是国画写意笔法。所以应该这样来解释他的画面气质：用油画的材质来表现中国传统人文画的精神实质。但这并不意味着被动移植，画面的本质指向内心，或者可以这样说，他借助两种完全不同的方式尝试进入一处孤境，来抵达那个最本质的核心。

他所有的作品画得都非常薄，有一幅很大的作品，石山那部分薄得几乎看到布纹，薄得只有一层透明的色彩关系。他说他不喜欢厚重的色彩堆积，颜色厚度跟对象的力度并不一定要成正比，恰恰相反的是，他用薄来抵达厚。在取材上，也不见大场面，多是小景。他的画不宏大、不壮观，正是这些小景——小茅屋、小山、小桥、小溪……似乎更有一种情绪的可能性。这种被他称为柔性的风景，或许更符合他内心对风景的需求。他还谈到风景的锐度。我觉得这个词传达出他的一种天性，他不是那种大悲大喜外露开朗的人，所以锐度高的风景于他是不能契合内心的，锐度似乎是一种更为浓烈的、和对比度强烈有关的东西。所以，他将自己的作品称为柔性的风景，我想或许就是一种平和的、不激烈的和从容的表达。

在他的风景画单调的色彩中，他有意剔除掉那些干扰他情绪表达的三维空间关系、色彩关系，用一种最简单的方式切入。画面单一的技法没有给观者的视觉带来巨大冲击，他的画面，像一个日复一日的手艺人，重复着大致相同的劳作。这种技术的恒定或者在他看来，就是要把外在的形式变成零度创作，而让画面的内向产生更大的张力。所以，在他的画里，像是一次次独自言说的、自在追求的过程。这是一个别人无法窥见的隐秘场所，虽然他在努力地制造现场感，我们也可以通过画面找到似曾相识的景象，但让我们难以瞥见的，是画面背后那独一无二的不可复制的个人情绪。在这样的作品面前，画面的创造，不是把对象知识化的理性过程，也不是把对象时尚化、消费化的过程。

彭承军直言，年轻的时候很多风格都会喜欢，为了实现一些想法，学各种风格，学得不伦不类，经过这样一个必须的过程之后，很多东西才开始沉淀过滤，生长出自己的面目来。"我希望我画出来的东西，人或风景，是能识别出自己的符号。好不好是另一个话题。"

和热闹的时尚艺术相比,彭承军的风景画显得有些寂寞,这种寂寞是所有追求内心真诚的艺术家都不可避免要经受的。彭承军在谈到他的画时多次重复一个词:情绪。是一种情绪,还是一次回归内心的旅程,或是一次借助形式来展现生命空间的尝试,我们不得而知。经过多年探寻之后,在确认艺术与自我之间的关系后,当他走出画室,来到现场,在画笔与对象之间进行对话,事实上对自我的认知和寻找也正式开场。

他说:"我的画别人喜欢不喜欢,承认不承认,都不重要,能找到一种对应内心的绘画语言才是最重要的。很多人看了我的画,觉得画面流露出一种平静的东西。"

这点才是可贵的,也才是艺术本质意义所在,真正的艺术家是自觉地边缘化,对自我的精神立场保持着一种高度的警觉。艺术的独一无二性和它的不可复制性也正在于它和艺术家的生命息息相关,和艺术家内心观照的东西相关,或许这点也正是彭承军的画面呈现出来的意义。

初识末未
——《归去来》编后记

在编辑末未的个人诗集《归去来》之前,我只是在一些和文学有关的场合遇到过他,但几乎算不上认识。如果不是因为编辑《归去来》,我可能与他的诗永远有一种擦肩而过的距离。

《归去来》是一本很接"地气"的诗集,在末未的诗句里,处处可见日常事件和熟悉地名,"身边"这些充斥着世俗性和物质性的外部世界与诗人维持着一种零度关系,让人"担忧"这样的关系会让诗人拘囿于此。在这里,突然的一声大喝,或低声的呓语,都是肉身的符号,"我是笑得多么干净彻底,又无可奈何","我长久地伫立在鱼池旁,面对一池生死,举棋不定"……诗人以物理的存在构筑着他个体的精神纬度。末未像一个行走在街头巷尾的看客,但他激扬的情绪和符号化的精神气质一定让你一眼就认出,他是诗人末未。

读末未的诗可以不费"脑筋",因为那些词语都不拗口,他的某些句子甚至让人忍俊不禁。我不知道末未诗歌的起源,但我能从他的诗句里感受到人性中被遮蔽的对自身生命和自我确认的激越情绪从文字里蹦出来，就像生活的本质并不是曼妙的音符，在他的诗里我尝到了又麻又涩的味道。

诗集由四个部分构成，"黔地书""归去来""速写签""花非花"，像作者内心的抛物线，不论哪一辑，都能看到作者力图构建的个人符号或标签，地域也因此被意象化，也许作者的意图正是要用一种实相去抵达另一处虚境。我自作主张地替作者如是想。正像他诗里说的："我介于现实与梦幻之间／三步两步／走上二十世纪高处／和一群雕塑站在一起。"

苏珊·桑塔格在《重点所在》一书里说："在现实中，文学群体是贵族。而'诗人'向来是一种'高贵身份'。"即是说，诗人这种被视为高贵身份的群体，以异质性的方式逃离外部世界，用他独一无二的个体生命抵达自我和本性，但其实抵达内在精神的途径也可以是多元的。诗人末未是否具备了这一身份特质，我有些疑惑，因为几次通电话，他都显得太平常、普通甚至"正常"。《归去来》出版后，在一次偶然场合我遇到他。酒余饭后，末未乘着酒兴朗读他的诗，那些诗句被作者底气十足地吼出来时，才印证了《归去来》里的那个不妥协的、始终保持着自我捍卫精神的诗人末未。

讲述大幕背后的故事
——《拉开大幕》编后语

不用说,这是一本关于"大幕"的书。更准确地说,是关于"大幕后面"的书。绛红色幕布拉开,掌声响起,而幕布背后不为人知的故事,正是莫洪军这位一场场演出的幕后"操手"要向世人展示的。这本书的价值不在于它是否具有所谓的文学性,而在于这是一段弥足珍贵的亲历者和记录者的记忆;作者给读者贡献的,是关于这座山城几代追星族们的一次集体记忆。我也和其他台前观众一样,追星的方向既简单又狂热,编辑完这本策划演出的"教科书",我才恍然,明星们的幕后故事更精彩。

莫洪军从事演艺事业多年,虽然年纪不大,但却算是这个行业里的元老级人物。他经历过《白边蓝网鞋》时期,"……上初中后,天天穿解放鞋,已经是我们最大的幸福了"的莫洪军,因为学校一场演出,"没有钱买康老师要求的演出服装和鞋子。空位自然又被新的同学补上。""……我号啕大哭,伤心至极!我想着堂屋里那幅《红色娘子军》的画,洪常青被火烧的情景。我强忍着剧痛,忍着泪,用手不时撑开已经睁不开的双眼,像做梦一样恍恍惚惚往家走……"童年演出的记忆如此深刻,是不是给他未来埋下的一粒与"舞台"有关的种子?打工潮时期,怀着对文学的理想,他一边干着又苦又脏的活,一边偷闲找个角落写起文章来。从跑龙套干到一个单位的领头人,多年来运作一场场演出,经历了单位改制、各种矛盾白热化的痛苦时期……莫洪军靠着自己,从最底层一步步进入演艺圈,个中滋味,当真"只可对知己者言,难以对外人道"了。书里透着的艰辛,潜藏在一次次掌声背后。书中记录他与各类明星的交往:与庄奴先生结下交情,与基辛格交往……如果没有这些经历,他的人生会不会这样精彩,这是没法假设的。

这本书让读者看到的是大幕拉开之后的事,作者独自站在聚光灯下,上演着他一个人的人生独幕剧。无须喝彩,因为每个人的生命都是独角戏,没有观众没有掌声……作者说不尽的经历,成就了这本《拉开大幕》的书,但书中似乎有些他试图回避的苦衷,有些未尽之意,还有些在表达上的"行色匆匆",虽然有些遗憾,但并不影响这本书想要呈现给读者的意义。作者在拿到样书时情不自禁地感叹:它就是我的"小儿子"。

一座城市有一座城市独特的记忆,无论这座城市如何日新月异,改头换面,只要被文字记录,也就永远留下了它生命的脉络和律动,为这座城市独有的"掌纹"增添了一道刻痕——一座城市如此,一座城市中的一个行业何尝不是这样?从这个意义上讲,《拉开大幕》便是对一段时光的一次回望,唤起了读者"对于生命的挽留"和想回到过去的"离愁",虽然这样的回望留着作者强烈的个人体温,但这并不影响还原一座城市的旧日模样。

为了寻找的出逃
——《遇见》编后记

刚拿到这本书稿时,书名叫《路上的灵魂与肉体》,这个书名当时让我觉得似乎过分强烈了。我和魏荣钊商量,他也心平气和地接受这个意见,后来他电话我说那就叫《遇见》吧。我听了倒觉得《遇见》和他的整本书有种更切合的味道。遇见带有很多偶然性,就跟他这次出行的目的一样,正像他在《去石门坎》里所说:"此行也谈不上有什么目的。"

如果这是一次没有目的的旅程,我想,这或许就只是为实现一次心灵的出逃。至少有益身心。

记得他的开篇里有这样几句话:"……人海茫茫,我们为谁而来,又为谁而去?终了,也许我们都说不出所以然……想不起可以对哪一个人说一声,我出发了,现在正在离开这座城市……"这几句话把这本书的基调定下来了,这是一次自我放逐的旅程,孤独和自由同行。一个人在路上,会遇见些什么,一切皆有可能,一切又都未可知。

在读的过程中,我被他书里那种东拉西扯、似乎有些追问但一切又不过如此的情绪吸引:平淡偶然的那顿酒,那个他后来心里恨得咬牙的跋扈女人,还有他一路怀想的过去一些留在心里的美好恋情……他放纵的内心在这次出逃过程中随心所欲,即使落魄如乞丐,只要"在路上"就是惬意的。但《遇见》其实远没有它的语言那样轻松随意,书里的一个个小人物穿梭在作者的视野里,又迅速消失,这种混乱的背后,有些悲悯,又有些无可奈何。每一段旅程遇见的那些人也在路上,孤独的,快乐的,麻木的……虽然只是素描似的记录,但这样的遇见就是在还原生活的真相。

"在路上"早就是一种带有普遍意义的寻找精神自由飞扬的象征,《遇见》也是如此,全书的整个笔调虽然略显无可奈何,但却没有一点颓废气。作者的这次肉身与心灵的相携出逃,从终极的意义看,其实是每个人都会有的灵魂冲动,是人心中最深刻的一种渴望,是用一次短途旅行来对整个人生旅行所作的一次象征性的表述。在我看来,这正是魏荣钊此行此书的价值与意义所在:他背起背包踏上不可知的旅途,目的和意义都不是他所能预测,他只能一次次面对那些不期而至的遇见——这正跟人生一样,你永远不可能知道明天会呈现什么给你,或许都是无价值的,或许都是不如意的,但你只能面对,承受。现实生活总是把渴望把理想一次次抛到你永远追不到的别处,你除了永远在路上,别无选择。"永远在路上"或许是为自己的生命寻求意义的一种无奈之举。在这个大背景下看《遇见》,无意义便成了有意义,是在无意义中探寻意义的一次心灵之旅。

《捕蛇师》编后语

这本小说集里的六个中篇小说,曾发表于国内数家有影响力的文学刊物。

在这些篇什里,不难看出,曹永对乡村记忆的体验切肤而强烈,他笔下的人物、景物、画面质朴且鲜活。作者似身在其中,同时又是冷峻的看客。作者把粗砺的感官经验当作他的主题,讲述这些小人物的吃喝拉撒,因一件鸡零狗碎的小事而引发的冲突和各类的流血事件……笔下来来去去的人物,用本能的方式在诠释着他们卑微如草芥的生命。这些故事并不奇异,寻常地发生着,但我们似乎也体验到了来自人性中的一种极端状态。在这些能见度有限的暗淡里,在作者笔下人物的处境里,在生活的战争里,作者选择这个层面写人性,或许是要捕捉最本色和最本能的一类人——堕落的、退化的。这种主题对习惯于都市生活的读者肯定是陌生的,因为都市是文明的象征,都市的人心、人性与都市的楼房一样,带有厚重的粉饰。

而乡村似乎不同，一切都与大自然一样袒露无遗。但无论有无粉饰，在作者的笔下，在读者的心中，人性都有着同样令人骇异的真相和本质：就像因精疲力竭而饮着对方的血的兽。书中的人物形象和事件，无不带着令人战栗的胁迫感。

在《愤怒的村庄》《我们的生命薄如蝉翼》《红骨髓》《捕蛇师》等篇目里，作者的看客身份不允许他有任何恻隐之情，但同时不难看到的是，作者仍在努力地赋予他笔下人物以尊严，而这尊严，不过是其头上漂浮着的一层悲哀的浮萍。人性中与生俱来的善与恶，既复杂又简单，也许永远无法被解释，而只能被呈现。

后记

用一种业余的方式度过

从儿时到现在,我很少认真地干什么正事,我身上没有那种为一种理想去努力的劲头。小时候非常短暂地学过小提琴,后来又正儿八经地学习过油画,但大学里的油画专业,不过是给了我一个饭碗。在《山花》杂志社做美编多年,始终都是心猿意马,直到有一天,我突然开始写起了小说。那时候,我第一次觉得有了理想,天天待在文字里,有一种不写不快的紧张急迫。编辑部一到下午就没什么人了,我便关上办公室的门,让一个又一个的下午在虚构中流过,感受着渠水冲出闸门的那种自由。后来,我又迷上了古琴,又去学瑜伽,还很敬业地当了几年业余的瑜伽教练,但觉得这些东西,都无法满足自己内心的根本需要。可什么样的需要才根本呢?我思来想去,发现对我来说,当然还是文学,只有回到文字里,坐在电脑前,我才能找到归宿之感。我也知道,我写下的文字就是自说自话,只作用于我自己,我不过是在以一种业余的写作者的方式自我安慰。事实上,我这个人,一直是以一种业余的方式生活着的。回想我三心二意地干过的事情,好像不管在哪里在什么时候,我都只是一个旁观者,而没有过真正的参与和介入。我不否认,我很喜欢我在所有事情上那种非参与和不介入的恬淡与安适,但我同样不想否认的是,唯有文学上的业余方式与旁观姿态,才能让我在非参与和不介入的恬淡安适间,还享受到一种隐秘神奇的放纵与狂野。这是一种特殊的生命感受,它除了让我惊讶,更让我愿意珍视。并且,写作还能引诱着我催促着我,在一种别样的阅读中,去经过别人的生命,去感受别人的生活,而这种经过和感受,同样能有机地将恬淡安适与放纵狂野融为一体。所以,也许老天爷会吝啬于给我这个业余写手太多的天赋,但是,它却不会阻止我用更多的时间去享受阅读。我因此而获得的那种踏实感,又能让我在别人的才华面前,生出由衷的敬意,也由衷地生出亲切。前两天"五一"放假,我和先生决定把书架好好地清扫一次,在去灰除尘的过程中,我既满足于有这么多书可以阅读,也焦虑于我一辈子都不可能读完它们。人的寿命,实在是仓促和短暂呀。我们大体数了一下,家中那也可以算得上"浩瀚"的藏书近五千册,这不由让我们同时发出感叹:三千弱水,我们却只能喝得了一瓢。因为作为读者,我们的时间精力包括生命,都仿佛被规定好了业余的性质。但是,我们又都为书比人长寿而感到欣喜,毕竟它们可以通过一茬茬我们的捧读而灵魂不死,而世世代代地存活下去。我记得以色列作家奥兹说过,他希望自己是一本书。那么,如果我也是一本书,会是哪类书或什么样的书呢?我希望自己是一本轻而薄的小册子，籍籍无闻，可看可不看，如果某个也耽溺于以业余的心态和情状生活的人，在无聊的闲暇中随意浏览到了，能略感惊喜地闪亮一下眼睛，再若有所思地"哦"上一声，我都将感到十分地开心，并且，不论那"哦"的后边，缀的是问号惊叹号还是省略号破折号。